KB261337

만리웅풍

월인 新무협 판타지 소설

FANTASTIC ORIENTAL HEROES

만리웅풍 7

월인 新무협 판타지 소설

초판 1쇄 찍은 날 § 2008년 10월 1일
초판 1쇄 펴낸 날 § 2008년 10월 10일

지은이 § 월인
펴낸이 § 서경석

편집장 § 문혜영
편집책임 § 이재권
편집 § 서지현 · 문정흠

펴낸곳 § 도서출판 청어람
등록번호 § 제1081-1-89호
등록일자 § 1999. 5. 31
어람번호 § 제2-1589호

주소 § 경기도 부천시 원미구 심곡동 163-2 서경B/D 3F (우) 420-010
전화 § 032-656-4452 팩스 § 032-656-4453
http://www.chungeoram.com
E-mail § eoram99@chollian.net

ⓒ 월인, 2007

ISBN 978-89-251-1495-8 04810
ISBN 978-89-251-1006-6 (세트)

萬里萬 英雄萬

만리옹룡

7 우주무한(宇宙無限)

월인 新무협 판타지 소설

FANTASTIC ORIENTAL HEROES

청어람

目次

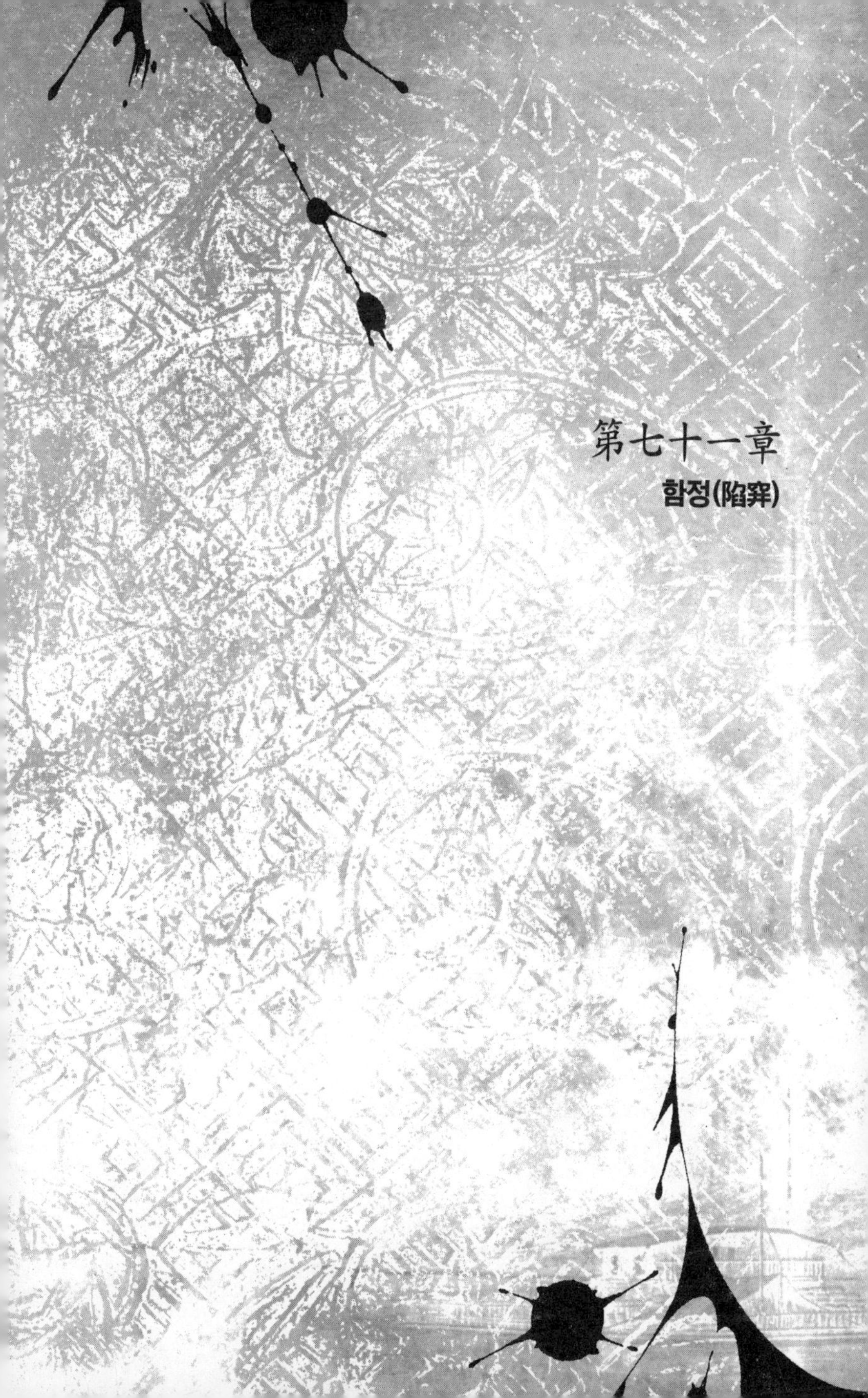

第七十一章
함정(陷穽)

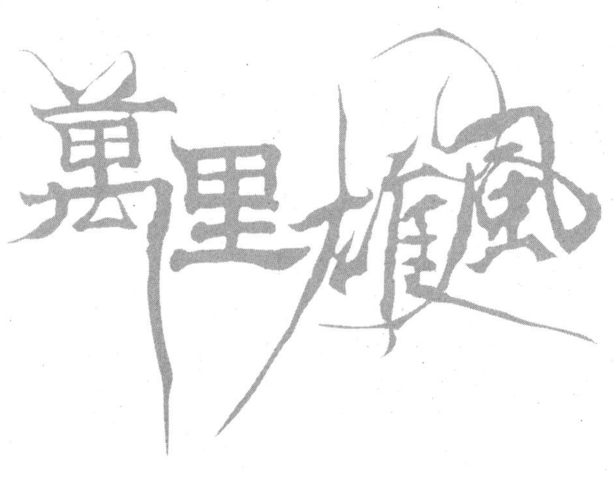

"**어**서 오게, 막내 사제!"

눈처럼 흰 백의를 걸친 인영은 하얀 이를 드러내며 미소를 지었다.

마치 여인의 그것처럼 붉은 입술과 자신이 입고 있는 백의보다 더 흰 치아 사이로 피어오르는 사내의 미소에 선실 내부가 더욱 밝아지는 것 같았다.

유진룡은 잠시 아무런 대꾸도 하지 않고 우두커니 백의의 인영을 쳐다보기만 했다.

처음에는 단리하연인 줄 알았다.

비록 두 번 만났을 뿐이지만 그녀는 언제나 백목련 같은 흰

옷을 입고 있었다. 그리고 그게 너무 잘 어울렸다.

텅 빈 다른 수적선들에서와는 달리, 미약하게 흘러나오는 인기척은 그녀에게 금제가 가해졌음을 짐작할 수 있었고, 그래서 마음이 더없이 급했었다.

그런데 기다리고 있는 인물은?

유진룡은 사내가 내뱉은 막내 사제라는 단어를 입속으로 읊조렸다.

여전히 실감이 나지 않았다.

여기서 자신을 막내 사제라고 부를 사람은 도천극뿐이라는 것을 잘 알고 있었지만 쉽게 받아들여지지 않았다. 그만큼 도천극과의 만남은 예상 밖이었다.

"왜 그렇게 꿀 먹은 벙어리처럼 쳐다만 보는 것인가, 막내 사제? 난 자네가 반가워 죽을 지경인데 말일세."

도천극은 더욱더 화사한 미소를 지으며 포옹이라도 할 듯 양팔을 벌렸다.

"당신은…… 도천극?"

유진룡은 비로소 입술을 움직였다.

"하하하!"

도천극이 큰 소리로 웃었다.

"철사홍, 그 녀석은 대체 사제 교육을 어떻게 시킨 건가? 막내 사제가 처음 보는 대사형을 향해 대뜸 이름을 부르다니 말이야. 하하하!"

도천극의 웃음소리가 온 선실 안에 울려 퍼졌다. 그는 마치 이 자리에서 유진룡을 만난 것이 즐거워 못 견디겠다는 표정이었다. 그래서 유진룡의 무례마저도 유쾌하기 짝이 없는 듯했다.

유진룡은 도천극과는 반대로 마음을 더욱 차갑게 가라앉히며 단리하연의 존재를 찾았다.

공우기는 그녀가 분명 이 배 안에 있다고 했다.

양혼절맥수라는 별호답게 또 다른 영혼에 지배당했을 때는 마인이 따로 없었지만 그렇게 되기 전까지 그는 협의가 느껴지는 고수였다. 그런 그가 허언을 내뱉지는 않았을 것이다.

잠시 동안 온 신경을 곤두세워 다른 사람의 인기척을 느끼려 했지만 어떤 기운도 느껴지지 않았다. 지금 유진룡이 있는 선실 외에 다른 곳의 기운은 안개 속에 파묻힌 것처럼 흐릿하게만 다가올 뿐이었다.

"소용없는 짓일세."

도천극이 여전히 미소와 함께 말했다.

유진룡은 도천극의 얼굴에 시선을 모았다.

"자네가 찾는 여인은 분명 이 배 안에 있고 무사하네. 하지만 자네의 내력이 나보다 압도적으로 강하지 않는 이상 존재감을 느끼긴 힘들 걸세."

그 말은 자신의 내력으로 사방의 기운을 차단하고 있다는 뜻이었다.

유진룡은 단리하연의 존재를 찾는 것을 포기했다. 그녀가 이 배 안에 있다는 것을 확인했으니 우선은 그것으로 안심할 수 있었다.

"악수라도 한번 해야 하는 것이 아닌가?"

유진룡이 더 이상 딴 곳에 신경 쓰지 않고 자신을 주시하자 도천극은 만족한 표정이 되어 손을 내밀었다.

"그것도 괜찮겠군요."

유진룡은 도전적인 눈빛과 함께 마주 손을 내밀었다.

도천극보다는 거의 두 배 가까이 큰 유진룡의 손이 도천극의 손을 덮칠 듯 뻗어갔다.

도천극은 흠칫 움직임을 멈추었다.

같은 사부를 모셨지만 유진룡이나 철사홍 등과는 전혀 다른 수련을 했던 도천극이었다.

천산마존은 도천극을 통해 자신의 실험을 완성하고 둘째 제자 여산기부터는 유진룡에게 했던 것과 같은 무식하기 짝이 없는 수련을 시켰다. 그래서 그 수련을 받은 제자들은 몸이 철탑처럼 단단하고 커지게 되었다. 반면, 그런 수련은 받지 않은 도천극은 적당한 체격에 균형 잡힌 몸매였다.

"하하!"

도천극이 유쾌한 웃음을 지은 후 손을 뒤로 뺐다.

"다시 생각해 보니 그건 좋은 방법이 아닐 것 같네. 난 조금 전까지 독을 만지고 있어서 말일세."

도천극은 입맛을 다셨다.

"당신이 가진 독은 내게 안 통한다는 것을 잘 알 텐데?"

유진룡은 계속 손을 내밀었다. 여차하면 그 손으로 도천극의 목이라도 잡을 기세로…….

"자네에겐 안 통하겠지만 자네의 은인인 소향상회 회주에게는 잘 통하겠지?"

내밀었던 손을 등 뒤로 돌려 뒷짐을 진 도천극이 차가운 웃음을 흘렸다. 노골적인 협박이었다.

입술을 씹은 유진룡은 내밀던 손을 거두어들였다.

"이럴 게 아니라 앉게. 앉아서 사형제 간의 정을 나누어보세."

도천극은 탁자를 가리키며 자리를 권했다. 그리고는 천장에 있는 설렁줄을 잡아당겼다.

잠시 후 선실 문이 열리고 묘령의 시비 하나가 다기를 들고 들어와 탁자 위에 놓았다. 여전히 아무런 인기척이 느껴지지 않았지만 이 배 안에는 여러 명의 사람이 있는 것 같았다.

"들게."

차를 권한 도천극은 자신의 찻잔을 잡고 음미하듯 조금씩 차를 마셨다.

벌컥!

유진룡은 단숨에 들이켜며 찻잔을 비웠다.

갈증이 나기도 했지만 그것보다는 목구멍 아래까지 차오

른 역정을 한 잔의 다액으로 조금이나마 다스리고자 하는 마음이었다.

쪼르르—

시비가 한 잔을 더 따랐다. 유진룡이 그것마저 단숨에 비우자 도천극이 입술을 열었다.

"차 맛이 어떤가? 최상품으로 가져왔는데 말일세."

"그런 건 나에게 의미가 없으니 본론으로 들어갑시다."

유진룡은 더 이상 찻잔은 거들떠보지도 않고 도천극의 눈을 쏘아보았다. 이글거리는 유진룡의 눈빛은 흡사 대호의 그것처럼 불길을 내뿜고 있었다.

찻잔 바닥을 의미심장하게 바라본 도천극은 낮은 호흡을 토했다. 첫 잔에는 독이 발라져 있었는데 전혀 통하지 않은 것이다.

"자넨 철사홍보다 더 성격이 급한 것 같군. 좋아! 피차 바쁜 몸들이니 이젠 본론으로 들어가도록 하지."

도천극은 의자를 당겨 앉았다. 그리고 잠시 뜸을 들였다.

"나하고 손잡지 않겠나?"

단도직입적으로 말한 도천극의 눈에서 강렬한 빛이 흘러나왔다.

"방금 스스로 뒤로 빼지 않았소?"

유진룡은 퉁명스런 표정과 함께 내밀었다가 뒷짐을 진 도천극의 손을 쳐다보았다.

"내 말은… 그런 손이 아닐세."

도천극은 입맛을 다시며 말했다.

"그럼 어떤 손 말이오?"

유진룡은 여전히 무뚝뚝하게 대꾸했다.

"세상을 움켜쥘 손 말일세."

도천극은 짤막하게 말했다.

"그런 계집애 같은 손으로 말이오?"

유진룡은 피식 웃었다.

도천극의 미간에 짧은 순간 주름살이 만들어졌다. 그러나 그것은 순식간에 사라지고 화사한 미소가 그 자리를 대신했다.

"이런 손일수록 세상을 훨씬 더 잘 움켜쥔다는 것을 알게 될 걸세."

"그렇다 치고… 움켜쥔 후엔?"

"그건 한두 마디로 설명할 수 없을 정도로 많지. 자네 경우엔 자네가 상상하는 것의 대부분은 이룰 수 있을 것이네. 더 나아가 자네 동생들은 자네가 원하는 것 이상으로 성공할 수 있을 것이고, 소향상회는 중원제일의 상단이 될 수 있을 것이네. 그런 후 자네는 원하는 여인과 함께 세상에서 제일 행복한 사람이 될 수가 있네. 어떤가, 손 한번 잡는 것으로 얻는 대가치고는 괜찮지 않은가?"

도천극은 은근한 목소리와 함께 유진룡을 쳐다보았다.

유진룡은 아무런 생각도 담기지 않은 눈으로 도천극을 마주 보았다.

대체 도천극의 정체가 무엇인지 궁금했다. 사부께서 운명하시기 전에 간단히 설명해 주신 바에 의하면, 도천극은 단전은 텅 비고 혈맥은 엉망으로 뒤틀린 채 어떤 노인의 손에 이끌려 사부에게로 왔다고 했다. 그리고 그 노인은 보통 사람이라면 평생 구경조차 할 수 없는 보석인 야명주 열 개를 주며 도천극의 몸을 고쳐 달라고 했다.

딸 주애청의 절맥을 고치기 위해 비슷한 상태의 몸을 가진 사람이 절실히 필요했던 사부는 그 노인이나 도천극의 정체에 대해서는 조금도 물어보지 않고 도천극을 받아들였다. 그러기에 사부의 설명에서는 도천극의 정체에 대해서는 아무것도 알 수 없었다.

유진룡은 석대세가에서 만난 은자유림곡 사람들을 떠올렸다.

그들과 만박노조 역시 확실한 정체는 모르는 것 같았다. 단지 세외의 사라만이라는 사교 집단과 관련이 있는 것 정도만 알고 있었다.

그런 도천극이 지금 세상을 한 손에 움켜쥘 생각을 하고 있었다.

"왜 그러나? 마음에 들지 않는가?"

유진룡이 쳐다만 보고 있자 도천극은 다시 물었다.

"아주 마음에 드는 조건이오. 그런 조건이라면 설사 돌부처라 해도 마음이 동할 것 같소."

유진룡은 반색을 하듯 답했다.

"하하! 그런가? 그럼 나와 손을 잡겠나?"

도천극은 유진룡의 손과 자신의 손을 번갈아 쳐다보았다.

"손을 잡는 것이야 어려울 것이 없지요. 손에는 문제가 없으니……."

"그럼 뭐가 문제인가?"

"당연히 그 손의 주인이 아니겠소."

"하하하!"

잠시 후 도천극이 통쾌한 웃음을 터뜨렸다.

"사제들 중 자네가 제일 낫군. 절대로 만만치 않아. 철사홍 그 녀석이 가르치고 말고 할 사람이 아니야, 자네는. 철사홍 그 녀석이라면 씩씩거리며 검부터 뽑았을 것인데 말이야. 하하!"

도천극은 한 잔의 차를 더 마신 후 다시 입술을 움직였다.

"자네 생각은 충분히 이해하네. 내가 사부와 사형제들을 배신하고 죽음에 몰아넣었으며 아직까지도 남은 사제들을 추적하고 있으니 말일세."

"잘 알고 있군요. 너무 뻔뻔하게 나오기에 까맣게 모르는 줄 알았소."

유진룡이 노골적인 음성으로 비웃었다.

“혀가 그렇게 날카로우니 생각도 날카롭겠군. 그럼 이야기가 통할 수도 있지. 세상을 놓고 큰 도박을 할 땐 작은 희생이 따를 수밖에 없다네. 때로는 자신의 팔도 잘라내야 할 상황이 있을 수도 있네. 그때가 나에게는 그런 상황이었다네. 사부와 사제의 정리를 내세우다가는 모든 것이 틀어질 것이었네. 그래서…….”

“그래서 사부와 사제를 모두 죽일 마음을 먹었단 말이군요?”

유진룡은 도천극의 말을 싹둑 자르며 목소리를 높였다.

“처음엔 그럴 생각까진 하지 않았네. 사부만 제압한 후 사부가 나에 대해서 얼마나 알고 있는지 확인할 생각이었지. 그것만 확인한 후 사부의 기억을 지우면 예전처럼 아무 일 없이 지낼 수 있었지. 그런데 여산기 그놈이 들어오는 바람에 모든 일이 틀어져 버렸어. 그때 그놈만 들어오지 않았다면…….”

“그랬다면 끝까지 사부를 속이고 더 많은 정혈을 뽑아 먹었을 텐데 그러지 못해 안타깝다는 말이오?”

유진룡이 도천극이 흘려버린 말끝을 주워 담아주었다.

“그런 쪽으로만 생각하지 말게. 일이 틀어지지 않았다면 아직도 난 사부의 제자로…….”

“애초부터 당신은 사부의 제자가 될 생각이 없는 사람이었소. 고지식한 사부께서 그걸 몰랐을 뿐이지.”

"사부는……."

"어설픈 설득은 불신만 키울 뿐이오. 그러니 그만 합시
다!"

유진룡은 도천극의 말을 싹둑 자르며 차갑게 내뱉었다.

유진룡의 말에 도천극은 잠시 말문을 닫은 채 유진룡을 쳐
다보기만 했다.

"이런, 이런! 조금이나마 의견 차를 좁혀보려고 했는데…
생각이 너무 다르군. 그럼 더 이상 사형제 간으로의 대화는
불가능하겠고… 이제부터는 협상을 해야겠군."

도천극은 여전히 유진룡을 설득하려는 듯 같은 자세를 유
지했다.

"협상을 하고 싶다면 그녀부터 보여주시오!"

"단리 회주 말인가?"

유진룡은 대답 대신 고개를 끄덕였다.

도천극은 잠시 생각에 잠긴 듯 시선을 한곳에 고정했다.

"좋아. 지금 자네의 마음을 움직일 수 있는 방법으로는 그
녀가 제일일 테지."

고개를 끄덕인 도천극은 설렁줄을 잡아당겼다.

유진룡은 고개를 들어 선실 문을 뚫어져라 쳐다보았다.

잠시 후 선실 문이 열리며 한 여인이 들어왔다.

유진룡은 숨을 낮게 들이마셨다. 그러나 그녀는 단리하연
이 아니었다. 우선 옷부터가 달랐다. 체격은 비슷했지만 흑의

경장을 걸친 그녀는 이십대 후반 정도의 나이로 차를 가져온 시비들과는 달리 눈꼬리가 날카롭고 강인해 보였다. 아니, 표독스러워 보인다는 것이 더 정확한 표현일 것 같았다.

그녀가 먼저 들어오고 난 후 비로소 단리하연이 따라 들어왔다. 그리고 그녀 뒤로 홍의를 입은 또 한 명의 여인이 따라 들어왔다.

유진룡은 자신도 모르게 자리에서 일어섰다. 그리고는 단리하연을 주시했다.

단리하연의 시선이 유진룡의 시선과 마주쳤다.

유진룡은 순간적으로 시간의 흐름이 멈춘 것 같은 착각에 빠져들었다.

단리하연의 눈빛은 여전했다.

육마종의 마수에서 동생들을 데리고 탈출하여 소향상회의 대문 앞에서 마주한 그 눈빛이었다.

사물의 겉모습보다는 내면을 통찰하는 그 눈빛!

단리하연은 그런 눈으로 오히려 유진룡의 안부를 묻고 있었다.

유진룡은 가슴이 조여오는 느낌을 받았다.

자신으로 인해 단리하연은 이런 위험에 처했고 이젠 도천극의 마수에 인질이 되어 있었다. 그리고 지금으로서는 이렇게 쳐다보며 안부를 확인할 수밖에 없었다. 그 사실이 속을 한없이 들끓어오르게 만들었다.

분노로 전이된 그 감정은 고스란히 단전으로 옮겨와 공력을 일으키고 있었다.

우우웅—

자신도 모르게 손에 내력이 모였다.

유진룡의 손이 주먹으로 움켜쥐어지는 순간, 도천극이 한 발 앞서 입술을 움직였다.

"단리 회주를 앞뒤에서 호위하고 있는 두 여인은 흑홍독화(黑紅毒花)라 하네. 앞에 있는 여인이 흑편독화(黑蝙毒花), 뒤에 있는 여인이 홍갈독화(紅蝎毒花)일세. 그 이름에서도 알 수 있듯이 두 여인은 독공의 고수들일세. 자네에겐 안 통하겠지만 다른 사람들에겐 살기를 불러일으키는 것만으로도 중독을 시켜 일각 이내에 절명하게 만든다네. 특히 이런 가까운 거리에서 두 여인이 한꺼번에 독을 쓰면 일각이 아니라 맥박이 세 번 뛰기 전에 절명한다네."

도천극은 차가운 목소리로 유진룡을 향해 경고했다.

유진룡은 움켜쥐었던 주먹을 풀었다. 그리고는 단리하연을 쳐다보았다.

"괜찮습니까?"

겨우 분기를 가라앉힌 유진룡은 단리하연을 향해 질문을 던졌다.

"난 괜찮아요. 그러니 걱정하지 마세요."

단리하연은 차분한 음성으로 답했다. 그러나 그녀의 목소리 끝이 가라앉고 있었다. 또한 그녀의 안색 역시 창백하게 변해갔다.

"무슨 짓을 한 것이오?"

유진룡은 눈을 치켜뜨며 도천극을 쳐다보았다.

"만일을 위해 사전 조치를 좀 취했다고 생각해 두게. 그런 차에 자네가 공력을 일으켰고, 그 순간 뒤에 있는 홍갈독화도 무의식중에 살기를 뿜은 모양일세. 하지만 큰 걱정은 안 해도 되네. 저들의 몸은 독 덩어리이면서도 동시에 지독제(遲毒劑)이기도 하다네. 저들 곁에서 일 장 이상 떨어지지 않는 한 더 심해지지 않을 테니까 말이야."

말과 함께 도천극은 흑편독화와 홍갈독화 두 여인에게 손짓을 했다.

두 여인은 단리하연을 벽 쪽에 있는 탁자에 앉히고 자신들도 단리하연 곁에 밀착하여 앉았다.

"자네의 요구를 들어주었으니 이제 다시 협상을 시작해 보도록 하세나."

도천극은 느긋하게 차 한 모금을 마셨다.

"원하는 것을 말해보시오."

유진룡은 여전히 단리하연에게서 시선을 떼지 않은 채 대꾸했다.

조금 전과 달리 약간 안색이 돌아온 단리하연은 운기를 하는지 호흡을 길게 이끌고 있었다.

"우선 피를 한 종지만 뽑아줄 수 있겠나? 확인을 해볼 것이 있으니 말일세. 그것은 지금 중독된 단리 회주를 위한 것이기도 하네."

도천극은 단리하연 쪽을 쳐다보며 말했다.

"그 정도라면 얼마든지 줄 수 있소."

유진룡은 팔을 내밀었고 붉은 옷을 입은 홍갈독화가 작은 종지를 가지고 와 유진룡의 피를 뽑았다.

"고맙네. 우선적으로 원하는 것은 되었으니 이젠 본격적인 조건을 말하지. 내가 궁극적으로 원하는 것은 사부께서 마지막 순간에 가지고 가신 영약 보따리일세. 그것이 아직 그대로 있다면 나에게 주게."

도천극은 자신의 말에 대해 일 푼의 자신감도 없는 음성으로 말했다.

"그게 아직 있을 리 만무하지 않소? 그대로 있다면 내가 탄생하지 못했을 테니까."

"역시 그렇겠지? 그건 자네 몸속으로 모두 흘러들어 갔겠지?"

이미 짐작하듯 도천극은 고개를 끄덕였다.

"그렇다면 내가 원하는 것은 자네 몸 자체라는 결론이 도출되는데……."

"그것 때문에 날 이곳으로 유인한 것이 아니오?"

유진룡이 눈꼬리를 날카롭게 하며 도천극을 쳐다보았다.

"그런 셈이지. 하지만 자네가 협조를 해준다면 몇 배로 쉬워지지. 그래서 협상을 제안하는 것이네."

"협상에 응하지 못하겠다면?"

"난 자네를 강제로 데려갈 수밖에 없네. 동시에 조금 전 내가 제시한, 자네에게 돌아갈 많은 이익들이 모조리 소멸될 테지. 더 나아가 그 이익을 향유할 존재들까지 소멸될 것이네. 그 존재들 중에는 여기 있는 단리 회주도 포함될 것이고……."

"결국 이것이 대화의 본질이군요."

유진룡이 조소를 피워 올렸다.

"난 되도록 이런 쪽으로 대화가 흘러가지 않길 바랐네. 하지만 안타깝게도 대화는 내가 바라지 않는 방향으로 흘러와 버렸군. 이젠 자넬 억지로 데려갈 수밖에 없군그래. 쯧쯧!"

"염소를 물가까지 데려갈 수는 있어도 물을 먹일 수는 없을 텐데?"

"그거야 말을 알아듣지 못하는 염소니까 그렇겠지. 염소는 협박을 알아듣지 못하니까 말일세."

도천극은 단리하연을 쳐다보며 말했다. 유진룡이 말을 듣지 않으면 당장 단리하연에게 위해를 가하겠다는 의사표시였다.

"난 자네가 그렇게 어리석은 사람이 아니라 믿네."

도천극은 조금도 서두르지 않는 자세로 말하며 느긋하게 차 한 모금을 더 마셨다.

유진룡은 대화를 하면서 계속 주변을 살폈다.

모든 상황이 자신에게 있어 최악이었다. 단리하연은 중독 된 채 인질이 되어 있고, 자신은 고립된 채 이 배에 타고 있 다. 사형 철사홍과 개방의 사람들이 싸우는 소리는 여전히 가 까워지지 않았다. 병장기 부딪치는 소리가 끊이지 않는 것으 로 보아 치열한 대결이 벌어지고 있는 것은 확실한 것 같은데 그 소리들은 오히려 점점 멀어지는 것 같았다. 그들이 도천극 의 수하들은 모조리 도륙했다 하더라도 이곳은 강인지라 자 신을 도우러 올 수 있을지 장담할 수가 없었다.

아무리 생각을 거듭해 보아도 단리하연과 자신이 빠져나 갈 길이 보이지 않았다. 그런 상황을 잘 알기에 도천극은 조 금도 서두르지 않고 앉아 있는 것이다.

'이곳에는 얼마만큼의 사람들이 있을까?

그것 역시 큰 장벽이었다. 도천극은 이 배에도 다른 준비를 해놓았을 것이다.

무턱대고 이 배에 탄 것이 잘한 일일까? 하는 자책도 해보 았다. 그러나 그건 어쩔 수 없는 불가항력의 상황이었다.

문제는 지금부터였다.

어떻게 단리하연을 구해 탈출할 수 있을 것인가?

그것도 어렵겠지만 탈출한다고 하더라도 중독된 단리하연

을 어떻게 구할 것인가?

머릿속이 복잡하여 터질 지경이었다.

지금 자신에게 조금이라도 유리한 점이 있다면 승리감에 도취된 도천극이 거만을 떨며 여유를 부리고 있다는 것이다.

분명 이 배에는 양혼절맥수 공우기만 한 고수들이 더 있을 수 있다. 그런데도 도천극은 이 자리에 혼자 나왔다.

아니, 자기 딴에는 완벽함을 기하느라 흑홍독화라는 여인 두 명을 대동하고 단리하연 앞뒤에서 한 치도 떨어지지 않고 핍박하고 있었다.

그녀들의 독이 유진룡에게는 통하지 않는다는 것이 또 한 가지 유리한 점이라 볼 수 있다.

절대적으로 불리한 지금 상황에서 그 두 가지만이 실낱같은 희망이었다.

우선은 독을 쓰는 두 여인을 제압해야 했다.

그녀들이 단리하연을 계속 위협하고 있는 한 아무것도 할 수 없었다.

두 여인을 순식간에 제압한 후 도천극을 기습하여 이곳을 빠져나가는 방법밖에 없을 것 같았다. 그런 후 백엽동이 있는 배로 가서 단리하연을 해독시켜야 한다.

여기서 탈출구를 찾지 못하고 도천극의 소굴로 끌려가면 가망성은 손톱만큼도 없을 것이다.

유진룡은 단리하연에게로 눈길을 던졌다.

같은 생각을 하고 있었던지 단리하연도 시선을 맞추어왔다.

그녀의 눈빛은 이번에도 유진룡의 깊은 내면을 쳐다보고 있는 것 같았다.

유진룡은 짧은 순간 단리하연이 자신의 생각을 읽고 있는 것 같은 느낌을 받았다. 그녀의 깊은 눈은 말을 하지 않아도 유진룡의 자신의 의도를 읽고 같이 호흡할 수 있을 것 같았다.

도저히 길이 보이지 않는 암흑 같은 상황이었기에 그 느낌은 한줄기 섬전처럼 강렬했다.

한가닥 안도감이 생겨났다. 그것이 실낱같은 자신감을 몰고 왔다.

그 실낱같은 자신감에 모든 것을 걸고 모험을 할 수밖에 없었다.

문득, 육마종의 계략에 의해 독에 중독되었던 그녀를 동굴로 데려와서 해독시키고 바래다줄 때 그녀가 했던 의미 모를 말이 떠올랐다. 그리고 이젠 의미가 이해될 것도 같았다.

"가슴이 같이 두근거렸다는 말, 이젠 이해할 수 있을 것 같습니다."

유진룡은 불쑥 말을 하자 단리하연의 눈빛이 짧은 순간 여러 번 변했다.

"그게 무슨 말인가? 가슴이 같이 두근거리다니?"

찻잔을 내린 도천극이 영문을 모르겠다는 표정으로 유진룡을 쳐다보았다.

"독이 나에게도 조금 영향을 미치는 모양이오."

유진룡은 그렇게 얼버무렸다.

도천극은 날카로운 눈빛으로 단리하연 쪽을 쳐다보았다. 그러나 단리하연은 어느새 눈을 감고 힘겨운 듯 숨을 고르고 있었다.

"이제 마무리를 짓도록 하지. 자네가 곱게 나를 도와준다면 단리 회주와 자네 동생들에게 아무 짓도 하지 않겠다는 약속을 하겠네."

도천극은 최후통첩을 했다.

"휴우—"

유진룡은 긴 한숨을 토했다. 그리고 입을 열었다.

"나에 대해서 조사를 좀 더 했어야 했소."

"무슨 말인가?"

도천극의 이마에 주름이 만들어졌다.

"사부께서 나를 탄생시킨 가장 큰 목적은 사부의 딸 주애청을 보호하기 위해서이지."

"그래서?"

"그 목적을 가장 완벽히 이루는 방법은 당신을 죽이는 것이지. 그리고 지금이 가장 완벽한 기회일 수도 있다는 생각이 드는군."

　유진룡의 눈빛이 번쩍 빛을 토했다. 이글거리는 눈빛 속에
언뜻 광기가 엿보였다.

第七十二章
생명의 끈

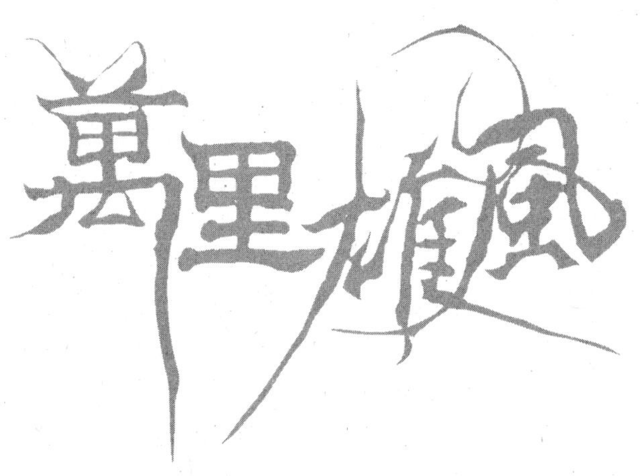
萬里雄風

"**하**하하!"

도천극이 광소를 터뜨렸다.

"자네가 날 죽일 수 있을까?"

도천극은 자신만만한 표정으로 유진룡을 쳐다보았다.

"다른 사람들은 몰라도 당신은 죽일 수 있지. 당신도 모르는 당신의 약점을 속속들이 알고 있는 사부가 날 그렇게 만들어놓았으니까."

유진룡의 눈에 떠오른 광기가 더욱 짙어졌다. 반면 도천극의 눈살은 더욱 찌푸려졌다.

"네놈이 이런 식으로 날뛰면 저 여인부터 죽이겠다."

도천극은 얼음장처럼 차가운 음성으로 말했다.

"후후!"

유진룡이 낮은 웃음을 터뜨렸다.

"그러기에 나에 대해서 좀 더 조사를 했어야지. 날 조금이라도 더 오래 구속하려면 단리 회주보다는 내 동생들을 잡아왔어야지."

유진룡의 입가로 비웃음이 흘렀다.

"네놈은 은인을 배반하겠다는 말이냐?"

도천극은 반신반의하는 표정으로 유진룡의 눈을 쳐다보았다.

유진룡의 눈에는 더욱 진한 광기가 어리고 있었다.

"물론 그러고 싶지는 않지만… 사부의 금제가 너무 강해 어쩔 수가 없군."

"무슨 소리냐?"

도천극의 목소리가 더욱 차가워졌다.

"사부가 백호나 흑웅을 어떻게 제압하고 있는지는 알겠지? 네놈에게 그렇게 했으면 이런 일도 없었을 텐데…… 어쨌든 네놈에게 속은 후 그런 전철을 밟지 않기 위해 사부는 나에게 금제를 가했지. 너를 만나면 동귀어진을 하더라도 죽이게끔 말이야. 그와 함께 너만큼은 죽일 수 있는 능력도 아울러 내 몸에 주입시켜 놓았지. 크크크!"

유진룡의 입에서 괴소가 터져 나오자 도천극의 얼굴에 처

음으로 당혹감이 흘렀다. 잠시 후 그의 손이 설렁줄을 향해
움직였다.

"그럴 틈이 있을까? 그러면 당신의 가슴이 고스란히 노출
되는데 말이야?"

유진룡이 도천극을 쏘아보며 천천히 손을 앞으로 내밀었
다. 도천극이 흠칫 신형을 굳히며 흑홍독화를 쳐다보았다.

그녀들도 예상치 못한 상황에 주춤 몸을 일으켰다.

그 순간 유진룡은 단리하연을 쳐다보았고 곧이어 선실 창
쪽으로 시선을 돌렸다. 단리하연의 시선도 유진룡의 시선을
쫓아 선실 창으로 향했다가 원래의 자리로 되돌아왔다.

번개가 치는 듯한 짧은 순간이었지만 그것만으로 충분했
다.

"처음부터 나를 혼자 만나는 허세를 부리지 말고 이 배에
있는 모든 인원을 동원하여 잡았어야지. 크크크!"

유진룡은 이제 이성이 금제에 완전히 지배된 듯한 웃음을
토했다.

"애송이 놈이!"

유진룡이 더욱 짙은 괴소를 흘리자 도천극이 두 손에 공력
을 모았다.

그 순간 유진룡이 튕기듯이 몸을 일으키며 탁자를 걷어찼
다.

콰앙—

탁자가 굉음을 토하며 도천극을 향해 날아갔다.

퍼엉—

도천극이 탁자를 향해 장력을 터뜨렸다.

"죽어라!"

동귀어진이라도 할 듯 일갈을 터뜨린 유진룡이 도천극을 향해 이상한 자세로 주먹을 뻗었다. 내려치는 것 같기도 하고 장력을 발출하는 것 같기도 한 모호한 자세에 도천극은 짧은 순간 뒷걸음을 쳤다.

"지금!"

찰나의 순간 유진룡의 신형이 팽이처럼 회전하며 흑편독화를 향해 쏘아져 나갔다. 동시에 단리하연의 신형도 선실 창문 쪽으로 튕기듯 쏘아졌다.

앞에 앉아 있던 흑편독화가 반사적으로 손을 들어 올렸다. 또한 단리하연의 뒤에 밀착하여 앉아 있던 홍갈독화도 대경한 표정과 함께 단리하연을 향해 쌍장을 내밀었다.

퍼엉—

한발 앞서 터진 흑편독화의 독장이 유진룡의 가슴에 작렬했다. 그러나 유진룡의 신형은 조금도 망설이지 않고 단리하연이 몸을 움직인 선실 창문 쪽으로 날아갔다.

퍼엉—

뒤이어 홍갈독화의 쌍장에서도 폭음이 터졌다. 바람처럼 움직인 유진룡이 덮치듯 단리하연을 감싸자 홍갈독화의 독장이 유진룡의 등을 강타했다.

와장창—

흑홍독화의 장력을 모조리 몸으로 막아낸 유진룡은 단리하연을 안고 선실 창문을 박살 내며 쏘아졌다.

"쥐새끼!"

원독 가득한 음성과 함께 도천극의 손에서 새하얀 기류가 섬전처럼 쏘아졌다.

안개처럼 터져 나온 흰 기운은 어느새 짙은 핏빛으로 변하며 유진룡의 등을 강타했다.

"크윽!"

흑홍독화의 쌍장을 고스란히 받으면서도 표정 하나 변하지 않았던 유진룡의 입에서 핏빛 신음이 터져 나왔다. 뒤이어 그의 입에서 폭포수 같은 선혈이 터져 나오며 안고 있는 단리하연의 백의를 붉게 물들었다.

"유 공자!"

단리하연이 찢어져라 비명을 질렀다. 그러나 그 비명은 끝까지 이어지지 못한 채 거친 물결에 휩싸여 버렸나.

두 사람의 몸은 어느새 강물 속으로 떨어져 바닥을 향해 가라앉고 있었다.

*　　　*　　　*

파앗—

철사홍의 청룡검이 빛살처럼 허공을 갈랐다. 검 하나가 싹둑 잘리며 청의인 한 명의 목도 잘려 강물 속으로 떨어져 내렸다.

"저놈들이 점점 멀어져 가고 있어."

철사홍은 이를 갈며 말했다.

싸우는 중에도 유진룡의 움직임은 놓치지 않고 있었다. 그래서 유진룡이 탄 제일 큰 배를 주시하고 있었는데 그 배가 빠르게 멀어지고 있었다.

"사제는 어떻게 되었을까요? 그녀를 구했을까요?"

권경을 터뜨린 주애청도 숨을 몰아쉬며 물었다.

"쉽지 않을 거야. 저 배에 무슨 계략을 펼쳐 놓았을지도 모르는 일이고."

"그럼 어서 도와주러 가야죠."

주애청이 조바심을 냈다.

"젠장!"

철사홍은 역정을 토했다.

마음은 급하기 짝이 없었지만 상황이 그걸 허락하지 않았다.

저 앞에서 다섯 명의 청의인이 다시 날아오고 있었다. 하나같이 만만치 않은 고수였다. 개방의 두 장로와 장서홍, 남궁세준만이 여유를 가지고 싸울 정도였고, 그 외는 버거운 대결을 벌이고 있었다. 그러다 보니 틈을 내어 도와주어야 했고 아직은 유진룡을 도우러 갈 여유가 없었다. 그런 차에 유진룡이 마지막으로 날아오른 배는 점점 더 멀어지고 있었다. 이젠 도와주고 싶어도 자신만의 힘으로는 불가능했다. 배를 몰아 한참을 더 쫓아간 후에나 가능한 일이었다.

"개자식들!"

철사홍은 모용 남매 쪽으로 달려가는 청의인을 향해 쏘아져 갔다. 그 뒤를 주애청이 바람처럼 따랐다.

"젠장!"

모용현은 신음성을 터뜨렸다.

마주친 검을 파고드는 충격파가 팔을 저리게 만들었다. 갈수록 버거운 상대라는 것을 절감했다. 초식도 날카로웠지만 그 내력이 만만치 않았다. 특히 이놈들의 눈빛은 시종 얼음장 같은 차가움을 유지하고 있어 질리게 만들었다.

실혼인 같지는 않았지만 보통 사람과 같은 감정의 동요를 느낄 수 없었다.

그건 그만큼 혹독한 훈련을 받았거나, 아니면 무언가에 감정을 지배받는 것 같았다.

"위험하오!"

모용현이 고함을 지르며 남궁세희의 옆구리 근처로 날아드는 검 하나를 튕겨내 주었다.

지금 그의 과제는 동생 모용영경과 함께 남궁세희를 보호하는 것이었다.

"고마워요!"

남궁세희는 급히 사의를 표하면서도 얼굴을 찡그렸다.

점점 힘이 빠지고 있었다. 이대로 조금만 더 가면 몸 어디엔가 상처를 입을 것 같았다.

"으윽!"

뒤쪽에서 낮은 신음 소리가 들렸다.

개방도 하나가 지른 비명 소리였다.

"피해!"

날아드는 검을 쳐낸 장서홍이 쳐다보지도 않고 뒤로 몸을 날렸다.

파앗—

청의인 한 명의 허리가 타구봉 끝에 걸렸다. 느껴지는 감촉으로 보아 족히 늑골 두어 대는 나갔을 것 같았지만 청의인은 신음 소리 하나 내지 않고 다시 검을 휘둘렀다.

퍼억—

곽장견의 타구봉이 청의인의 머리를 가격했다.

선혈이 튀어 오르고 뇌수가 흘렀을 때 비로소 청의인은 무너져 내렸다.

"지독한 놈들이로고……."

백엽동이 혀를 찼다. 그러나 어느 순간 그의 타구봉은 또 다른 청의인의 검을 막아가고 있었다.

'점점 더 꼬이는군.'

최대한 유진룡과 가까워지려고 몇 척의 배를 건너뛰어 일행들과 다른 배에서 싸우고 있던 남궁세준은 눈살을 찌푸렸다.

자신의 목표인 유진룡과는 점점 더 멀어지는데 여기서 상관없는 싸움만 죽어라 하고 있는 것이다.

'그런데 이놈들은?

남궁세준의 눈이 기광을 뿜었다.

처음에는 몰랐는데 철사홍과 개방의 장로들의 활약으로 청의인들이 반 넘게 죽어나가자 남은 놈들의 눈빛이 달라지고 있었다.

파앗—

남궁세준은 측면에서 다가오는 청의인을 향해 쾌속하게 검을 뿌렸다.

검첨에 사내의 어깨가 걸리며 선혈이 튀어 올랐다.

남궁세준은 순간적으로 가슴이 서늘해져 옴을 느꼈다.

어깨에 상처를 입은 청의인의 눈에서 찰나적으로 붉은빛이 새어 나왔다.

'마교?

그런 생각이 절로 들었다. 그러나 마의 기운은 아니었다. 중원제일가의 자손으로 누구보다 박식했기에 그건 알 수 있었다.

 '그렇다면 뭐란 말인가?'

안광이 더욱 붉어진 사내가 세차게 검을 부딪쳐 왔다.

검을 부딪친 손목에서 찌르르 하는 울림이 가슴까지 파고들었다.

"창궁무애(蒼穹無涯)!"

일갈과 함께 남궁가의 독문검법이 펼쳐졌다.

서걱!

섬뜩한 느낌과 함께 사내의 아랫배가 갈라졌다.

번쩍—

사내의 눈이 최고조의 붉은빛을 내뿜으며 쓰러졌다.

"휴—"

남궁세준은 근 일각 만에 비로소 긴 한숨을 내쉬었다.

"젠장!"

남궁세준은 역정을 토하며 사방을 둘러보았다. 정신없이 싸우는 동안 배가 제 맘대로 움직이는 바람에 유진룡과는 물론, 동생 남궁세희와도 너무 멀리 떨어져 헤엄치지 않고는 갈 수 없는 지경이 되어버렸다.

"그런데 괜찮을까?"

남궁세준은 유진룡이 건너간 배 쪽을 쳐다보았다.

배는 한참 멀어져 가고 있었다. 좀 더 멀어지면 놓칠 것도 같았다.

“이렇게 하는 건가?”

남궁세준은 돛 줄 하나를 잡아당겼다.

돛이 약간 방향을 바꾸었지만 앞으로 나아가는 느낌은 전혀 들지 않았다.

촤르르—

내력을 불끈 돋운 남궁세준은 마구잡이로 돛 줄들을 잡아당겼다.

어느 쪽으로든 움직여야 고립을 면할 것이다.

“내가 도와드리겠소.”

뱃전 아래로부터 한 사내의 몸이 불쑥 솟아올랐다.

그는 쾌선을 움직이던 사내들의 우두머리였다.

온몸이 흠뻑 물에 젖은 것으로 보아 쾌선에서 이곳까지 헤엄쳐 온 모양이었다.

“당신 배는?”

남궁세준은 한덕무를 향해 물었다.

“가라앉았소.”

한덕무는 짤막하게 답하고는 돛 줄 몇 개를 움직였다.

“이것과 이것을 끝까지 당기시오.”

한덕무는 남궁세준에게 돛 줄 두 개를 건넸다.

“어느 쪽으로 갈 생각이오?”

남궁세준의 질문에 한덕무는 유진룡이 탄 배를 가리켰다. 그건 남궁세준의 방향과도 일치했다.

"어서 갑시다."

뒤쪽을 한번 쳐다본 남궁세준은 고개를 끄덕이며 세차게
돛 줄을 잡아당겼다.

*　　　*　　　*

'유 공자!'

단리하연은 가슴이 터져라 고함을 질렀지만 이번에도 그
소리는 밖으로 흘러나오지 못했다.

유진룡과 한 덩어리가 된 몸은 계속 황하의 강물 속으로 가
라앉고 있었다.

단리하연은 억지로 눈을 뜬 후 안력을 돋우며 유진룡의 상
태를 살폈다.

누런 황톳물 사이로 유진룡의 모습은 자세히 보이지 않았
지만 그의 입에서 흘러나오는 선혈은 한 가닥 연기처럼 길게
위로 이어져 있었다.

단리하연은 필사적으로 몸을 움직였다.

가라앉던 속도가 겨우 줄어들며 더 이상 아래로 향하지 않
았다. 그러나 자신의 몸을 꽉 껴안은 유진룡의 팔은 족쇄처럼
완강했다. 그 상태로 유진룡은 의식을 잃은 것이다.

위험했다.

물속에서는 공기 중에서보다 피가 훨씬 잘 빠져나간다. 이

런 식으로 반 각만 더 지나게 되면 숨이 막히는 것보다 출혈이 심해 죽게 될 것이다.

우선 지혈부터 하고 수면으로 올라가 호흡을 해야 했다.

몇 번의 요동으로 겨우 팔 하나를 뽑아낸 단리하연은 유진룡의 가슴 혈 몇 군데를 두드렸다.

다행히 굵게 흘러나오던 선혈이 가늘어지더니 이윽고 출혈이 멎었다.

이젠 신속히 수면 위로 올라가야 했다.

'안 돼!'

단리하연은 비명을 삼켰다.

출혈이 멈춘 유진룡의 입에서 거품이 뿜어져 나오고 있었다.

물속으로 떨어지기 전에 폐부에 들어 있던 대기가 밖으로 흘러나오는 것이다.

이렇게 되면 강물이 급속도로 폐부로 빨려들고 순식간에 생명의 끈이 끊기게 될 것이다.

정상적일 때 운기를 한다면 일이각 정도야 문제가 없지만 지금의 유진룡은 무공을 익히지 않은 촌부보다 훨씬 위험한 상태였다.

필사적으로 유진룡의 팔을 벗어나려던 단리하연은 오히려 더 몸을 밀착시켰다. 그리고는 유진룡의 입술에 자신의 입술을 갖다 댔다.

단리하연의 폐부에 있던 한 모금의 대기가 유진룡의 입속으로 흘러들었다. 그러자 결박처럼 굳어 있던 유진룡의 팔이 풀리며 몸이 자유스러워졌다.

그 순간 단리하연은 온몸에 힘이 쭉 빠지는 느낌을 받았다.

앞과 뒤에서 밀착하듯 자신을 감시하던 흑홍독화 중 홍갈독화의 몸에서 스며든 독이 한 모금의 대기마저 유진룡의 입속으로 불어넣어 줌으로 해서 급격히 퍼지고 있는 모양이었다.

'제발!'

단리하연은 마지막 남은 공력을 모조리 끌어올렸다. 그러나 대기를 흡입하지 못한 상태에서 공력이 제대로 끌어올려질 리 만무했다. 그 시도가 오히려 독의 발작만 촉발시켰다.

'아아!'

단리하연은 절망적인 신음을 삼켰다.

조금 떠오르려고 하던 몸이 물결에 휩쓸리며 다시 가라앉고 있었다.

그와 동시에 의식마저 흐려왔다.

'유 공자, 제발… 제발 당신만이라도……'

단리하연은 마지막 힘을 쏟아 부어 유진룡의 단전에 손바닥을 대고 한 손으로 떠받치듯 위로 올려 강하게 밀쳤다. 유진룡의 단전에 기운을 불어넣음과 동시에 몸을 수면으로 떠오르게 하기 위함이었다.

유진룡의 몸이 천천히 위로 올라갔다. 반면 의식까지 혼미한 단리하연의 몸은 더 빠르게 아래로 가라앉았다.

"형!"

까마득한 곳에서 동생의 목소리가 들려왔다.

추운 겨울 불덩이처럼 열이 나며 마지막으로 자신을 부르던 그 목소리였다.

그러나 동생의 얼굴은 가물거리며 떠오르지 않았다.

동생의 목소리가 멀어져 갔다. 대신 다른 목소리가 들려왔다.

"대장!"

또 다른 동생들의 목소리였다.

소고의 목소리도 들렸고, 양혜란, 마웅탁의 목소리도 섞여 있었다.

"대장! 어서 일어나. 해가 중천에 떴단 말이에요!"

누군가 다른 꼬맹이의 목소리도 들렸다.

그러나 바윗덩어리처럼 무거운 눈꺼풀은 도저히 움직여지지 않았다.

황악호에게 죽도록 두들겨 맞은 몸이 말을 듣지 않는 것이 틀림없었다.

조금만 더 자고 싶었다.

그러고 나면 몸이 좀 가벼워질 것도 같았다.

"대장! 육마종이 쳐들어와!"

훨씬 더 다급한 목소리가 들렸지만 여전히 눈꺼풀은 밀려 올라가지 않았다.

끈적끈적한 잠의 유혹이 너무 강했다.

"이 술을 마시면 잠이 깰 거예요, 대장."

양혜란이 약초술을 담은 자기병을 입가로 갖다 댔다.

자기병 입구에서 세상 그 어떤 꽃에서도 맡을 수 없는 달콤한 향기가 흘러나왔다.

이윽고 약초술이 입으로 흘러들고 거짓말같이 눈꺼풀이 밀려 올라갔다.

눈앞에 단리하연의 얼굴이 밀착되어 있었다.

그리고 입속으로 한 모금의 대기가 흘러들었다.

자신의 입속에 있던 대기를 모두 전해준 단리하연의 입술이 멀어졌다. 동시에 뜨거운 기운 한줄기도 단전으로 흘러들었다. 그렇게 자신의 몸은 위로 떠오르고 단리하연의 몸은 아래로 가라앉았다.

'회주!'

의식이 급격히 돌아옴과 함께 유진룡은 단리하연을 불렀다.

차가운 물이 입속으로 왈칵 밀려들어 오며 심장을 짓누르는 것 같았다.

유진룡은 급히 입을 다물고 물을 박찼다.

우선은 한 모금이라도 숨을 쉬어야 했다. 그렇지 않으면 가슴이 터져 버릴 것 같았다.

수면으로 올라가는 찰나의 시간이 억겁처럼 길게 느껴졌고 끝없이 깊은 것 같았다.

"푸우―"

물 밖으로 겨우 고개를 내민 유진룡은 온 세상의 대기를 다 빨아 마실 듯 숨을 쉬었다.

맑은 대기가 폐부를 채우고 머릿속에까지 스며들자 칼날같이 차가운 의식이 뇌리를 헤집었다.

도천극의 손아귀에서는 겨우 벗어났지만 강물 속에 내던져져 더욱 급박한 상황이 되었다.

흐린 의식 속에서 자신의 입속에 대기를 불어넣고 자신을 밀어올린 후 대신 물속으로 가라앉은 단리하연의 모습이 꿈을 꾼 것처럼 떠올랐다.

모정만큼이나 처절한 그녀의 마음이, 그녀의 행동이 온 가슴을 헤집었다.

한 모금의 대기를 더 마신 유진룡은 다시 물속으로 몸을 던졌다.

콰앙―

방금 자신이 떠 있던 수면 위에 충격파가 터지며 세찬 물결과 함께 거품이 일었다.

아마도 도천극이 자신을 향해 뿌린 장력이었을 것이다. 놈

은 자신과 단리하연이 수면 위로 떠오르기만 기다리고 있다
가 일장을 날린 것 같았다. 하지만 떠오르자마자 도로 물속으
로 몸을 들이밀음으로 해서 그의 의도는 빗나간 셈이 되었다.

저절로 이가 악물어졌지만 지금은 그놈에게 신경 쓸 여유
가 없었다. 온 힘을 다해 단리하연부터 찾아야 했다.

유진룡은 미친 듯이 헤엄을 치며 단리하연을 찾았다. 그러
나 황하의 탁한 황톳물은 몇 장 앞도 분간하기 힘들었다.

유진룡은 필사적으로 바닥을 향해 헤엄쳐 내려갔다.

헤엄이라고는 어릴 적 소주의 복잡한 수로에서 조금 쳐본
기억밖에 없었지만 온 내력을 다 끌어올려 바닥을 향해 내려
갔다.

'회주!'

기적처럼 백의의 인영이 시야에 들어왔다.

유진룡은 그 인영을 향해 온 힘을 다해 나아갔다.

그런데?

백의의 인영은 하나가 아니었다.

유진룡은 전진을 멈추었다. 만약 수공을 익힌 도천극의 패
거리들이라면 더 큰 위기에 봉착할 것이다.

第七十三章
우주무한(宇宙無限)

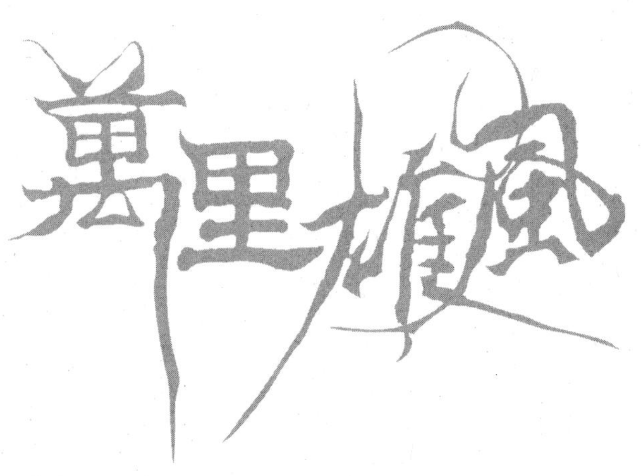

백의의 인영들은 조금 더 가까워졌다. 유
진룡은 최대한으로 안력을 돋우었다. 천만다행으로 백의인
중 하나는 단리하연이 분명했다. 의식을 잃은 듯한 그녀를 또
다른 한 명의 백의인이 팔을 잡아끌고 있었다.

단리하연을 잡고 있는 인영은 뜻밖에도 남궁세준이었다.

흐린 물속이지만 그의 모습을 인식할 수 있었다.

그는 수공이라도 익혔는지 조금의 움직임으로도 빠르게
다가왔다.

남궁세준이 다른 한 팔로 유진룡의 허리를 잡았다. 그리고
는 앞으로 나아갔다.

유진룡과 단리하연을 잡고 두 발로만 물을 박차는데도 유진룡이 필사적으로 헤엄치는 것보다 훨씬 빠르게 나아갔다.

유진룡은 급히 몸을 틀어 이번에는 자신이 단리하연의 입에 대기를 불어넣어 주었다. 그리고는 남궁세준처럼 발을 움직였다.

"그냥 가만히 있는 것이 돕는 것이오."

물살을 헤집고 남궁세준의 전음이 고막을 두드렸다.

유진룡은 몸에 힘을 빼고 남궁세준의 움직임에 몸을 맡겼다. 그러자 비로소 등줄기에서 지독한 통증이 느껴졌다.

등줄기가 끊어질 듯한 고통이었다. 그리고 그 고통은 태울 듯한 열기를 동반했다.

물속에 있다는 것이 다행스럽다고 생각될 정도였다. 등에서 전해지는 불에 지지는 듯한 열기를 차가운 물이 조금이나마 식혀주는 것 같았다.

이를 악문 유진룡은 단리하연의 상태를 살폈다.

배에 있을 때부터 독에 중독된 상태에서 이런 극한 상황에까지 봉착했으니 어떻게 되었을지 한없이 마음이 급했다. 그래서 남궁세준을 향해 거듭해서 위로 올라가자는 신호를 보냈다. 그러나 남궁세준은 고개를 저었다. 그리고는 입술을 달싹거렸다.

"혈을 점해두었으니 반 각 정도는 괜찮을 것이오."

다시 전음이 들리며 나아가는 속도가 좀 더 빨라졌다. 그런데 그 속도가 비정상적으로 빨랐다.

그건 남궁세준으로 인한 것이 아니었다. 한 개의 강물 속에는 여러 개의 물줄기가 있다. 그중 하나인 급류에 휩싸인 것이다.

"꽉 잡으시오!"

남궁세준의 다급한 전음이 들렸다.

유진룡은 남궁세준의 허리 부분의 옷을 움켜쥐었다.

마치 소용돌이 같은 흐름이 느껴지며 급하게 앞으로 나아갔다. 아니, 떠내려갔다.

다시 숨이 가빠지고 질식할 것 같을 즈음에 남궁세준은 수면을 향해 떠올랐다.

떠오른 곳은 공교롭게도 한덕무의 쾌선을 타고 있다가 탈출한 절벽 부근이었다. 정확히 그곳은 아니었지만 그 근처였다. 그래서 당장은 몸을 눕힐 곳조차 없었다.

물살에 몸을 맡긴 채 조금 더 내려가자 바위틈 뒤로 공간이 보였다.

단리하연을 부축한 채 남궁세준과 유진룡은 그곳으로 올라갔다.

다행히 틈은 제법 넓었고 다른 사람들의 이목을 가려줄 정도도 되었다.

남궁세준은 급히 단리하연의 혈을 두드렸다. 그러자 봉해졌던 숨이 트였다.

유진룡은 급히 단리하연의 맥문을 잡았다.

맥은 끊어질 듯 가늘었고 차가운 강물에 한참 동안 노출된 그녀의 몸은 얼음처럼 차가웠다. 또한 하얗게 탈색된 안색과 시퍼렇게 얼어붙은 입술은 아직 생명이 붙어 있을지 의심스러운 모습이었다.

유진룡은 급히 겉옷을 벗었다. 그러나 강물에 흠뻑 젖은 겉옷 역시 차갑기는 마찬가지였다.

"체온으로 몸을 녹여줘야 하오. 그러면서 진기를 불어넣어 주시오."

남궁세준이 빠르게 일러주었다.

유진룡은 단리하연을 끌어안았다. 그렇게 체온으로 그녀의 몸을 녹이며 그녀의 전신 대혈 곳곳을 두드렸다.

남궁세준도 유진룡을 도와 그녀의 혈 몇 군데를 점하며 진기를 유통시키게 했다.

백지장처럼 하얗게 변했던 그녀의 얼굴에 조금 핏기가 번지며 혈색이 돌아오기 시작했다. 아울러 얼음장같이 차갑던 몸도 조금씩 온기를 찾기 시작했다.

그런데 그것이 또 다른 문제를 불러왔다.

거의 얼어붙다시피 하던 몸이 녹고 피가 돌자 독의 발작도 같이 왕성해지기 시작한 것이다.

혈색이 돌던 그녀의 얼굴에 즉시 중독의 흔적이 나타나며 다시 창백해지기 시작했다.

"왜 이러는 것이오?"

"배에서 탈출하기 전에 중독되었소. 물속에서 얼어붙었던 것이 오히려 독의 발작을 막았소."

상황을 인식한 유진룡이 다급한 표정으로 말했다.

"차라리 물속이 나을 뻔했소. 하지만 계속 그렇게 놔두면 저 체온으로 죽게 될 것이오. 우선 이걸 복용시켜 보시오."

남궁세준은 품속에서 꺼낸 작은 금낭을 열고 다시 그 안의 목함 속에서 환단 하나를 꺼내 유진룡에게 내밀었다.

"이것이 무엇이오?"

환단을 받아 든 유진룡이 다급하게 물었다.

"가문에서 대대로 전해 내려오는 환명단(還命丹)인데, 해독의 효과도 있소. 복용시켜 보시오."

남궁세준은 자신있는 표정과 함께 재촉했다.

"그런 건 나에게도 있소."

"그건 유 형 같은 사람에게 잘 통하는 것이 아니겠소? 그것보다는 이게 나을 것이오. 보통 사람에게도 무리없이 통하는 것이니까 말이오."

잠시 망설이던 유진룡은 환명단을 단리하연의 입속에 넣고 목 근처의 혈 한 곳을 건드렸다.

목이 움직이며 단리하연은 환명단을 삼켰다.

"조금만 기다리면 효과가 있을 것이오."

남궁세준은 여전히 자신있는 표정이었다.

오랜 세월 동안 전해져 내려온 가문의 환명단은 소림의 대환단이나 무당의 자소단에 못지않은 효력을 가지고 있어 웬만한 내상이나 중독은 한 알 만으로도 깨끗이 치유가 가능했다. 그래서 한숨을 돌렸는데 상황은 그의 예상과는 정반대로 흘러갔다.

환명단이 녹아 흡수될 때쯤 단리하연의 상태는 급속히 나빠지기 시작했다.

숨결은 급격히 거칠어지고 온몸 역시 열병에라도 걸린 듯 뜨거워지기 시작했다.

남궁세가의 환명단이 오히려 역효과를 내고 있는 듯했다.

"이, 이럴 리가 없는데… 대체 이게……?"

남궁세준은 급히 단리하연의 맥문을 잡았다.

보이는 대로 단리하연의 기혈은 들끓고 있었다. 이 상태대로라면 머지않아 혈맥이 터질 지경이었다.

남궁세준의 마음이 들불 앞에 선 사람처럼 급해졌다.

온갖 고생을 하며 이곳까지 왔고, 배에서 추락하는 두 사람을 보며 강물 속으로 뛰어들기까지 하여 단리하연과 유진룡을 구하여 생명의 은인이 되었다. 그리고 가문의 보배라 할 수 있는 환명단까지 내어주었다. 그런데 그것이 오히려 독이 되어 지금까지의 모든 공을 수포로 돌아가게 하고 있었다.

"어, 어떻게 해야 하오?"

단리하연의 상태가 점점 더 심각해져 가자 남궁세준은 오히려 유진룡에게 질문을 퍼부었다.

유진룡은 급히 손을 움직여 단리하연의 혈 몇 군데를 봉했다. 그건 소주의 동굴에서 수련할 때 급박한 순간마다 사부께서 자신에게 행한 점혈법이었다. 그러나 단리하연의 중독 증세는 여전히 아무런 변화가 없었다. 그녀의 몸은 점점 더 뜨거워졌고 숨결은 거칠다 못해 단속적이기까지 했다.

"이, 이럴 순 없어! 어떻게, 어떻게 좀 해보시오, 유 형!"

남궁세준은 콩을 볶듯이 고함을 질렀다.

이젠 자신의 목적이 문제가 아니었다. 자신의 행위로 인해 꽃 같은 한 여인이 사지로 떠나게 된 것이 도저히 견딜 수 없었다.

타다닥—

남궁세준은 자신이 알고 있는 지식을 총동원하여 단리하연의 혈도 곳곳을 점했다. 그러나 상황은 한 치도 나아지지 않았다.

"저리 비켜보시오!"

유진룡이 던지듯이 남궁세준을 밀쳐 냈다. 그리고는 허리춤에서 소도를 꺼내 들었다.

남궁세준의 눈빛이 심하게 흔들렸다.

푹—

유진룡은 소도로 자신의 팔뚝을 깊이 찔렀다.

찔렀던 소도를 빼내자마자 손가락만큼 굵은 선혈 줄기가

흘러내렸다.

팔을 움직인 유진룡은 선혈을 단리하연의 입속으로 모두 흘려 넣었다.

은자유림곡 사람들은 자신의 피 속에서 어떤 성분을 추출 해서 만박노조를 되살렸다. 그리고 그것은 또 개봉으로 탈출 하던 중 중독된 철사홍과 주애청을 살렸다. 그 추출물이 무엇 인지는 몰라도 자신의 피 속에 있는 것은 분명했다.

정확히 추출하지 못해 제대로 된 효력을 발휘할지 장담할 순 없지만 지금으로서는 이 방법밖에 없다.

유진룡은 계속해서 자신의 피를 단리하연의 입속으로 흘 려 넣었다.

"계속, 계속하시오!"

처음에는 의혹의 눈길을 보내던 남궁세준이 무언가를 느 낀 듯 재촉하고 있었다.

물에서 바로 나왔을 때처럼 창백해지던 단리하연의 얼굴 에 혈색이 돌기 시작했다. 남궁세가의 환명단이 비로소 효력 을 나타내고 있는 것이다. 하지만 그녀의 숨결은 여전히 힘겨 웠다. 입속으로 유진룡의 피가 흘러드니 더욱 그런 것 같았 다.

한 손으로는 단리하연의 입속에 피를 흘려 넣으며 유진룡 은 다른 한 손을 움직여 손바닥을 단리하연의 단전에 갖다 댔 다.

우우웅—

진기를 끌어올린 유진룡은 단리하연의 단전으로 진기를
불어넣었다.

단리하연의 몸이 꿈틀 반응을 보이는 것 같았다. 그리고 조
금씩 호흡이 안정되어 갔다.

"괜찮겠소, 유 형?"

천만다행으로 단리하연의 상세는 눈에 띄게 호전되어 갔
지만 유진룡이 흘린 피가 만만치 않음을 느낀 남궁세준의 걱
정스런 눈으로 유진룡을 쳐다보았다.

"괜찮소. 진맥이나 계속해 주시오."

유진룡은 계속 단리하연의 입속으로 자신의 혈액을 흘러
넣었다.

"됐소. 맥박이 많이 좋아졌소."

단리하연의 입속으로 혈액을 흘려 넣기 시작한 지 거의 반
각이 지난 후 남궁세준이 긴 한숨과 함께 말했다. 그러나 유
진룡은 멈추지 않고 계속 피를 흘려 넣었다.

"이젠 더 이상은 변화를 보이지 않소. 그만 해도 되겠소."

남궁세준은 유진룡의 팔을 잡아챈 후 혈을 찍어 지혈을 했
다.

유진룡은 비로소 상체를 폈다.

겨우 한숨을 돌리자 등줄기에서 느껴지는 통증이 바위가
되어 온몸을 짓눌러 왔다.

그 바위는 동굴 속에서 수련을 하던 것보다 몇 배는 더 무거워 몸을 가누지 못할 정도였다.

"으음!"

유진룡은 무거운 신음을 흘리며 절벽에 몸을 기댔다.

"왜 그러시오? 혹시 다친 것 아니오?"

같이 한숨을 돌리던 남궁세준이 급히 유진룡의 상태를 살폈다.

"이런!"

남궁세준은 무거운 신음을 토했다.

결코 단리하연에 못지않은 상세였다. 아니, 그녀보다 유진룡의 상세가 훨씬 나빴다. 등줄기에 정통으로 일격을 당하고 그것을 전혀 돌보지 못한 채 지금까지 방치해 두었기에 더욱 그랬다.

워낙 강건한 체격이었기에 지금까지 견뎠지 보통 무인 같았으면 그 자리에서 척추가 내려앉아 죽었을 것이다.

"이렇게 있을 때가 아니오. 어서 운기를 하시오. 그리고 이걸 하나 드시오."

남궁세준은 또 한 알의 환명단을 유진룡에게 내밀었다.

"아니오. 내게는 내 체질에 맞게 제조된 사부의 속명단이 더 나을 것이오."

고개를 흔든 유진룡은 사부가 준 속명단 두 알을 입에 털어 넣고는 꿀꺽 삼켰다.

속명단이 목구멍으로 넘어가자마자 녹아들어 즉시 아랫배를 훈훈하게 만들었다.

유진룡은 즉시 호흡을 가다듬고 뜨거운 기운을 사지백해로 돌렸다.

'으윽!'

기운이 등줄기의 독맥을 타고 돌자 지독한 통증이 몰려왔다.

시뻘겋게 달군 쇠꼬챙이로 등줄기 한복판을 쑤시는 것도 같았고, 얼음으로 만든 칼로 등 한복판을 갈라내는 것도 같았다.

그런 이질적인 두 기운, 아니, 두 종류의 통증이 등줄기에서부터 온 뇌리까지 헤집고 들어와 머릿속을 하얗게 만들었다. 이대로 조금만 더 가면 정신을 잃고 주화입마에 빠져들 것만 같았다.

'크으윽!'

유진룡은 이를 악물며 신음을 삼켰다.

고통을 참는 데는 이력이 나 있었다.

세상의 그 어떤 고통도 사부가 주는 영약들을 복용한 후 찾아오는 고통보다 심한 것은 없을 것이다. 그런 고통을 사 년씩이나 참아내었다. 그래서 고통은 문제가 아니었다.

문제는 아무리 호흡을 고르고 이끌어도 예전 같은 거대한 물줄기가 혈맥을 통해 흐르지 않는다는 것이다.

그 물줄기가 제대로 흐른다면 등줄기의 상처도 깨끗이 씻어낼 것 같은데 물줄기는 등의 상처를 따라 둑이 터진 듯 새어나가며 이끌어지지 않았다.

유진룡은 마치 자신이 백 척 높이의 대나무 끝에 앉아 있는 듯한 느낌을 받았다. 조금만 움직여도, 숨만 한 번 크게 쉬어도 대나무 꼭대기에서 추락할 것 같은 위기감이 전신으로 엄습해 왔다.

대나무가 흔들리고 기혈이 뒤엉켜 왔다. 이대로 간다면 주화입마에 빠져들 것임에 틀림없었다.

유진룡은 온 힘을 다해 기운을 이끌었다. 그러나 등줄기에서 잘린 물길은 여전히 이어지지 않았다. 더 심하게 기혈이 뒤틀리며 피비린내가 목구멍 속에서 역류해 왔다.

'이대로 끝인가?

단전에 모여 있던 진기가 등줄기를 통해 모조리 빠져나가며 잠시 후면 자신의 모든 것이 흩어져 버릴 것 같았다.

'아직 할 일이 너무 많은데…….'

동생들의 모습이 떠올랐고 소주의 뒷골목에서 발버둥치던 자신의 모습도 떠올랐다.

이대로 끝낼 수는 없었다. 아무것도 이루지 못하고, 아무도 지켜주지 못한 채 이대로 모든 것을 끝내면 자신의 영혼은 영원히 구천을 맴돌 것 같았다.

아직까지는…….

아직까지는 끝난 것이 아니다.

죽을 수는 있어도 포기할 수는 없다. 그것이 자신의 인생이었다.

유진룡은 마지막 한 모금의 진기를 이끌며 무한십이수의 후반부에 적혀 있던 우주무한의 심법을 떠올렸다.

정상적인 상태에서도 제대로 이루어지지 않던 심법이었다. 그것이 이런 극한 상황에서 이루어질 것 같진 않았지만 유진룡은 지푸라기에라도 매달리는 심정으로 우주무한의 심법에 매달렸다.

여전히 아무것도 느껴지지 않았다. 그리고 순식간에 온몸의 혈맥이 텅 비어버린 것 같았다.

온몸이 텅 비어, 의식마저 텅 빈 완전한 공백의 상태가 찾아왔다.

살아 있는지 죽었는지는 물론, 자신이 누구인지도 모를 몰아의 상태가 영원히 계속되는 것 같았다.

그 까마득한 몰아의 상태 끝 자락에서 작은 불빛 하나가 가물거리고 있었다.

유진룡은 필사적으로 그 불빛을 향해 의념을 집중했다.

흩어져 가던 유진룡의 의식이 급격히 그 불빛을 향해 모여들었다.

서서히 불빛이 거세어졌다.

처음에는 한 개의 점만큼 작았던 불길이 점점 커져 등잔불만 해지다가 더 나아가 한 개의 우주가 되었다.

작은 불빛 속에 또 하나의 우주가 펼쳐져 있었다.

그 우주 속에서 유진룡의 의식은 우주무한의 심법이 이끄는 길로 흘러들고 있었다.

흩어져 가던 진기가 사지백해에서 단전에서 다시 모여들고 있었다. 아니, 까마득한 우주의 끝에서 자신에게로 흘러들고 있었다.

단전이 서서히 더워지며 한가닥 기운이 느껴졌다.

유진룡은 그 기운을 다시 우주무한의 심법대로 이끌었다.

한가닥 물줄기가 혈맥을 따라 흘러나갔다. 비록 다시 모이긴 했지만 예전에 비하면 훨씬 가는 물줄기였다. 그 물줄기가 사라지지 않고 혈맥을 따라 흘렀다.

물줄기는 아주 오래 흘러갔다. 그리고는 우주의 끝에서 다시 모여들어 단전으로 흘러왔다.

'이럴 수가!'

유진룡은 속으로 놀란 외침을 터뜨렸다.

공력을 잃기 전 그 막강한 물줄기로도 터득하지 못했던 우주무한의 심법이었다. 그때는 시도하자마자 마른 논에 물바가지를 끼얹듯 사라져 버렸다.

그런데 그때와는 비교가 안 되는, 장강 물줄기와 실개천만큼 차이 나는 미약한 공력이 소멸되지 않고 사지백해를 일주하고 되돌아왔다.

공력을 거의 잃어버렸지만 극한의 상황에서 우주무한의 심법을 깨달은 것 같았다.

우주무한의 심법은 단전에서 이끌어가는 것이 아니라 온 혈맥을 텅 비운 후 끝없는 우주에서 단전으로 이끌어오는 것이었다.

유진룡은 눈을 번쩍 떴다.

코앞에서 남궁세준의 눈이 끔벅이고 있었다.

"괜찮으시오, 유 형?"

남궁세준이 득달같이 물었다.

유진룡은 심호흡을 해보았다.

등의 통증이 많이 가라앉아 있었다.

통증은 상관없었다. 그곳으로 인해 공력이 더 이상 빠져나가는 느낌이 들지 않은 것만으로 천만다행이었다.

"괜찮은 것 같소."

유진룡은 고개를 끄덕이며 가부좌를 풀었다. 잠시 절벽에 등을 기댄 것 같은데 내부적으로 치열한 싸움을 하며 자신도 모르게 가부좌를 튼 모양이었다.

"정말 걱정했소. 주화입마의 증상을 보이기에 이젠 다시는 유 형을 못 보는구나 하는 생각도 들었소."

남궁세준은 긴 한숨을 내쉬며 넋두리했다.

유진룡은 몸을 일으키며 단리하연에게도 다가갔다. 그녀는 여전히 의식을 잃은 채 누워 있었다.

"두 분 다 위험한 고비는 넘겼으니 어서 이곳을 벗어납시다. 그런 후 제대로 몸을 보살피도록 합시다."

남궁세준은 바위틈 밖으로 고개를 내밀며 주변을 살폈다.

"나한테서 원하는 것이 무엇이오?"

유진룡이 불쑥 말했다.

부러울 것 없는 중원제일가의 장남으로 이런 고생을 하는 데는 그만한 목적이 있을 것이라는 생각은 처음부터 하고 있었다. 우연을 가장했지만 첫 만남부터 지금까지의 모든 행위들이 그 목적의 일환이었다.

"그건 이곳을 벗어나서 얘기하도록 합시다."

주변을 살피던 남궁세준의 목소리가 조금 다급해졌다.

유진룡은 남궁세준처럼 고개를 내밀어보았다.

도천극이 탄 배가 물살을 따라 흘러오고 있었다. 필시 자신을 찾아 내려오고 있는 것이리라. 생포해서 잡아가지 못한다면 시체라도 확인하려 할 놈이었다.

"어서 갑시다."

남궁세준이 재촉했다.

유진룡은 단리하연을 일으켜 안았다.

"괜찮겠소?"

남궁세준이 단리하연을 안은 유진룡을 우려스런 눈빛으로 쳐다보았다. 조금 전까지 생과 사의 경계를 넘나들던 유진룡이 단리하연까지 안고 경공을 펼치는 것이 안심할 수 없었던 것이다.

"괜찮을 거요. 그래도 모르니 혹시 떨어지면 받아주시오."

유진룡은 먼저 경공을 펼쳐 절벽 위로 날아올랐다.

그 뒤를 남궁세준이 따랐다.

휘익!

휘익!

절벽 위로 날아올라 경공을 펼치던 유진룡과 남궁세준은 우뚝 움직임을 멈추었다.

"역시 살아 있었어. 지겹도록 질긴 목숨이야."

절벽 위 아름드리나무 뒤에서 낮은 목소리와 함께 도천극이 모습을 드러냈다.

그의 옆으로 세 명의 사내가 호위하듯 따라 나왔다.

*　　　*　　　*

"피해!"

철사홍이 고함을 질렀다.

그 고함 소리를 들은 주애청과 개방도들이 급히 몸을 날렸다.

퍼엉—

폭발음과 함께 청의인 한 명의 몸이 포탄의 파편처럼 터져 나갔다.

지겹도록 끈질기던 놈들을 거의 다 베어 넘기고 이젠 열 명도 남지 않았다. 그런데 얼마 남지 않은 이놈들은 죽는 순간까지도 잔혹스러운 짓을 벌이고 있었다.

마교의 폭혈마공은 분명 아니었지만 수천, 수만 조각으로 터져 나가는 육편은 끔찍스럽기 짝이 없었다.

"크윽!"

제일 가까이에 있다가 미처 피하지 못하고 터져 나가는 육편을 뒤집어쓴 삼결 개방도 하나가 비명을 질렀다.

죽은 자의 혈액이 묻은 개방도의 몸에서 부글부글 거품이 피어오르고 있었다.

"독이다! 어서 강물에 뛰어들어 씻어내라!"

백엽동이 고함을 지르며 개방도에게 타구봉을 휘둘렀다.

풍덩—

타구봉에 휩쓸린 개방도가 강물에 빠져 허우적거리며 몸에 달라붙은 육편들을 씻어냈다. 그러나 독은 몸속에까지 퍼졌는지 개방도는 움직임이 점점 둔해지더니 마침내 강물에 휩쓸렸다.

"사제!"

다른 개방도 하나가 급히 뛰어들어 중독된 개방도를 부축했다. 그러나 육편에 휩쓸린 개방도는 혼수상태에 빠진 듯 움직임이 없었다.

"흉측한 놈들!"

곽장견이 이를 갈았다.

실혼인이 아닐까 싶을 정도로 지독하던 청의인들은 싸움이 치열해짐에 따라 독인에 가까운 특징을 드러냈다.

"이제부터는 베는 즉시 강물 속으로 처넣어 버리도록 하세."

백엽동이 철사홍을 보며 지시했다. 혈조(血漕)를 따라 피가 뚝뚝 떨어지는 청룡검을 흔든 철사홍은 광기에 물든 눈빛과 함께 고개를 끄덕였다.

타고난 신력과 함께 휘둘러지는 보검 청룡검은 단 일격에 청의인들의 육신을 베어냈다. 죽어 나자빠진 청의인들의 반 이상은 철사홍의 청룡검에 의한 것이다.

칠웅의 일인인 그의 신위가 청룡검과 함께 더욱 큰 진가를 발휘하고 있었다.

휘익—

또 한 명의 청의인이 상취개 장서홍을 향해 날아들었다.

흐느적!

장서홍은 취팔선보를 밟으며 청의인의 검을 흘린 후 맹렬히 타구봉을 휘둘렀다.

퍼억—

허리를 가격당한 청의인이 비틀하며 균형을 잃었다.

퍼엉—

주애청의 권경이 비틀거리는 청의인의 등을 강타했다. 한

점에 경력을 모아 터뜨리는 공격이 아닌, 밀쳐 내는 듯한 권풍이었다. 그로 인해 폭풍에 휩쓸리듯 날려간 청의인이 강물 속에 처박혔다.

"산 채로 빠뜨려 버리는 것도 괜찮겠죠, 사부님?"

백엽동을 쳐다본 주애청은 다시 주먹을 들어 올렸다.

"차라리 그것이 낫겠어."

장서홍도 고개를 끄덕거리며 모용 남매와 싸우고 있는 청의인 쪽으로 몸을 날렸다.

"난 사제에게 가봐야겠어."

더 이상 자신이 도와주지 않아도 될 것 같다는 판단을 한 철사홍은 다른 배를 향해 몸을 날릴 채비를 했다.

"같이 가요, 사형!"

주애청도 철사홍 곁으로 다가왔다.

"그런데 저 배는?"

철사홍이 눈살을 찌푸리며 시선을 한곳에 모았다.

유진룡이 마지막으로 건너간 배는 까마득히 멀어져 있어 다른 배는 쫓아가지 않고서는 다가갈 방도가 없었다. 또한 그 배는 강기슭에 도달해 있었다.

"어떡하죠, 사형?"

주애청이 발을 동동 굴렀다. 그때 누군가 급히 다가왔다.

"저희 오라버니 못 보셨어요?"

조금 한가해진 틈을 타 몸을 빼낸 남궁세희였다.

몇 명의 청의인을 베었는지 손과 검신에는 피가 묻어 있었다. 그리고 옷에도 마찬가지였다.

"남궁 공자가 어떻게 되었나요?"

주애청이 이리저리 둘러보며 물었다. 이제까지는 정신없이 싸우다 보니 다른 사람이 어떻게 되었는지 신경 쓸 겨를이 없었던 것이다.

"싸우다 보니 사라졌어요. 아마도 유 공자에게로 갔나 봐요."

"사제에게 왜?"

철사홍이 눈 사이를 좁혔다.

사형인 자신도 이제야 도울 차비를 하고 있는데 남궁세준이 한발 앞서 도우러 갔다는 것이 말이 안 된다는 생각을 한 것이다.

"오라버니는 처음부터 유 공자에게 목적이 있는 것 같아요."

남궁세희도 철사홍처럼 저 멀리 있는 제일 큰 배를 향해 시선을 고정시켰다.

"그런데 저놈들이 왜 강기슭으로 간 걸까요."

주애청이 눈을 가늘게 뜨고 배를 쳐다보며 물었다.

"무슨 꿍꿍인가? 설마 사제와 소향상회 회주를 잡아 사라지려는 것인가?"

철사홍이 소리를 질렀다.

"우리도 어서 강변으로 가요."

"어떻게?"

"저기, 저기 검은 옷을 입은 사람들을 불러요."

주애청은 침몰한 쾌선을 버리고 수적선 한 척에 오른 해마단 사람들을 향해 손을 가리켰다.

*   *   *

'고수!'

앞을 막아선 사내를 보며 남궁세준은 자신도 모르게 한 걸음 뒤로 물러서며 신형을 굳혔다.

단지 마주하는 것만으로도 나타난 사내가 절정고수임을 알 수 있었다. 그 정도로 강한 압박감이 온몸에서 느껴졌다. 또한 그 뒤를 보필하고 있는 사내들 역시 절대로 무시하지 못할 만한 기도를 풍기고 있었다.

"당신이야말로 정말 질긴 인간이군!"

유진룡은 천천히 단리하연을 내려놓은 후 허리를 폈다.

쉽게 포기할 인간이 아니란 건 짐작했지만 그렇다고 이렇게 빨리 쫓아오리라고는 생각지 못했던 것이다. 강물 속에서 급류에 휩쓸리듯 이곳까지 떠내려 왔는데 어떻게 이렇게 즉각 쫓아올 수 있었는지 정말 궁금했다.

그런 심중이 눈빛을 통해 도천극에게 전해졌는지 도천극

이 그 답을 해주었다.

"흑홍독화가 뿌린 독은 사흘 동안은 절대로 사라지지 않는다네. 물에 씻어도 마찬가지지."

도천극은 여유로운 미소를 지었다. 그리고는 옆에 있는 남궁세준을 쳐다보았다.

"그런데… 이게 누구신가? 남궁가의 소가주이신 창해일룡 공자가 아니신가?"

잠시 남궁세준을 쳐다보던 도천극은 순식간에 그의 정체를 알아냈다.

남궁세준의 눈빛이 흔들렸다. 물에 빠진 생쥐처럼 온몸이 흠뻑 젖은 모습이었는데도 자신을 정확히 알아보는 사람이 있다는 것이 의외였던 것이다.

"난 초면인 것 같은데……?"

남궁세준은 눈 사이를 좁히며 도천극을 쳐다보았다. 그러나 아무리 기억을 떠올려도 그의 정체를 파악할 수 없었다.

"섭섭하군. 하지만 뭐, 그럴 수도 있지. 난 자네 옆에 서 있는 친구의 대사형 되는 사람일세."

"대사형……? 그럼 탈백마수 도천극!"

남궁세준이 펄쩍 뛸 듯 고함을 질렀다.

단리하연을 미끼로 유진룡을 잡아가려는 사람이 도천극의 무리들일 것이란 생각은 했지만 도천극이 직접 나섰으리라고는 꿈에도 생각지 못한 것이다.

“그래서 유 형이 이렇게…….”

잠시 못 박힌 듯 도천극을 쳐다보던 남궁세준은 신음처럼 중얼거렸다.

엄청난 내력으로 자신과의 대결에서 이긴 유진룡을 이 정도로 만든 사람이 도천극 정도의 고수라면 말이 되었다.

“자네에겐 볼일이 없으니… 아니, 이 자리는 사형제 간의 문제를 해결하는 자리이니 자네는 좀 빠져 주는 것이 어떤가?”

도천극은 차분한 음성으로 남궁세준을 향해 말했다.

남궁세준이 잠시 생각하는 표정을 짓더니 고개를 저었다.

“내가 알기론 유 공자는 당신과는 원수지간이고, 또 지금 신분은 개방의 봉공이오. 그러니 그 말은 합당하지 않은 것 같소.”

“의리가 있는 친구로군. 역시 명문세가의 자손이야.”

도천극이 미소를 지었다. 그리고 그 미소가 끝날 즈음 그의 표정은 얼음처럼 차갑게 변해갔다.

“기회를 주었음에도 불구하고 마다한다면 할 수 없지.”

그 말과 함께 도천극은 일장을 쭈욱 내밀었다.

전혀 서두르지 않은, 마치 자기 집 대문을 미는 듯한 여유로운 동작이었다. 그러나 그 동작은 끝에서 뻗어 나오는 기운은 거대한 파도가 밀려오는 듯 강맹했다.

남궁세준도 즉시 양팔을 들어 올려 쌍장을 내밀었다.

무거운 진동음과 함께 남궁세가가 자랑하는 천뢰장(天雷掌)이 그의 쌍장에서 뻗어나갔다.

퍼엉—

굉음이 일며 두 사람은 팔을 내민 채 한 발짝도 움직이지 않고 그 자리에 서 있었다.

"역시 명문가의 자손이야. 자네하고 좀 더 놀고 싶지만 그럴 겨를이 없네. 난 사제지간의 일을 마무리해야 하거든."

재차 감탄사를 터뜨린 도천극은 옆에 있는 세 사내에게 눈짓을 했다. 남궁세준을 그들에게 맡겨놓고 유진룡을 상대할 심산인 것이다.

세 명의 사내가 즉시 남궁세준을 둘러싸자 도천극은 유진룡을 향해 걸음을 옮겼다.

유진룡은 우주무한의 심법대로 진기를 끌어올렸다.

갈라진 논두렁에 물을 대듯 흩어지진 않았지만 예전에 비하면 턱없이 약해진 내력이 혈맥을 따라 흘렀다. 이 상태로는 강호 이류 무사도 상대하기 힘들 것 같았다.

유진룡은 남궁세준에게로 눈길을 돌렸다.

세 명의 사내에게 둘러싸인 그는 옴짝달싹할 틈이 없어 보였다.

쨍—

싸움은 남궁세준 쪽에서 먼저 일어났다. 마음이 급한 남궁세준이 서둘러 검을 뽑아 휘두른 것이다.

세 명의 사내도 각기 자신의 병기를 뽑아 들고 남궁세준을 향해 공격해 들었다.

"이젠 속임수 같은 건 통하지 않을 걸세. 그런 몸으로 속임수를 부려봤자 소용도 없을 테고."

도천극이 흐릿한 미소와 함께 손을 내밀었다.

갈고리같이 구부러진 손이 어지럽게 움직이며 유진룡의 어깨를 잡아왔다.

그대로 잡아채서 끌고 가겠다는 의사표시였다.

유진룡은 급히 만리추영보를 밟았다. 그러나 도천극의 손은 줄에 묶이기라도 한 듯 어깨를 향해 계속 다가왔다.

파앗—

유진룡의 주먹이 도천극의 팔목을 때려갔다. 그 순간 구부러져 있던 도천극의 손가락들이 일제히 펼쳐졌다.

피피핑—

다섯 개의 하얀 손가락에서 고드름 같은 기운이 뻗어 나왔다.

유진룡은 주먹을 세차게 흔들어 다섯 줄기의 날카로운 기운을 흩어갔다.

고드름 같은 기운이 흩어지며 시큰한 느낌이 팔목을 통해 어깨까지 전해졌다.

파앗—

다시 도천극의 손이 갈고리처럼 구부려지며 유진룡의 목

을 향해 다가왔다.

유진룡은 팔꿈치를 들어 올려 도천극의 손바닥을 찍어갔다. 그 순간 도천극의 손이 현란하게 움직이며 손바닥이 유진룡의 가슴을 쳐왔다.

내력이 제대로 이어지지 않는 지금의 상태로는 도저히 피할 수 없는 속도였다.

퍼억―

유진룡의 가슴에서 파육음이 터졌다.

"크윽!"

주르르 뒤로 밀려난 유진룡은 비명을 토했다. 그와 함께 선혈 한줄기도 같이 터져 나왔다.

第七十四章
백척간두(百尺竿頭)

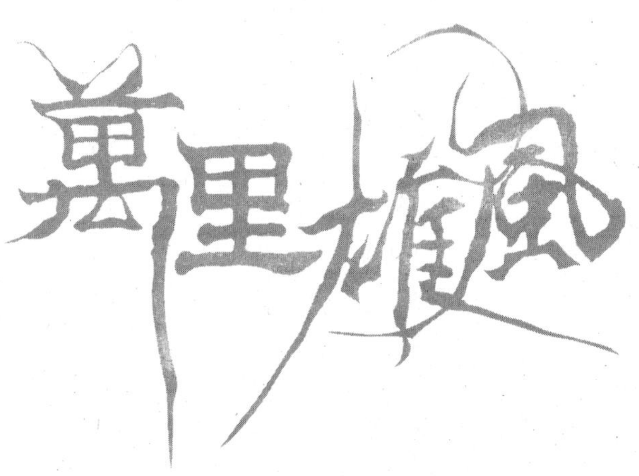

"유 형!"

남궁세준이 고함을 질렀다.

세 명의 사내와 정신없이 싸우느라 남궁세준은 유진룡에게 도움을 줄 겨를이 없었다. 그만큼 세 사내의 합공은 거세었다.

문득 이제는 일선에서 물러난 조부님의 말씀이 떠올랐다.

가문 내의 현재 무공 수위는 사존(四尊)의 반열에 오른 부친의 무공이 제일 높았지만 자신의 무공에 가장 큰 영향을 끼친 사람은 부친이 아니라 조부였다.

"가문에서 익힌 무공이 아무리 완벽하다 할지라도 거친 강호의 물결 위에서는 반도 제대로 발휘하지 못할 것이다."

자신의 빠른 성취를 보며 하신 조부의 걱정스런 말씀이었다.

한마디로 연공실에서 혼자 펼치는 검법보다 실전이 더 중요하다는 일침이셨다.

조금 소극적인 성격에 이론에 밝은 부친과는 달리, 젊은 시절 온 중원을 활보하며 수많은 실전을 치른 조부였기에 남궁세준의 결점을 단번에 꿰뚫어 본 것이다.

그런 조부의 식견이 한 치 어긋남이 없다는 것을 남궁세준은 지금 절실히 느끼고 있었다.

세 명의 사내는 분명 자신보다 고수는 아니었다. 검을 섞으면서 그건 본능적으로 느낄 수 있었다

그러나 빈틈없는 합공과 실전적인 공격은 남궁세준을 연방 뒤로 밀리게 만들었다. 그래서 유진룡과는 점점 더 멀어졌다. 사내들은 남궁세준이 유진룡에게 도움을 줄 생각조차 못하게 하려는 듯 점점 더 멀리 떨어뜨리며 공격을 가하고 있었다. 이대로라면 잠시 후엔 바위 뒤에까지 밀려 유진룡의 모습이 아예 시야에서 사라질 것 같았다.

"내 일장을 등에 맞고도 이렇게까지 버티는 것은 정말 놀랄 일이야. 하지만 더 이상은 무리지. 그렇지 않나?"

도천극은 당연하다는 듯 손을 쥐락펴락하며 다가왔다. 그

러면서도 그는 혹시 유진룡이 숨겨둔 한 수가 있지 않나 하는 눈빛으로 경계심을 풀지 않았다.

만신창이가 된 자신의 몸을 정상적인 상태로 되돌려 놓은 사부!

그 점에 있어서 사부는 누구보다 경이롭고 무서운, 더 나아가 발가벗겨진 몸을 보여준 것같이 껄끄러운 사람이었다. 그런 사람이 혼신을 다해 만들어낸 유진룡이기에 마지막까지 경계심을 거둘 수 없는 것이다.

"이젠 그만 가지."

지우지 않는 경계심과 함께 도천극은 다시 손을 뻗어왔다.

유진룡은 꼼짝도 않고 서서 도천극의 손을 쳐다보았다.

느리게 다가오는 듯했지만 어떤 것보다 빨랐고, 한 치의 빈틈도 허용하지 않았다.

저 손에 잡히면 만사가 끝장인 것이다.

저 손에 잡혀 끌려가면 자신은 도마 위의 생선처럼 놈들의 마음대로 요리될 것이다.

그러느니 차라리 죽는 것이 나았다.

유진룡은 마지막 남은 진기를 우주무한의 심법과 함께 끌어올렸다. 그나마 대부분 빠져나가 버린 내력이 가슴에 일장을 맞으며 또 반 정도로 줄어 있었다.

그 정도로 최후의 발악이라도 할 수 있을지 의문스러웠다.

도천극의 손이 좀 더 다가왔다.

사방을 점하며 다가오는 도천극의 손 사이로 한 개의 작은 점이 보였다.

그것은 소주의 수련 동굴에서 초식 수련을 할 때 사부께서 돌기둥의 곳곳에 붙여놓은 콩알만 한 진흙 덩어리가 위치한 곳이었다.

조금 전까지는 전혀 보이지 않던 그 점이 절체절명의 순간, 우주무한의 심법을 운기하자 선명하게 눈에 들어왔다.

온통 완벽한 기운에 둘러싸인 도천극의 신체 중에 유독 그곳만이 불안한 기운을 방출하고 있었다. 그래서 유진룡의 기감이 그것을 포착한 것이다.

그렇게 신경을 집중하자 도천극의 몸 몇 군데에 그런 것이 더 보였다.

'저곳이다!'

유진룡은 본능적으로 그곳이 도천극의 약점임을 느꼈다.

도천극 자신보다 더 그의 몸을 잘 아는 사부는 그 약점에 콩알만 한 진흙 덩이를 붙여두고 송곳같이 가늘게 응축한 경기로 그곳을 가격하는 훈련을 시킨 것이다.

그냥 주먹이나 발로 걸리는 대로 가격하는 것보다 그렇게 송곳처럼 가늘게 모은 경기로 가격하는 수련은 몇 배나 더 어려웠지만 또 그만큼 치명적이었다. 다른 사람들에게도 그랬지만 그것의 궁극적인 효능은 지금 이 순간에 발휘될 수 있을 것이다.

그런 송곳처럼 파고드는 경기는 세상 누구보다 도천극에

게 더 치명적일 것이다.

"타앗!"

기합성과 함께 유진룡은 마지막 남은 힘을 그 한 점을 향해 터뜨렸다.

"최후의 발악인가?"

도천극이 다시 손을 활짝 펼치며 유진룡이 내뻗은 경력을 흩어나갔다. 그러나 송곳 같은 경력은 흩어질 듯하면서도 끝까지 뻗어나가 도천극의 가슴 한곳을 건드렸다.

팟―

마치 종이 우산 위로 작은 물방울 한 개가 떨어지는 듯한 미미한 소리가 흘러나왔다. 그것만 들어서는 타격을 전혀 입히지 못할 것 같은 소리였다.

"파리라도 잡나?"

뜻밖의 일격에 잠시 흠칫했던 도천극은 경멸 어린 미소를 지으며 다시 손을 뻗어왔다.

유진룡은 절망감에 어깨를 늘어뜨렸다.

더 이상은 서 있을 힘조차 없을 지경이었다. 가슴과 등의 상처에서 불에 지지는 듯한 통증이 느껴졌고, 몸은 허깨비가 된 것 같았다. 그리고 그곳으로 자신의 생명이 다시 빠져나가는 것 같았다.

"큭!"

거의 유진룡의 어깨를 잡을 듯하던 도천극이 짧은 신음을 터뜨렸다. 그리고는 휘청하고 비틀거렸다.

"이, 이게……?"

그는 지금 자신이 몸에 일어나는 변화를 전혀 이해할 수 없다는 표정으로 자신의 가슴을 내려다보았다.

가슴 부위의 옷에는 아무런 흔적도 없었다. 그러나 그 옷 안의 한 점에서 이제까지 느껴보지 못한 이질적인 기운이 스며들고 있었다.

그 기운은 마치 한줄기 얼음물처럼 차가웠다. 그러면서도 온 심혼을 흔들고 있었다.

그것은 만신창이가 되어 천산마존의 손에 맡겨졌을 당시 천산마존이 무언가 알 수 없는 약물을 투입했을 때 느껴지던 기운 같기도 했고, 타혈시키는 천산마존의 손끝을 따라 흘러들던 죽음보다 더 고통스럽던 기운 같기도 했다.

"으윽!"

도천극은 다시 신음을 흘렸다.

이것이었다.

자신이 그토록 불안해했던 것이 바로 이것이었다.

세상의 그 어떤 강력한 기운을 내포한 일장에 정통으로 가격당했다 하더라도 이런 상실감은 느끼지 못할 것이다. 자신의 몸을 자신보다 더 잘 알고 있는 사부가 만든 기운만이 이런 좌절감을 느끼게 할 수 있는 것이다.

"역시!"

괴로운 표정을 지으면서도 도천극은 고개를 끄덕였다.

천하의 천산마존이 그렇게 쉽게 죽을 리 없다. 자신에게 있어 이런 치명적인 존재를 남겨놓고 세상을 하직한 것이다.

이놈은 다른 사람들에겐 어떨지 몰라도 자신에게 있어서는 치명적인 천적이다.

두 번의 장력을 격중당하고도 이런 기운을 몸속에 스며들게 할 정도이니 멀쩡한 상태라면 자신을 완전히 파멸시킬지도 몰랐다.

절로 소름이 끼치고 모골이 송연해져 왔다.

처음부터 이렇게 싸웠다면 자신은 이 자리에 없었을지도 모를 일이다.

이젠 대업이 문제가 아니다. 대업이 아무리 중요하다 하더라도 자신이 소멸하면 무슨 소용인가?

이놈은 대업에는 더없이 소중할 존재일지 몰라도 자신에게는 더없이 위험한 존재다.

그것으로 이놈의 운명은 결정되었다.

고통으로 일그러지던 도천극의 표정이 미귀의 그것처럼 변했다.

우우웅—

그의 손에 서리 같은 기운이 뭉쳐졌다. 그리고 그 기운은 점점 붉은 핏빛으로 변해갔다.

유진룡은 억지로 한 걸음을 옮겨 단리하연이 누워 있는 곳으로 이동했다. 그리하여 도천극이 뿌린 장력이 혹시라도 단리하연을 향하지 못하게 했다.

"끝까지 병신 짓을 하는군."

도천극은 조소를 떠올렸다.

처음부터 여인을 구하려 하지 말고 자신을 공격했더라면 지금의 상황은 정반대가 되어 있었을 것이다.

"그것도 네놈의 운명이겠지."

도천극은 쭈욱 일장을 내뻗었다.

유진룡은 질끈 눈을 감았다.

저승에 가서는 영원히 미망 속을 헤맬지 몰라도 지금까지는 추호도 부끄럼없는 삶을 살아왔다는 생각이 들었다.

비록 뒷골목을 전전했지만 아이들의 음식을 뺏어 먹지 않았고 자신을 따르는 동생들의 꿈을 지켜주려 애썼다. 또한 완벽하지는 못하지만 사부와의 약속도 지켰다. 더 이상은 자신의 영역이 아닌, 신의 영역이었다.

퍼억—

폭음이 터졌다.

그건 장력이 발출되면서 나오는 소리가 아니었다.

파육음이 동반된 그 폭음은 발출된 장력이 인간의 몸에 격중되며 터져 나오는 소리였다.

그런데 아직도 자신은 그대로 서 있었다.

유진룡은 눈을 번쩍 떴다.

“장명아!”

눈을 뜨자마자 유진룡은 피를 토하듯 고함을 질렀다.

파육음은 이장명의 몸에서 터져 나온 것이었다.

자신을 대신해서 도천극의 일장에 격중당한 이장명이 폭포수 같은 선혈을 토하며 무너지고 있었다.

“장명아!”

유진룡은 쓰러지듯 이장명에게로 몸을 던졌다. 이장명은 반쯤 죽어가고 있었다.

“동생들…….”

시퍼렇게 죽은 입술을 억지로 연 이장명은 그 한마디만 남기고 의식을 잃었다.

“아, 안 돼! 장명아!”

유진룡은 미친 듯이 이장명의 몸을 흔들었지만 이장명은 죽은 듯 움직이지 않았다.

“통곡은 저승에 가서 해라!”

뜻밖의 훼방꾼에 자신의 의도가 무산된 도천극은 더욱 악귀 같은 얼굴로 쌍장을 들어 올렸다.

그의 양손에 아까보다 더 큰 기운이 뭉쳐졌다.

유진룡은 도천극의 손은 쳐다보지도 않은 채 필사적으로 이장명의 단전을 눌렀다. 그렇게 한 줌이나마 생명을 나누어 주고 있었다.

“그만 가라!”

도천극은 손을 내뻗었다. 아니, 그렇게 하려고 하는 순간, 뒤통수 쪽으로 섬뜩한 기운 한가닥이 엄습해 들었다.

깡―

본능적으로 뒤로 휘저은 도천극의 손에 한 자루 검이 걸려 산산조각 났다.

무언가에 이끌린 듯 미친 듯이 달려가는 이장명을 따라온 호위대장 조항이었다.

이장명과 비교도 되지 않는 경공 수준이었지만 이번만은 이장명의 뒤만 따를 수밖에 없었다. 그만큼 이장명은 미친 듯이 달려왔다.

"장명아!"

조항은 고함을 질렀다.

멀찌감치 보아도 제자 이장명은 반송장이었다. 이장명과 마찬가지로 단리하연 역시 쓰러져 있어 생사를 분간할 수 없었다. 그리고 이장명을 안고 있는 유진룡 또한 몰골이 말이 아니었다.

이 모든 것을 일으킨 장본인의 모습이 조항의 눈에 들어왔다.

조항은 품속에서 수리검 몇 자루를 꺼내 양손에 움켜쥐며 사내를 노려보았다.

누군지 정체를 알 길이 없었지만 절대로 평범한 신분 같지는 않았다. 유진룡을 저런 상태로 만든 것만 보아도 짐작이

갔다. 그런 그가 유진룡을 향해 손을 들어 올렸다.

여전히 유진룡은 대적할 생각을 않은 채 이장명의 몸만 미친 듯이 두드리고 있었다.

휘익—

조항은 손에 든 수리검을 한꺼번에 던졌다.

그의 전신내력을 모두 담은 수리검 네 개가 도천극의 목과 가슴 혈을 향해 날아갔다.

"귀찮군!"

도천극은 혼잣소리처럼 중얼거리며 파리를 쫓듯 가볍게 손을 흔들었다. 그러나 그 손에서는 파리가 아닌, 황소라도 날려 버릴 만한 기운이 쏟아져 나왔고, 조항이 날린 비도 네 자루는 그 기운에 휩쓸려 사방으로 튀어나가 버렸다. 더 나아가 그 기운은 조항까지 휩쓸어왔다.

"크윽!"

조항은 비명과 함께 뒤로 세차게 날려갔다. 이대로 날려가서 처박히면 나무나 바위가 아니라 낙엽이 덮인 푹신한 땅이라도 즉사할 것 같았다.

퍽!

땅이나 나무가 아닌, 전혀 다른 감촉이 느껴졌다. 그건 사람의 몸에 부딪쳤을 때 느껴지는 감촉이었다.

짧은 순간 죽음을 의식했던 조항은 거구의 사내 품에 안겨 있는 자신을 발견했다. 그러나 그 사내는 더 이상의 친절은

베풀지 않았다.

품으로 받았던 조항을 던지듯이 팽개치고는 쾌속하게 땅을 박찼다.

"도천극, 이 개자식!"

제일 앞서 경공을 펼쳐 온 철사홍은 우레 같은 고함을 질렀다.

천만뜻밖이었지만 유진룡 앞에 서 있는 인간이 그의 사형이었던 도천극이 틀림없었다. 세상 모든 사람은 착각할 수 있어도 저놈만은 잘못 볼 리가 없는 것이다.

"젠장!"

도천극은 신경질적으로 고함을 지르며 우장에 공력을 모았다.

유진룡의 어이없는 일격에 아직 내부가 흔들리는 상황에서 철사홍을 상대할 수는 없는 일이었다.

더구나 철사홍 뒤로 주먹을 움켜쥔 주애청과 늙은 거지 하나도 따라오지 않는가?

유진룡만 죽여 버리고 떠나야 했다.

그런데?

우장으로 모이던 공력이 일순간 단절됨을 보이더니 마침내 흩어져 버렸다.

가슴 혈 한곳을 향해 스며든 유진룡의 공력이 또 한 번 혈맥을 뒤흔든 것이다.

"이런 개 같은……!"

도천극은 부러져 나갈 듯이 이를 갈았다. 이런 불안한 기운으로는 완벽하게 놈의 숨통을 끊을 수 없다. 놈은 사부인 만박노조의 무식하기 짝이 없는 수련을 이겨낸, 그야말로 강철 같은 육체를 가진 인간이다. 그것은 자신의 장력에 정통으로 격중당하고도 아직까지 살아 있는 것을 보면 충분히 알 수 있다.

우우웅—

도천극은 완벽하지는 못하지만 우장에 모은 공력을 뭉치며 유진룡을 향해 세차게 내뻗었다. 제발 죽어주기를 바라는 간절한 염원을 안고…….

콰앙—

도천극의 손에서 뻗어 나오는 핏빛 기운을 보며 유진룡은 젖 먹던 힘까지 짜내어 팔을 들어 올렸다. 그런다고 팔에 공력이 모이는 것은 아니었지만 가슴에 정통으로 맞아서는 살아남을 수 없을 것 같았다. 그렇게 되면 우주무한의 기운으로 겨우 이어가고 있는 생명이 가슴과 등을 통해 모조리 빠져나가 버릴 것 같았다.

퍼엉—

손바닥으로 거대한 바위가 두드리는 듯한 충격이 가해졌다. 그리고 그 충격은 팔을 통해 전신혈맥으로 밀려들었다.

"크윽!"

비명을 지른 유진룡은 튕기듯 뒤로 무너졌다. 그래도 유진룡은 완전히 절명하지 않은 것 같았다.

도천극의 얼굴이 일그러졌다.

이런 것을 두고 천추의 한을 남긴다고 하는 것인가?

다시 기를 쓰며 공력을 모아 거듭 뿌리면 이놈 하나는 죽일 수 있을 것이다. 그러나 그 뒷감당이 문제였다. 눈에 불을 켜고 달려오는 철사홍과 주애청, 그리고 늙은 거지. 그들을 상대할 수가 없는 것이다.

파아앙—

철사홍의 검에서 푸르스름한 빛줄기가 세차게 쏟아져 나왔다.

무형의 기운이 형상화된 검기였다. 철사홍은 예전보다 한 단계 더 성취를 보이고 있었다.

"질긴 놈!"

원독 가득한 목소리와 함께 도천극은 몸을 날렸다.

콰앙—

도천극이 뿌린 검기가 애꿎은 바위를 두드리며 돌가루를 튕겨 올렸다.

"죽인다!"

철사홍은 다시 검을 휘둘렀다. 진기가 흩어져 제대로 된 경공을 펼치지 못한 도천극의 등을 향해 시퍼런 검기가 섬전인 듯 뻗어갔다.

치잉—

쇳소리가 울리며 철사홍이 뿌린 검기가 허공으로 흩어졌다.

남궁세준과 싸우던 사내 하나가 검을 휘둘러 검기를 자른 것이다.

그 사내 뒤로 또 한 사내가 나타나 철사홍을 막아섰다.

“개자식들!”

철사홍은 천둥 같은 고함을 터뜨리며 사내들을 향해 달려들었다.

도천극을 벨 수 있는 절호의 기회였다.

놈의 움직임은 정상이 아니었다. 그건 유진룡과의 대결에서 타격을 입은 것 때문일 것이다. 그런 상태라면 자신의 청룡검으로 두 동강 낼 수도 있었는데 이놈들이 그 기회를 무산시키려 하고 있었다.

파아앗—

청룡검이 먼저 앞을 막은 사내의 목을 향해 날아들었다.

태산이라도 무너뜨릴 듯한 청룡검의 기세에 사내 역시 두 손으로 검을 잡고 혼신의 힘을 다해 휘둘렀다.

치잉—

검이 부딪치는 소리가 아닌, 쇠가 잘리는 소리가 울려 퍼졌다. 그 뒤로 선혈이 솟구치고 있었다.

“크아악!”

검과 함께 어깻죽지까지 같이 잘린 사내가 처절한 비명을
터뜨리며 무너졌다.

철사홍은 한 사내를 베어버린 여세를 그대로 몰아 다른 사
내에게 청룡검을 휘둘렀다.

사내가 성큼 뒤로 물러나며 청룡검을 피한 후 검을 들지 않
은 다른 손을 세차게 흔들었다.

사내의 손에서 시커먼 기운이 뻗어 나오는가 싶더니 그것
은 순식간에 장막처럼 덮어왔다.

"조심해요, 사형!"

주애청이 고함을 지르며 두 주먹을 세차게 흔들었다.

퍼엉!

주애청이 터뜨린 권풍에 흑무가 후욱 밀려났다가 곧 바람
을 따라 더 큰 그물이 되어 덮쳐들었다.

"독이다! 모두 뒤로 물러나라!"

백엽동이 고함을 지르며 유진룡과 단리하연을 양팔에 안
고 뒤로 물러났고, 주애청은 뛰쳐나가려는 철사홍의 뒷덜미
를 잡고, 장서홍은 이장명을 안고 빠르게 뒤로 물러났다.

근 십 장 가까이 물러나자 흑무가 대기 중으로 사라졌다.
그와 함께 도천극의 모습도 사라져 버렸다.

"개자식. 비겁하기 짝이 없는 자식! 지옥까지라도 따라갈
테다!"

고함을 지른 철사홍은 청룡검을 들어 올리며 멧돼지처럼

뛰쳐나가려 했지만 주애청이 급히 그를 막았다.

"지금은 사제와 다른 사람들의 안위가 더 급해요. 그들부터 살려요."

주애청의 말대로 유진룡과 단리하연, 이장명은 반쯤 시신이 되어 있었다.

백엽동이 단리하연과 이장명의 손목을 잡고 맥을 살폈다. 겉보기로는 그들이 더 위험해 보였기 때문이다.

"이 둘은 괜찮아. 우선 위험한 고비는 넘겼어."

안도의 한숨을 내쉰 백엽동은 유진룡의 맥문을 잡았다.

단리하연, 이장명과 달리 한참 동안 손을 놓지 못하는 백엽동의 표정이 돌처럼 굳어갔다.

거의 무방비 상태로 도천극의 장력을 세 차례나 격중당한 유진룡의 기혈은 휘저어놓은 실타래처럼 뒤엉켜, 이대로 조금만 더 지나면 폐인이 되거나 식물인간이 되기 십상이었다. 웬만한 무인이 이런 타격을 입었다면 벌써 고혼이 되어 혼백마저 흩어져 버렸을 것이다. 소주의 동굴 속에서 사 년 동안 지옥 같은 수련을 하며 혈맥을 고래 힘줄보다 더 튼튼히게 만들어놓았기에 지금 목숨이 붙어 있는 것이다.

백엽동을 쳐다보는 주애청과 철사홍은 입이 바짝 마른 듯 마른침을 삼켰다.

"기혈이 엉망으로 뒤틀렸다. 한시가 급하다."

잠시 후 눈을 번쩍 든 백엽동은 탄식을 토했다. 그리고는 서둘러 유진룡의 상체를 일으켰다.

"우선은 심맥부터 바로잡아 놓아야겠다. 너희들은 이놈을 붙잡고 있거라."

백엽동은 급히 유진룡의 단전에 양손을 갖다 댔다. 그리고는 자신의 공력을 불어넣기 시작했다.

일 갑자가 훨씬 넘는 백엽동의 정순한 공력이 유진룡의 기해혈을 통해 장강의 강물처럼 흘러들었다.

그렇게 일각이 넘도록 공력을 불어넣는 백엽동의 코에 송골송골 땀방울이 맺혔지만 유진룡의 모습은 조금도 나아 보이지가 않았다.

그리고 일각이 더 지났을 때 백엽동은 긴 한숨을 내쉬었다.

"사부님, 어떻게 되었나요? 사제는 괜찮은가요?"

주애청은 울상이 된 채 물었다.

"위험한 고비는 넘겼다. 그러나……."

백엽동은 말끝을 흐렸다.

겨우 목숨은 연장시켜 놓았지만 이런 상태로는 예전의 무위를 회복하는 것은 고사하고, 자칫하면 폐인이 되기 십상이었다.

"왜, 그러세요, 사부님? 혹시 잘못되기라도……?"

"아직은 아니다."

백엽동은 유진룡을 번쩍 들어 올렸다.

"최대한 빨리 정도맹 총단으로 가야겠다. 그곳에서 제대로 된 치료를 받아야 희망이 있다.”

백엽동의 말에 주애청도 단리하연을 안아 들었다.

“어서 가자.”

백엽동이 경공을 펼쳤다.

머리가 온통 백발이 된 노인이었지만 백엽동은 거구의 유진룡을 안은 채 한 마리 야조처럼 허공으로 날아올랐다. 뒤를 따라 단리하연을 안은 주애청과 이장명을 안아 든 철사홍도 몸을 날렸다.

“젠장! 같이 갑시다!”

백엽동 등이 사라진 자리로 피를 뒤집어쓴 남궁세준이 나타났다.

세 명의 사내의 합공에 고전하다가 두 명이 도천극에게로 달려가자 한 명만 상대하게 되어 그자의 가슴을 잘라 버리고 나타난 것이다. 그는 비틀거리며 걸어가는 조항의 뒷덜미를 낚아챈 후 유진룡의 뒤를 쫓아 신형을 날렸다.

第七十五章
견성(見性)

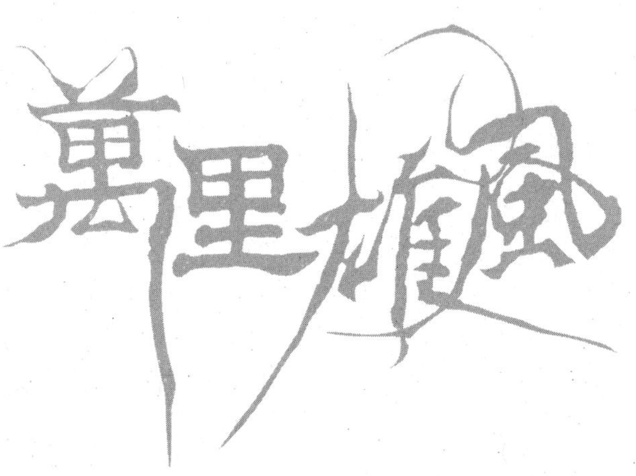

萬里雄風

항주의 가을은 그림처럼 운치를 띠었다.
특히 서호 인근의 경치는 천상의 도시를 방불케 할 정도로 아
름다웠다.

빙판처럼 고요한 호수의 수면은 높은 가을 하늘의 색조를
담아 더없이 깊고 푸르게 보였고 그 수면 위로 떠 있는 유람
선늘은 붓으로 그려놓은 듯한 정경을 만들어내고 있었다.

"제발 이곳에서만큼은 책에서 손을 뗄 수 없나요?"

유람선 안에서 한 여인이 아미를 잔뜩 찌푸리며 핀잔 어린
음성을 토했다.

여인의 시선이 머문 곳에는 한 청년이 손에 책을 들고 그

속의 내용을 탐독하고 있었다.

수많은 유람객들 속에서 책을 읽고 있는 청년!

그건 주변의 모습들과는 어울리지 않는 극히 이질적인 한 조각 정경이었다.

그러나 청년은 그런 것들을 전혀 느끼지 못하는지, 그리고 여인의 목소리도 듣지 못했는지 여전히 책 속에 시선을 못 박고 있었다.

"공자님!"

마침내 여인이 목소리를 높였다.

"왜, 왜 그러시오?"

청년은 그제야 여인의 목소리를 들은 듯 책에서 시선을 떼었다.

"정말 병이군요!"

여인은 기가 막힌 표정으로 청년을 쳐다보았다.

"무슨… 일이 있는 것이오?"

청년은 어리둥절한 표정으로 여인을 마주보았다.

"있어도 많이 있지요."

여인이 뾰족하게 대꾸했다.

"무슨……?"

청년이 둥그레진 눈으로 사방을 두리번거렸다. 그러나 사방의 풍경은 평화롭기 그지없었다.

"휴우—"

여인이 긴 한숨을 터뜨린 후 앵두 같은 입술을 빠르게 움직였다.

"이곳이 어딘가요, 공자님? 여긴 하늘에는 천당이 있고 지상에는 소항이 있다는 말처럼 지상낙원같이 아름다운 항주하고도 서호의 유람선 위가 아닌가요?"

"그런데……?"

"그런데 이 아름다운 곳까지 와서 어떤 분은 책을 펼쳐 들고 그 속에 빠져들어 비몽사몽간을 헤매고 있으니 그게 어디 보통 일인가요? 잘못되어도 크게 잘못되고, 어울리지 않아도 한여름에 솜옷을 겹겹이 껴입은 것만큼 안 어울리는 일이지요."

여인은 뾰로통한 얼굴로 콩을 볶듯 쏘아댔다.

"난 또……."

열을 받을 대로 받은 여인의 심정은 아랑곳없이 청년은 시큰둥한 반응과 함께 다시 책을 향해 시선을 돌리고 있었다.

"마 공자님!"

여인이 이젠 찢어지는 목소리로 고함을 질렀다.

"어이쿠! 귀청 떨어지겠소."

만권동자 마응탁은 책을 든 채 두 손으로 귀를 막는 시늉을 했다.

"애써 이곳까지 왔으면 경치를 즐기고 유람을 해야 할 것이 아닌가요? 그렇게 책을 읽으려면 서재에 틀어박혀서 읽을 것이지, 여기까지 왜 나왔나요?”

만박노조의 손녀인 석소정은 날카롭게까지 변한 눈을 치뜨며 마웅탁을 쳐다보았다.

만박노조가 비명횡사하고 몇 달 동안 석대가문은 깊은 슬픔에 잠겼었다. 그 슬픔이 겨우 걷혀갈 즈음 억지로라도 떨쳐버리고자 석소정은 마웅탁을 이끌고 서호 유람에 나섰다.

마웅탁도 같은 심정이었는지 석소정의 제안을 거절하지 않고 이곳까지 같이 왔다. 그런데 제 버릇 개 못 준다는 말처럼 잠시 서호의 풍경을 쳐다보던 마웅탁은 무슨 생각이 들었는지 급히 품속에 손을 집어넣었다.

품속에는 겉장이 너덜너덜해진 책이 들어 있었고 그걸 꺼낸 마웅탁은 지금까지 그 책 속에 빠져들어 있었던 것이다.

“미안하오. 여기 오니 그간 미치도록 괴롭히며 막혔던 생각이 실마리를 드러내며 풀릴 것 같은 예감이 들어서…….”

마웅탁은 입맛을 다시며 변명을 했다.

“아무리 그래도 여기는 유람선 위예요. 유람선 위에서는 술잔을 기울이든지 시흥에 잠겨 시를 읊든지 해야 정상이 아닌가요?”

“그야 그렇지만… 이런 곳에 오니 의외로 생각의 폭이 넓어지며 뭔가 풀릴 것 같은 기분이 드는 걸 어쩌겠소.”

“오늘만큼은 억지로 떠올리려 하지 말고 물 흐르듯 몸과 마음을 자연 속에 맡겨두며 휴식을 취해요. 그럼 내일부터는 몇 배로 더 공부가 잘될 거예요."

석소정은 마웅탁의 손에서 겉장이 너덜해진 책을 뺏어 들어 선실 한 귀퉁이에 내려놓았다.

"쩝! 그럽시다."

가볍게 한숨을 내쉰 마웅탁은 선실 귀퉁이에 내려놓은 책을 품속에 도로 집어넣고는 편안한 표정으로 서호의 수면 위로 시선을 돌렸다.

잔잔하게 흔들리는 물결이 가을의 양광을 반사시켜 은빛 수를 놓은 것 같았다.

오랜만에, 아니, 소주의 뒷골목을 탈출한 지 처음으로 책 아닌 다른 것에 주위를 돌린 마웅탁의 가슴으로 깊은 감회가 스며들었다. 그리고 밀쳐 두었던 그리운 얼굴들이 주마등처럼 스쳐 지나갔다.

'이상한 일이군.'

마웅탁은 보일 듯 말 듯 고개를 갸웃거렸다.

이렇게 그리운 얼굴들이 떠오를 때면 그 첫 번째는 언제나 유진룡이었다. 그다음으로는 양혜란의 얼굴이 떠올랐다.

그러나 언제부턴가는 양혜란의 얼굴이 유진룡의 얼굴을 차츰차츰 밀어내며 더 오래 자리 잡곤 했다.

그런데 오늘은 그 두 사람의 얼굴보다 이장명의 얼굴이 먼저 떠올랐다.

온 얼굴에 주근깨가 가득하며 언제나 실없는 농담과 함께 유진룡을 약 올리던 그 얼굴이 오늘은 제일 먼저 떠올랐고, 한참이나 머물렀다.

'별일이야.'

고개를 흔든 마웅탁은 유진룡과 양혜란의 얼굴을 떠올렸다.

이번에도 유진룡의 얼굴이 먼저 떠올랐지만 더 오래 머물고 가슴속 더 깊은 곳으로 침잠한 얼굴은 양혜란이었다.

사슴같이 슬픈 눈동자로 굶주린 동생들을 쳐다보며 더 못 먹이고, 더 따뜻하게 못 입혀 언제나 애타하던 그 모습이 같이 있을 때보다 더 또렷이 떠오르고 있었다.

"나쁜 놈!"

양혜란의 모습에 밀려 유진룡의 얼굴이 흔적없이 사라져 버린 것을 문득 느낀 마웅탁은 자신도 모르게 내뱉었다.

"뭐라구요?"

석소정이 놀란 눈을 하며 마웅탁을 쳐다보았다.

깊은 시상에 잠긴 듯한 모습을 보며 내심 주옥같은 시 한 수를 기대하고 있었는데 그 첫 구절이 나쁜 놈이란 것이 도저히 납득이 가지 않은 것이다.

"아, 아니오, 아무것도. 그냥 딴생각을 좀 하다가……."

마웅탁은 손사래까지 치며 무심결에 흘린 험구를 주워 담으려 애를 썼다.

'정말 이해하기 힘든 사람이야.'

석소정은 나직하게 한숨을 내쉬었다.

그럭저럭 삼 년 가까이 같이 지냈지만 도저히 이해가 가지 않는 사람이었다. 조금 알 듯하다가도 어느 순간 도저히 이해가 불가능한 딴 세상 사람 같았고, 책 이외에는 아무것도 모르는 바보 같은 사람 같다가도 무언가 큰 비밀을 숨긴 기인이사 같기도 했다.

처음 자신의 가문에 왔을 때는 그냥 좀 총명한 청년 같았는데 책에 빠져들면서부터 마웅탁의 몸에서는 그런 기인이사 같은 냄새가 풍기기 시작했다.

쇠붙이를 집어삼키면서 점점 괴물로 변해가는 불가사리처럼 마웅탁은 책을 집어삼키면서 점점 다른 존재로 변해가는 것 같았다. 그러면서도 변해가는 이 모습이 본래의 모습일 것 같다는 생각도 들었다.

"무슨 딴생각을 그렇게 깊이 하셨기에 험구까지 내뱉는가요?"

석소정은 눈을 반짝이며 질문을 퍼부었다.

"예전에 뒷골목을 전전하던 시절, 날 괴롭히던 놈들 생각이 나서……."

마웅탁은 다시 얼버무리며 입맛을 다셨다.

석소정이 이렇게 뭔가 꼬치꼬치 캐물으며 달려들 땐 예전

소주 뒷골목 시절을 들춰내는 것이 약이었다. 그러면 그녀는 마웅탁의 아픈 과거를 건드리지 않으려는 듯 질문 공세를 멈추었다.

오늘도 그것이 통해 석소정은 얼른 입을 다물었다. 그리하여 마웅탁은 다시 혼자만의 세계로 빠져들 수 있었다.

휘잉—

한줄기 바람이 일자 고요하던 수면에 무수한 파문이 일었다. 그 파문은 수많은 거울이 되어 제각각 양광을 반사시키며 눈을 어지럽게 했다.

물결이 거울에 반사되어 쏘아오는 무수한 빛무리들! 그 빛살들이 마웅탁의 눈을 통해 뇌리를 비추었다.

번쩍!

이어질 듯 끊어져 있던 의식 한가닥이 빛살을 받고 꿈틀 요동쳤다.

마웅탁은 움찔 놀라며 눈을 끔벅거렸다.

번쩍!

다시 파문의 빛줄기가 망막을 뚫고 뇌리까지 꽂혀들었다.

더 큰 의식 한줄기도 더 큰 꿈틀거림을 일으켰다.

'으음!'

마웅탁은 자신도 모르게 신음을 삼키며 빠져들 듯 파문들을 쫓아 눈동자를 움직였다.

휘잉—

다시 한줄기 바람이 불어왔다.

조금 잦아들던 물결의 움직임이 재차 수많은 파문을 만들며 수천, 수만 조각의 빛을 반사시켰다.

그 빛무리를 따라 마웅탁의 뇌리에서도 수천, 수만 조각의 의식이 파문을 만들고 있었다.

"공… 자님!"

뭔가 이질적인 분위기를 느낀 석소정이 마웅탁을 불렀다.

아무것도 듣지 못한 듯 마웅탁의 눈은 서호의 호수를 모두 빨아들일 듯 빛나고 있었다.

"공……."

다시 마웅탁을 부르려던 석소정은 급히 손을 들어 올려 자신의 입을 막았다.

언젠가 조부 만박노조의 눈에서 뿜어 나오던 그런 빛이 지금 마웅탁의 눈에서 뻗어 나오고 있었다.

너무 오랜만이어서 까맣게 잊고 있었지만 그때 그런 조부의 모습을 본 부친은 근처에 있던 사람들에게 숨소리조차 내지 못하게 했다.

그렇게 숨 막히던 시간이 지나간 어느 순간 조부는 앙천광소를 터뜨렸다.

어린 마음에 조부께서 실성하지 않았나 걱정했지만 그 일이 있고 난 후 조부는 한층 더 여유로워졌고 만학당을 찾는 유생들의 수는 배로 늘어났다.

지금 마웅탁의 모습이 그때 조부의 모습과 겹쳐졌다.

세상의 모든 이치를 한꺼번에 꿰뚫는 듯한 눈빛!

그날 조부의 눈빛과 닮은 듯하면서도 뭔지 모르게 달랐다.

더 깊은 것 같기도 하고 더 이글거리는 같기도 했다.

석소정은 이번에도 숨소리조차 내지 않은 채 마웅탁을 쳐다보았다.

번쩍―

수만 조각의 양광을 받아들인 마웅탁의 의식들이 번쩍거리며 눈을 뜨기 시작했다.

그렇게 각각 눈을 뜬, 각성되고 활성화된 의식들은 상호작용을 하며 한 조각 한 조각 모여 하나의 큰 의식을, 빙산의 아랫부분처럼 수면 깊이 잠긴 채 잠들어 있던 한없이 큰 의식을 일깨우기 시작했다.

오랫동안, 어쩌면 태어나기 전부터 깊이 자리하고 잠들어 있던 의식들이 각성된 의식 조각들의 공격을 받아 꿈틀거렸다. 그와 함께 마웅탁의 몸도 작살을 맞은 듯 꿈틀거렸다.

온몸이 물에 젖은 듯 땀에 젖고, 온 얼굴로 타고 흐르는 땀이 내를 이루고 있었지만 석소정은 꼼짝도 않고 마웅탁을 쳐다보기만 했다. 만약 이 순간 땀이라도 닦아주려 얼굴에 손을 댔다가는 천추의 한을 남기게 될 것이라는 것을 그녀는 본능적으로 느끼고 있었다.

콰앙―

작은 폭발이 일어났다.

빛의 파편에 자극을 받은 커다란 의식의 껍질 한곳에 금이 가기 시작했다.

콰콰쾅—

각성된 의식의 조각들이 그 틈을 집요하게 공격했다.

균열이 점점 더 커지며 만년한철처럼 단단하게 감싼 껍질이 깨어지기 시작했다.

그리고 어느 순간!

온 우주가 터져 나가는 듯한 대폭발을 일으키며 잠들어 있던 거대한 의식이 번쩍 눈을 떴다.

"와하하하!"

학질에 걸린 듯 땀을 흘리던 마웅탁이 앙천광소를 터뜨렸다.

그 소리는 포성처럼 크면서도 소나무 가지 사이로 흘러 나가는 바람처럼 시원했다. 그래서 근처에 있는 모든 시선들을 일순간 붙잡아두는 상황까지 만들었다.

많은 시선들이 일순 마웅탁에게로 모였다가 잠시 후 원래의 사리로 돌아갔다.

뭔가 이질적인 감흥을 불러일으키긴 했지만 이곳 유람선 위에서 터뜨리는 그런 통쾌한 웃음소리는 익숙한 것이기도 했다.

"공자님……."

석소정이 조심스런 음성으로 마웅탁을 불렀다. 그리고 그의 얼굴을 유심히 살폈다.

예상대로 마웅탁의 얼굴에는 커다란 견성(見性)의 흔적이 넘쳐 나고 있었다.

이 순간을 위해 이 사내는 그동안 그렇게 책 속에 빠져들었나 하는 느낌이 들었다.

"축하드려요, 공자님!"

석소정은 환하게 웃으며 마웅탁의 얼굴에 흐른 땀을 닦아 주었다.

냉정을 되찾은 마웅탁이 잠시 석소정을 마주 보았다.

자신의 얼굴만 보고 던진 축하한다는 말!

그 말을 미루어 그녀는 자신의 내부에서 일어난 의식의 변화를 읽고 있다는 말이었다.

이왕이면 아무도 그런 것을 눈치 채지 못했으면 하는 바람이 있었지만 당대 최고의 석학이었던 만박노조의 손녀이기에 어쩔 수 없다는 생각이 들었다.

"당장 집으로 가봐야겠소!"

마웅탁은 벌떡 몸을 일으켰다.

"그렇게 해요."

이곳까지 와서 책을 읽느냐며 투정을 부리던 조금 전과는 달리 석소정은 두말 않고 따라 일어섰다.

촤르르

방바닥에 한 장의 양피지 두루마리가 펼쳐졌다.

수십 년, 아니, 그보다 훨씬 오래된 듯 두루마리는 고색창연한 향기와 빛을 발하고 있었다.

서호에서 돌아온 마웅탁은 그 두루마리에 파묻히듯 시선을 던지고 있었다.

뭔가 범상치 않은 내력을 지닌 듯한 두루마리!

그런데 그곳에는 그 재질과는 전혀 다른 기이한 내용들이 가득 들어차 있었다.

글자도 아니고 그림도 아닌, 이상한 문양들이 넓은 두루마리를 가득 채우고 있었다.

얼핏 우주의 이치를 한 장의 그림 속에 담았다는 만다라를 연상시키기도 했지만 전혀 대칭성이 없는 그림은 그런 생각을 지워 버리게 만들었다.

그러나 그 그림을 들여다보는 마웅탁의 눈은 양피지를 태울 듯 활활 타오르고 있었다.

"이젠… 이젠 가능할 것 같아……."

마웅탁은 주먹을 불끈 쥐었다.

의식의 표면 아래에 훨씬 더 넓게 자리하고 있는 더 큰 의식이 각성되지 않고는 도저히 불가능했던 인식이 이젠 가능성을 엿보이고 있었다.

무인이 하나의 벽을 깨기 위해 미친 듯이 검술에 매진하듯 책 속에 파묻혔고, 자는 동안에도 한가닥 의식의 끈을 놓지 않았다.

그렇게 거대한 벽을 깨뜨림과 함께 하나의 관문을 넘어설 수 있는 것이다.

마웅탁의 의식은 이젠 완전히 두루마리 속으로 빠져들었다. 동시에 두루마리의 내용도 마웅탁의 의식 속으로 녹아들어 가고 있었다.

그렇게 밤이 가고 새벽이 밝아왔다. 더 나아가 새벽이 지나고 오후가 되었을 때까지도 마웅탁은 두루마리 속에 빠져 있었다.

자신이 밖으로 나오기 전에는 절대로 먼저 찾지 말라고 석소정에게 신신당부를 해놓았기에 아침과 점심을 건너뛰었지만 마웅탁이 기거하는 별채에는 아무도 얼씬거리지 않았다.

점심때도 지나고 노을이 물드는 저녁때가 되었을 즈음, 식음을 전폐하고 석상처럼 두루마리 앞에 앉아 있던 마웅탁의 전신에 미미한 변화가 보이기 시작했다.

먼저 그의 눈동자가 심하게 흔들렸다.

돌부처처럼 굳은 그의 몸에 비해 유일하게 이리저리 움직이던 눈이었지만 지금의 움직임에 비하면 조족지혈이었다.

쉴 새 없이 흔들리는 마웅탁의 눈동자는 빠르게 두루마리의 처음과 끝을 훑고 있었다. 그 속도는 점점 더 빨라졌고 순식간에 처음과 끝을 훑는 것 같은 순간 마웅탁의 눈동자는 더 이상 움직이지 않았고 그의 몸처럼 굳어졌다.

이제 그의 눈동자는 조금도 움직이지 않고 있지만 그의 눈은 한꺼번에 두루마리의 내용을 관조하고 있었다.

어느 순간 마웅탁의 입꼬리가 움직이기 시작했다.

미세하게 움직이는 입꼬리 끝에 한가닥 가느다란, 그러나 그 어떤 것과도 비교할 수 없는 강렬한 색조의 미소가 어리기 시작했다.

미세한 파문처럼 피어오른 미소는 온 얼굴로 퍼져 나갔고 급기야 마웅탁은 서호의 유람선 위에서처럼 한줄기 시원한 광소를 터뜨렸다.

잠시 후 웃음을 멈춘 마웅탁은 두루마리를 조심스럽게 반으로 접은 후 둘둘 말았다. 그리고 그것을 겉장이 너덜하게 변한 책과 함께 봇짐 속에 넣었다.

다른 것은 다 버려도 이 두 가지만은 언제나 챙겼다.

"이젠 떠날 때인가?"

나직하게 중얼거린 마웅탁은 창밖을 온통 물들이는 낙조를 향해 시선을 돌렸다

*　　*　　*

정주에 자리한 정도맹 총단은 부산한 움직임을 보이고 있었다. 규모는 방대했지만 급조된 건물과 함께 아직은 체계가

잡혀지지 않은 어수선함이 총단 곳곳에서 느껴졌고, 각각의 건물들은 이삿짐을 막 풀어놓은 새집 같은 분위기를 풍기고 있었다.

맹주는 이미 결정되었지만 대부분의 조직들이 짜여지지 않은 상태였기에 그런 어수선함은 당연한 것이었다.

그런 어수선함 속에서도 단 한 곳, 약의전(藥醫殿)이라 이름 붙여진 건물은 제법 체계가 갖추어진 채 정연한 질서를 유지하고 있었다.

그런 질서정연한 모습은 이곳의 주인이 비교적 먼저 정해졌다는 이유도 있었고, 아직은 부상자들이 없어 다급한 움직임이 일지 않고 있기 때문이었다.

오늘 오전까지만 해도 그런 고요함이 내려앉은 약의전에 갑자기 바쁜 움직임이 일었다.

"무슨 일이냐?"

약의전주 봉황신녀 곡미령은 의문스런 표정과 함께 몸을 일으켰다.

"위급 환자랍니다."

셋째 제자 오홍영이 빠른 걸음으로 들어오며 답했다.

"위급 환자?"

곡미령은 눈 사이를 좁혔다.

최근 들어 흑사련이 점점 더 위협적으로 설치고 있었지만 아직까지 정면충돌은 일어나지 않았다. 그래서 이곳 의약전은 조용한 모습을 유지하고 있는 것이다.

그런데 위급 환자라니?

곡미령은 고개를 빼서 오홍영 뒤로 다급히 달려오는 사람들을 쳐다보았다.

제일 먼저 철탑 같은 사내의 모습이 눈에 들어왔다. 구레나룻 수염이 온 얼굴을 덮어 나이를 제대로 짐작하기 힘들었지만 갓 잡아 올린 생선 같은 생동감이 느껴지는 근육의 움직임은 이십대를 넘지 않았음을 짐작할 수 있었다.

그 뒤로 보통 여인들보다 한 뼘은 더 큰 키에, 군살 하나 없는 몸매의 여인이 따라 들어왔다.

그리고 그 뒤로 몇 명의 거지와 두 명의 귀공자가 따라 들어왔다

'예측불허개 백엽동!'

늙은 거지의 정체를 알아본 곡미령은 눈을 크게 떴다.

다른 사람은 몰라도 그는 알아볼 수 있었다. 그리고 그와 관련된 일이라면 절대로 평범한 일일 수 없다는 것도 짐작했다.

"어서 침상에 눕히거라!"

백엽동이 고함을 지르자 곡미령은 백엽동과 인사도 나누지 못한 채 위급 환자에게로 다가갔다.

위급 환자는 유진룡과 단리하연, 이장명이었고, 모두 의식 불명으로 실려왔다.

곡미령의 눈이 유진룡에게 머물며 크게 뜨여졌다.

"이 청년은?!"

곡미령은 외마디 고함을 질렀다.

석대세가에서도 보았고, 귀가하는 길에 다시 만나 자신과 제자들의 목숨을 구해준 청년이었다.

정체는 아직 알지 못하지만 내력을 짐작하기 힘든 무공을 지니고 있던 청년이었다. 그런데 어떻게 이런 모습으로 다시 만난단 말인가?

우선 청년의 얼굴은 산 사람의 그것이 아니었다.

핏기 하나 없이 창백했고 시체의 그것처럼 입술은 푸르죽죽하게 변해 있었다.

곡미령은 자신도 모르게 유진룡의 맥문부터 잡았다.

다행히 맥은 뛰고 있었다. 그런데 그것이 종잡을 수 없었다.

온통 헝클어져 불규칙한 것이 주화입마에라도 빠진 듯했다.

"어서 침을!"

곡미령은 첫째 제자 사영화를 향해 소리를 질렀다. 사영화도 놀란 눈으로 유진룡을 쳐다보다가 황급히 침구통을 가져왔다.

타다닥!

곡미령은 손이 보이지 않을 정도로 빠르게 유진룡의 전신

대혈을 타동시킨 후 침을 꽂기 시작했다.

*　　　*　　　*

　‘여기는?

　유진룡은 억지로 눈을 떴다. 그리고 주변을 살폈다. 밤인지 짙은 어둠만이 사방을 감쌌다.

　의식은 깨어났지만 몸은 수렁 속에 빠진 것처럼 무거웠다.

　유진룡은 억지로 손을 움직여 보았다.

　손끝만 겨우 움직일 뿐, 더 이상은 몸이 말을 듣지 않았다.

　이번에는 발을 움직여 보았다.

　그것 역시 발끝만 조금 움직여졌다.

　‘다행이군.’

　유진룡은 안도의 한숨을 내쉬었다.

　손끝이나 발끝, 신체의 말단 부분이 움직이고 있다는 것은 혈맥이나 신경이 손상되지 않았다는 말이고, 그럼 희망이 있다는 뜻이었다.

　일 푼의 희망이라도 있으면 된 것이다. 그럼 그것을 붙잡고 일어설 수가 있다.

　소주 뒷골목에서의 싸움에서도 도저히 불가능할 것 같은 상대를 맞아 그 일 푼의 희망을 붙잡고 실낱같은 빈틈을 찾아내어 이겨왔다.

다시 한 번 손끝, 발끝을 움직여 보았다.

아까보다는 조금 더 크게 움직여졌다.

'됐어.'

유진룡은 온몸에 힘을 뺐다.

숨이 붙어 있었고, 의식이 돌아왔고, 혈맥이나 신경조직이 완전히 망가지지 않았다.

그 상태에서 한발씩 나아가면 목표점에 도달할 수 있는 것이다.

'흐읍!'

유진룡은 길게 호흡을 이끌었다.

평소의 비해 비교도 안 되는 미약한 호흡이 이끌어졌다. 그 호흡을 몸 구석구석으로 돌린다는 의념과 함께 우주무한의 구결을 떠올렸다.

죽음의 위기와 맞바꾼 우주무한의 심법이 한가닥 생기를 몰고 왔다.

단전에서 일어나는 느낌이 아닌, 우주 저 끝에서 몰려오는 듯한 기운이 손끝, 발끝에서 느껴졌다.

신비한 느낌이었다.

이제까지는 모든 기운은 단전에서 시작되어 온 혈맥 전체로 퍼져 나갔다. 그런데 우주무한의 기운은 온 우주의 끝에서 단전으로 밀려드는 것 같았다. 마치 몸이 우주의 기운을 빨아들이고 있는 듯한 느낌이었다.

아쉬운 것이 있다면 그릇이 너무 작아, 그나마 이제는 엉망으로 망가지기까지 하여 만분지 일도 제대로 받아들이지 못한다는 것이었다.

아쉬움을 떨친 채 유진룡은 끈기있게 구절에 매달렸다.

"정신이 들었어, 사제?"

갑자기 주애청의 목소리가 들렸다. 그리고 여러 가지 소음도 같이 들려왔다. 또한 어둠이 급격히 밀려가고 빛의 물결이 망막 속으로 폭포수처럼 밀려들었다.

어둠 속에서 혼자 있던 것이 아니었다.

대낮이고, 많은 사람들의 주시 속에 있었지만 자신의 감각이 그것을 인지하지 못하고 있었던 것이다.

"사제! 정신이 드는가?"

굵직한 철사홍의 목소리도 들렸다.

"사형……."

유진룡은 모깃소리만 한 목소리로 마주 답했다.

"살아났군, 살아났어! 정말 다행이야."

철사홍이 천둥처럼 고함을 질렀다. 고함 소리와 함께 손아귀기 아파오는 느낌이 전해졌다. 철사홍이 손을 잡고 있다가 자신도 모르게 힘을 주고 있는 것이다.

이젠 그것마저 느껴졌다.

"정말 기적 같은 일이에요. 믿어지지가 않는군요!"

봉황신녀 곡미령이 들뜬 표정으로 소리를 질렀다.

그렇게 망가졌으면서 이렇게 빠르게 회복이 되는 신체는 본 적이 없는 그녀였다. 이런 신체만 다룬다면 자신의 명성은 몇 배는 더 높아졌을 것이라는 생각도 들었다.

어쨌든 생명의 은인을 살려냈으니 보답을 한 것이다.

곡미령은 안도의 한숨을 내쉬었다.

"장명이는?"

모깃소리만 한 음성으로 유진룡은 이장명의 안부를 물었다. 자신을 대신하여 도천극의 일장을 맞은 이장명은 그때 자신만큼이나 위험해 보였다.

"중상을 입었지만 자네가 필사적으로 노력한 덕에 목숨엔 지장 없네."

호위대장 조항이 무거운 음성으로 답했다. 그도 도천극의 일장에 휘말려 며칠 동안 고생을 해 초췌한 모습이었다.

목숨은 살렸지만 이장명의 몸은 폐인이나 마찬가지였다.

유진룡처럼 강한 내공이 받쳐 주지 않았기에 뒤틀린 혈맥이 쉽게 제자리를 찾지 못해 아직까지 깨어나지 못하고 있었다. 좀 더 치료를 하면 깨어날 가망성은 높다고 했지만 정상적인 인간이 되는 것은 불가능하다는 곡미령의 진단이 있었다.

'살아만 있으면… 살아만 있으면 됐어. 그럼 그놈도 포기하지 않을 거야.'

유진룡은 스스로를 그렇게 달랬다.

언제나 실없는 농담이나 던지며 신경을 긁고 빈정거렸지
만 말없이 동생들을 위하는 놈이었고, 극한 상황에서는 유진
룡 자신만큼이나 끈질기고 독했다. 그래서 마음이 맞아 같이
생활했다. 그런 놈이니 목숨만 붙어 있다면 언젠가는 정상으
로 회복될 것이다.

"회주님은?"

한참을 쉰 유진룡을 다시 힘을 모아 단리하연의 안부를 물
었다. 목소리는 여전히 모깃소리만 했다.

"단리 회주 말인가? 걱정 말게. 회주는 자네보다 일찍 깨어
나서 지금은 거동도 가능하다네. 자네가 깨어났다는 소식을
들으면 곧바로 이리로 올 걸세."

철사홍이 빙긋 미소를 지으며 답해주었다.

"남궁 공자에게 들었는데… 자네의 피가 보약인 모양일세.
심한 중독이었는데도 그렇게 멀쩡히 깨어난 걸 보면 말이
야."

상취개 장서홍이 고개를 저으며 끼어들었다.

유진룡은 거듭 안도의 한숨을 내쉬었다.

그녀를 구하기 위해 맞은 위기였지만 그녀로 인해, 그녀가
입으로 불어넣어 주는 한 모금 대기로 인해 살아났고 그다음
에는 자신이 그녀를 살렸다. 그렇게 자신과 단리하연은 서로
를 도우며 목숨을 살렸다.

문득 그녀가 보고 싶었다.

철사홍의 말대로 정말 아무런 문제 없이 회복되었는지 확인하고 싶었다.

위급한 상황에서 지푸라기라도 잡는 심정이 되어 그녀의 입 안으로 쏟아 부은 피가 그녀를 살렸다는 것이 믿어지지 않았다.

유진룡의 그런 생각을 전해 듣기라도 한 듯 단리하연의 모습을 드러냈다. 문이 열리고 단리하연이 초췌한 모습으로 방 안으로 들어선 것이다.

아직까지는 아무도 유진룡의 회생을 전해주지 않았는데도 기다리고 있었다는 듯 나타난 단리하연을 보며 철사홍은 잠시 눈을 둥그렇게 떴다가 얼른 자리를 내어주었다.

"유 공자……."

단리하연이 조심스럽게 유진룡 곁으로 다가왔다.

"무사하셨군요."

유진룡이 희미하게 미소를 지었다.

몇 마디의 대화로도 기력이 다해 온 힘을 짜내어 짓는 미소였다.

"회복될 줄… 알았어요. 꼭 깨어나리라 믿었어요."

단리하연의 눈가에 물기가 번졌다. 그러나 그녀는 주변을 의식한 듯 얼른 눈물을 감추고 담담한 모습을 보였다.

소주제일상단을 이끌어온 회주다운 모습이기도 했고, 강한 모습을 보임으로 유진룡을 안심시키려는 의도된 행동이기도 했다.

유진룡은 천천히 눈을 감았다.

단리하연의 안위를 확인하자 긴장이 풀어지며 눈꺼풀이 저절로 감겨진 것이다.

유진룡은 그렇게 다시 잠 속으로 빠져들었다.

第七十六章
공동삼수(崆峒三手)와의 재회

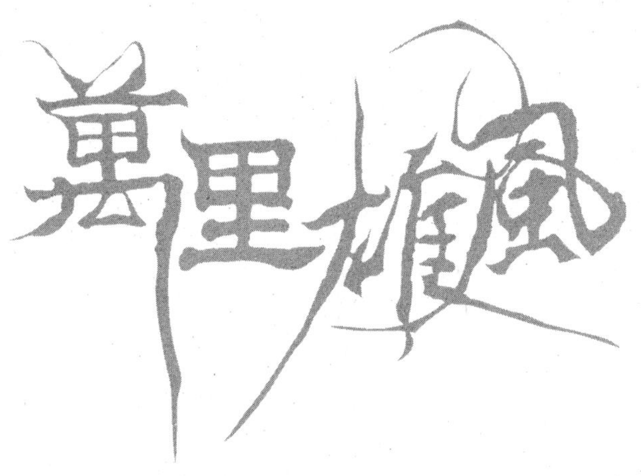

"깨어났다고?"

청수한 모습의 중년인이 눈을 들어 보고를 한 청년을 바라보았다. 건장한 체격에 군살 없이 단단해 보이는 몸은 중년의 나이면서도 수련을 게을리하지 않고 있음을 단적으로 나타내주었다.

"열흘 반에 의식을 회복하고 간단한 대화도 나눈 후 다시 잠들었다고 합니다."

청년은 안도한 표정으로 덧붙였다.

"놀랄 일이군. 처음 여기 왔을 때는 대라신선이 온다고 해도 가망없다더니 말이야."

중년인이 가벼운 찬사를 토했다.

"내공이 충실한 친구였습니다. 아니, 불가사의한 내공을 지닌 친구입니다."

청년이 자신도 모르게 고개를 끄덕였다.

그 내공에 밀려 비무에서 패배를 했었다. 물론, 검을 빼 들고 목숨을 건 대결을 벌였더라면 어떨지 몰랐지만 내공 면에 있어서는 한참 딸린다는 것은 명백한 사실이었다.

"만수조종의 영약들을 모두 섭취했다면 그게 당연하겠지. 어쨌든 다행이군."

당당한 체격의 중년인, 남궁가주 남궁한은 고개를 두어 번 끄덕였다.

'내 짐작이 틀림없어.'

남궁한은 맥박이 빨라짐을 느꼈다.

남궁세준의 보고를 통해 유진룡이 무한십이수를 익히고 있음은 확인했다. 그리고 이런 빠른 회복은 자신이 애타게 찾고 있는 그 심법에 의한 것일 가능성이 높았다.

그 심법이 아니고서는 그런 만신창이 상태에서 이렇게 빨리 회생할 수 없다.

한가닥 생기만 있어도 인체의 능력을 극대화시킬 수 있는 심법!

자신이 찾고 있는 심법의 또 다른 능력이었다. 그것을 얻으면 자신의 능력 또한 극대화시킬 수 있다.

'그런데 그걸 어떻게 얻을 것인가?'

남궁한은 잠시 눈 사이를 좁혔다.

"우선은 그 청년을 살펴보아야겠군."

남궁한은 자리에서 일어섰다.

"같이 가보자."

"어디로… 그 친구에게 말씀입니까?"

남궁세준의 말에 남궁한이 고개를 끄덕였다.

"아버님께서 움직이는 것은 괜한 의심만 삽니다. 이번 일은 전적으로 제게 맡겨주십시오."

남궁세준이 고개를 흔들었다.

"그렇군. 내가 마음이 앞섰어."

자기 식솔도 아닌데 병문안이랍시고 그곳을 불쑥 찾아가는 것은 남궁세준의 말대로 쓸데없는 의구심을 불러일으킬 수 있었다.

"휴!"

조급한 마음을 다스린 남궁한은 다시 자리에 앉았다.

*　　　*　　　*

하루 만에 유진룡은 다시 깨어났다.

이번에도 많은 사람들이 유진룡 곁에 있었다.

철사홍과 주애청은 물론, 단리하연은 한시도 떨어지지 않고 유진룡을 지키고 간호했다.

"사형!"

"깨어났나, 사제?"

철사홍이 반색을 하며 손을 잡았다. 그리고 단리하연도 환한 모습으로 다가왔다.

"괜찮은가요, 유 공자?"

단리하연은 제일 먼저 그것부터 물었다.

"회주님은?"

"전 이제 괜찮아요. 유 공자님은요?"

단리하연은 거듭 상태를 물었다.

"많이 좋아졌습니다."

유진룡은 억지로 목소리를 밝게 하며 답했다.

"다행이에요. 이장명 공자도 조금씩 나아지고 있어요. 그러니 다른 걱정은 아무것도 하지 말고 오로지 자신의 몸만 생각하세요."

단리하연은 간절한 음성으로 말하고 의약전주 곡미령을 부르려 시비를 보냈다.

잠시 후 의약전의 문이 열리며 곡미령이 그의 제자들과 함께 들어왔다.

"정말 건강한 체질이에요. 믿어지지 않을 정도로!"

곡미령은 진맥을 하면서 연신 감탄사를 토했다.

그렇게 진맥을 하던 차에 다시 문이 벌컥 열리며 몇 명의 사람이 더 모습을 드러냈다.

새로 모습을 드러낸 사람은 한 명의 중년인과 한 명의 초로인, 그리고 일남일녀의 젊은이들이었다.

뜻밖에도 뒤에 있는 일남일녀와 한 명의 중년인은 안면이 있었다.

그들 셋은 석대세가를 떠난 유진룡이 철사홍과 만나기로 한 날짜가 가까워질 무렵, 강을 건너기 위해 백호와 함께 배에 올랐을 때 만났던 공동파의 인물들이었다.

그때 젊은 일남일녀와 함께 있던 중년인은 유진룡이 도천극의 사제라는 이유로 다짜고짜 공격을 했고 선상에서 한바탕 대결을 벌이기까지 했었다.

그들 세 사람이 한 명의 초로인과 함께 호기심 어린 눈으로 유진룡을 쳐다보고 있었다.

곡미령의 진맥을 받으며 뜻밖의 표정으로 그들을 마주 쳐다보던 유진룡은 시선을 돌려 그들 뒤에 있는 초로인을 바라보았다.

평범한 체격에 평범한 용모의 초로인이었디.

그러나 그의 몸에서 풍겨 나오는 기운은 절대로 평범하지 않았다.

너무나 고요했다.

그래서 아무런 기운이 풍겨나지 않는 것도 같았다. 하지만 유진룡은 그것이 대해의 잠잠함과 같은 그런 기운이라는 것을 느낄 수 있었다.

태산이 빠져들어도 잠시 출렁거림만 일 뿐, 금방 평정을 되찾을 수 있을 것 같은 깊이가 공동파의 문도들과 함께 온 초로인의 몸에서 느껴졌다.

'누굴까?

절대고수의 기도를 가진 초로인의 정체가 궁금한 유진룡은 다른 사람들의 반응을 살폈다.

유진룡의 느낌이 틀리지 않았는지 초로인의 등장에 모든 사람들이 화들짝 놀라는 모습을 보이고 있었다. 예측불허개 백엽동마저도 두 손을 마주 잡으며 자리를 만들어주었다.

"총사께서 여긴 어쩐 일로……?"

봉황신녀 곡미령이 제일 먼저 인사를 차렸다.

'총사?

유진룡은 초로인을 다시 쳐다보았다.

언제 총사가 정해졌는지 모르겠지만 총사라면 맹주에 이어 정도맹의 제이인자나 못해도 세 번째 서열은 될 것이다.

유진룡은 초로인의 몸에서 범상치 않은 기운이 피어나는 이유를 알 수 있을 것 같았다.

"저 청년이 깨어났다는 얘기를 방금 들었소."

총사는 담담한 목소리로 곡미령의 질문에 답했다.

그러나 곡미령은 그 대답이 더욱 의문스럽다는 표정을 지었다.

정파무림을 대표하는 정도맹의 총사가 이곳까지 직접 찾아왔다는 것은 결코 정상적인 일이 아니었기 때문이다.

"괜찮은가?"

모든 사람의 의구심을 뒤로한 채 총사는 유진룡 곁으로 다가와 말을 건넸다.

유진룡은 눈만 끔벅거렸다.

"허허! 순서가 바뀌었구먼. 내 소개부터 하지. 난 이곳 정도맹에서 총사 직을 맡고 있는 사람일세. 별호는 은룡신창이라 하네."

그는 정도맹 총사 자리가 일개 군졸의 평범한 직위라도 된 듯 가볍게 말하고는 한 발짝 더 다가왔다.

'은룡신창 곡진우!'

유진룡은 언젠가 얼핏 들을 그의 이름을 기억해 냈다.

그는 일황(一皇)과 이제(二帝) 다음의 서열로 삼후(三侯) 중 한 사람이었다.

"자네에 대해선 이미 알고 있으니 소개할 필요는 없네. 그보다……."

곡진우는 말을 이어가려다 주변에 있는 사람들의 눈치를 잠시 살폈다.

곡미령뿐만 아니라 실내에 있는 모든 사람들이 총사의 갑작스런 출현이 이해가 안 간다는 표정을 하고 있었기 때문이다.

“방금 사천성 개방 분타에서 대지급으로 전서가 날아들었소. 사천성에 있는 구천문(九天門)이 흑사련의 전면 공격을 받고 몰살을 당했다는 내용이오.”

거기까지 말한 곡진우는 말을 멈추었다. 실내에 있는 모든 사람들의 동요로 인해 설명을 이어갈 수 없었던 것이다.

구천문이라면 이백 년 전통의 정파로, 청성파와 함께 사천성을 대표하는 세력이었다. 특히 그들은 정도맹이 결성되자마자 정도맹의 가입을 선언하고 정도맹의 사천 교두보 역할을 하고 있던 문파였다. 그런 곳이 흑사련의 공격을 받아 무너졌다는 것은 커다란 파란을 예고했다.

여태까지는 흑사련이 위협적으로 설치기는 해도 철저히 흑도문파나 정사 중립의 문파만을 공격했고 정파의 세력과는 절대로 충돌하지 않았다. 그래서 아직 불안한 평온이 유지되고 있는 것이다. 그런데 드디어 그들이 정파의 세력을 공격했다. 그것도 단순히 정도를 표방하는 문파가 아니라 정도맹의 사천 교두보 역할을 하는 세력을 공격해 몰살을 시킨 것이다. 그건 흑사련이 정도맹에 대해 선전포고를 한 것이나 마찬가지이다.

그런 사실을 모두 인식하기에 동요가 쉽게 가라앉지 않았다.

“놈들이 결국 마각을 드러냈군요. 그럼 정사대전이 멀지 않았다는 말이군요.”

봉황신녀 곡미령이 침울한 음성으로 중얼거렸다.

불안하긴 해도 균형이 유지되는 동안은 살상은 일어나지 않는다. 그러나 그 균형이 깨어진 이상 둑이 터진 것이고, 둑을 무너뜨리고 쏟아진 물은 수많은 생명을 휩쓸어갈 것이다.

동요가 잦아들고 납처럼 무거운 기운이 실내를 가득 채울 즈음 곡진우는 다시 설명을 이어갔다.

"전면전으로 번져 가는 것은 차후의 일이고… 지금 그보다 더 중요한 것은 구천문을 멸망시킨 자들이 채 열 명도 되지 않은 사람들이란 사실이오."

더욱더 충격적인 곡진우의 말에 아까보다 더 큰 동요가 일어났다.

"대체 얼마만 한 고수들이기에?"

백엽동이 말도 안 된다는 표정으로 물었다.

구천문은 문도의 수가 이백 명이 넘는 것으로 알려져 있었다. 그중에서 문주 현청운(現廳澐)과 함께 아홉 개의 하늘이라 불리는 구대호법의 무위는 절정고수의 수준이었다. 그런 그들을 단 열 명이 멸문을 시킬 정도라면 그들 열 명 개개인의 무공 수준은 정도맹 맹주의 무공을 능가해야 했다.

한마디로 그건 불가능했다.

현 무림에서 맹주 여조성보다 무공이 높은 사람은 일황 독고장천밖에 없다. 한발 양보해서 같은 이제(二帝)의 위치에 있는 흑사련주 목채군까지 쳐준다 해도 두 명밖에 없는 것이다.

"그건 말이 안 됩니다."

개방의 오장로 곽장견이 고함을 질렀다.

"무공으로 따진다면 당연히 말이 안 되지요."

곡진우도 당연하다는 듯 말을 받았다.

"그럼?"

"놈들은 독을 썼소."

"독?"

"그렇소. 구천문 문도들은 단 한 명도 살아남지 못해 그들이 누구인지 알려줄 수도 없는 신세가 되었지만, 인근에 있는 사람들이 목격한 바에 의하면 머리끝에서부터 발끝까지 이상한 옷을 뒤집어쓰고 가면까지 쓴 열 명의 괴한이 구천문의 담장을 넘어 사라진 후 구천문도 이백여 명이 몰살을 당했다고 했소. 물론 그들의 사인은 중독이었소."

"그, 그놈들이라면 내가 보았지요. 저기 누워 있는 놈을 구하러 갔을 때 혹사련 놈들 중 몇 놈이 그런 복장을 하고 독탄을 던졌지요. 그 독탄의 연기에 휩싸이자 다른 사람들은 물론 같은 편들까지 순식간에 죽어 나자빠졌지요. 유일하게 저놈만이 멀쩡했소."

백엽동은 개방 총단으로 필사의 탈출을 하던 유진룡 일행들과 만났을 때를 떠올리며 고함을 질렀다.

"그건 실로 중차대하고 위험천만한 일이 아닐 수 없소. 놈

들이 그런 독을 무한정 가지고 있다면 싸워보지도 못하고 정
도맹은 궤멸될 수가 있는 것이오. 아니, 무림이 멸망할 수도
있는 일이지요. 그래서 내가 여기에 온 것이오.”

곡진우는 설명을 끝내고 유진룡을 쳐다보았다.

비로소 곡진우가 몸소 이곳까지 온 이유를 짐작한 다른 사
람들도 모두 흑사련의 치명적인 독에 유일하게 중독되지 않
은 유진룡에게로 시선을 모았다.

“지금 몸 상태가 말이 아닌 것은 알지만 자네의 피를 좀 뽑
아야겠네.”

곡진우는 유진룡을 향해 단도직입적으로 용건을 설명했
다. 그와 함께 공동파의 사람들이 도자기로 만든 병과 소도
등을 들고 유진룡 곁으로 다가섰다.

유진룡은 얼굴은 찡그리며 곡진우와 공동파 사람들을 번
갈아 쳐다보았다.

피를 조금 뽑는 일이야 별것 아니지만 이들에게 몸을 내맡
긴다는 것이 도저히 내키지 않았다.

이들은 처음 만났을 때부터 사생결단을 내자며 자신에게
달려들었던 사람들이다. 그들이 어떻게 이곳에 있는지도 의
심스러웠고 자신의 피를 뽑는다는 것도 마찬가지였다.

“우리들에 대해서는 경계하지 말게. 우린 공동삼수(崆峒三
手)라 하네. 공동파에서 의료를 담당하던 사람이었네. 자네와
는 첫 만남부터 싸움이 있었지만 그땐 자네를 도천극의 사제

로만 생각했기에 그런 것일세. 알다시피 우리 공동파는 구천문에 앞서 도천극에 의해 봉문을 당했네. 도천극이 우리 공동파를 공격한 이유는 우리 공동파에 도천극이 원하는 어떤 영약이 있었고, 그걸 복용한 장문인의 몸을 그놈이 원해서였다고 알고 있네. 도천극의 마수에 우리 장문인은 중독을 당해 오랫동안 고생하다 비참한 최후를 마쳤다네. 그전에 장문인을 치료하기 위해 우리는 많은 연구를 했고, 그 연장선에서 해남도까지 갔다 오다 자네를 만난 것이네. 이젠 장문인도 운명하시고 문파도 봉문을 당했으니 우린 사문으로 돌아갈 수도 없네."

공동삼수 중 제일 연장자이자 생사판관필 공야인은 잠시 설명을 멈추며 이를 갈았다.

"이젠 우리가 할 수 있는 일은 그동안 장문인을 치료하기 위해 시도한 많은 처방들을 토대로 자네의 피를 연구해서 해약을 만드는 것이네. 그것이 도천극 그 악마 같은 놈에게 가장 크게 복수하는 길이라 생각하네."

공야인의 설명에 유진룡은 비로소 이들이 여기 있는 이유와 이들이 자신의 피를 뽑고자 하는 이유를 조금이나마 납득할 수 있었다.

"얼마나 뽑아야 하나요?"

단리하연이 나서며 물었다.

"우선은 이 도자기 병 한 병만 뽑으면 되오."

공야인이 작은 도자기 병을 들어 올렸다.

"우선은 이라고 했나요?"

단리하연이 공야인을 날카로운 눈으로 쳐다보며 다시 물었다.

공야인이 지금 들고 있는 도자기 병은 그리 크지 않았지만 '우선은' 이라는 그 말이 문제였다. 우선은 한 병만 필요하지만 경우에 따라 앞으로도 계속 피를 뽑을 수 있다는 말이었다.

단리하연은 그것을 지적한 것이다.

"연구가 잘되면 이 한 병만으로 끝날 수가 있어요."

공동삼수 중 막내의 위치에 있는 조약란이 간청하는 표정으로 말했다.

"그러길 빌겠어요."

단리하연이 단호한 음성으로 말했다.

"뽑아가시오."

유진룡이 팔을 내밀자 공야인이 소도 끝으로 팔뚝을 찔러 피를 받았다.

"쯧쯧! 보태주어도 모자랄 판국인데."

힘없이 뻗은 유진룡의 팔뚝에서 뚝뚝 떨어지는 피를 보며 백엽동이 혀를 찼다.

"너무 중차대한 일이라 중상을 입고 아직 회복하지 않은 것을 알면서도 이러는 것이오. 해량해 주시오."

곡진우까지 그렇게 말하자 백엽동도 더 이상 토를 달지 않았다.

도자기 병 한 개에 유진룡의 피가 차오르고 나자 백엽동이 지혈을 했다.

"고맙네. 큰 도움이 될 걸세."

곡진우가 인사를 하고 서둘러 방문을 나섰다. 공동삼수도 빠른 걸음으로 그 뒤를 따라 실내를 벗어났다.

"이젠 좀 더 쉬세요."

곡진우와 공동삼수가 떠나자마자 단리하연이 다가와 유진룡에게 말했다.

감겨오는 눈꺼풀을 억지로 치켜올리고 있던 유진룡은 미미하게 고개를 끄덕이며 잠 속으로 빠져들었다.

유진룡이 다시 깨어났을 때는 이틀이 또 지난 후였다. 유진룡은 이틀 동안 한 번도 깨지 않고 잠에 빠져 있었던 것이다.

처음과 두 번째 의식이 들었던 때가 생사의 갈림길에서 방황하다가 생의 길로 겨우 접어들어 혼수상태에서 깨어난 것이라면 지금은 이틀 동안의 숙면과 그로 인한 휴식에서 깨어난 것이다.

그래서 그런지 몸은 그때와 비교할 수 없이 가벼웠다. 또 정신을 차렸지만 육체적 감각이 돌아오지 않은 처음과는 달리 깨어나자마자 주변이 인식되었다.

방 안에는 고요한 정적이 감돌고 있었다.

그 정적 속에서 단리하연만이 의자에 앉아 걱정과 안도감이 교차하는 눈으로 유진룡을 내려다보고 있었다.

"깨어나셨군요."

단리하연이 안도감으로 고조된 음성을 토했다.

그와 함께 그녀의 온 얼굴로 백목련 같은 미소가 번져 나갔다.

유진룡은 잠시 동안 아직 정신이 덜 든 듯 단리하연을 쳐다보다가 시선을 돌리고는 몸을 움직여 보았다.

처음 깨어났을 때는 손끝 발끝만이 겨우 까닥거렸는데 이젠 온몸을 움직일 수 있을 것 같았다.

유진룡은 상체를 일으키려 몸을 움직였다.

"그대로 누워 계세요."

단리하연이 유진룡의 어깨를 가볍게 눌러 도로 눕게 했다.

"얼마나 누워 있었습니까?"

유진룡은 사방을 둘러보며 물었다.

저녁이 되어가는지 창문에는 노을이 비치고 있었다. 그 노을빛을 받아 단리하연의 볼도 능금빛으로 채색되었다.

"이틀 동안 더 누워 있었어요."

단리하연이 이불을 끌어당겨 주며 답했다.

"많이 잤군요."

유진룡은 긴 한숨을 내쉬었다. 호흡도 처음보다는 훨씬 가볍고 깊게 이끌어졌다.

"그래도 아직은 더 움직이지 말고 요양을 해야 한다는 봉황신녀님의 당부가 있었어요."

몸을 일으킨 단리하연은 약사발과 함께 숟갈을 들고 왔다.

"깨어나면 즉시 복용시키라고 했답니다."

단리하연은 약 한 숟가락을 떠서 유진룡의 입가로 가져왔다.

"그보다……."

유진룡도 단리하연의 상태가 궁금했다. 또한 이장명의 상태도……. 그러나 그 질문은 단리하연의 손가락에 의해 제지당했다.

"우선은 약부터 드세요. 말은 그다음에 해도 늦지 않아요."

단리하연은 한 숟갈의 약을 유진룡의 입속으로 흘려 넣었다.

소태처럼 쓴맛이 온몸을 소태나무로 만들어 버릴 것 같았다.

유진룡은 인상을 찌푸렸지만 단리하연은 조금도 늦추지 않고 숟갈을 움직였다.

"이젠 그대로 누워서 운기조식을 하세요. 그것 역시 봉황신녀님의 당부예요."

마지막 숟가락까지 다 삼켰을 때 단리하연은 약그릇을 그대로 든 채 지시했다.

유진룡은 즉시 눈을 감고 호흡을 이끌었다.

단리하연의 말이 아니더라도 아랫배에서 부글거리는 열기는 자연스럽게 운기조식에 빠져들게 만들었다.

약은 사부 천산마존이 직접 챙겨주었던 각종 영약들에 비할 바는 못 되었지만 봉황신녀라는 별호와 함께 중원제일의 신의로도 그리 부족하지 않다는 곡미령이 직접 만든 것이라 큰 효력을 발휘했다.

운기를 하는 즉시 온몸 곳곳으로 열기가 전해졌고, 그 열기는 혈맥 속에 있던 탁기를 씻어내고 손상된 혈맥을 치료하며 꼬인 혈맥을 바로 잡아가기 시작했다.

유진룡은 계속해서 낮고 깊게 호흡을 이끌며 진기를 유통시켰다.

근 일각여를 그렇게 하자 꼬였던 혈맥이 훨씬 편안하게 자리를 잡는 것 같았다. 그리고 조금만 충격을 주어도 터져 버릴 듯 손상된 혈맥도 상처 입은 피부에 새살이 돋아나는 것처럼 치유되는 느낌이 들었다.

이젠 단전에서 진기를 끌어올리는 것은 끝낼 때가 되었다. 곡미령이 만든 약은 단전에서 녹아 전신혈맥으로 모두 흡수되고 다시 단전으로 진기를 이끌어 내공으로 자리 잡았다. 그래서 더 이상의 운기조식은 필요없었다.

그러나 유진룡은 운기를 끝내지 않았다.

이젠 몸속에 자리 잡은 또 하나의 심법인 우주무한을 이끌 때였다.

도천극의 공격을 받고 진기가 거의 빠져나간 상태에서도 이끌어지던 심법이니 지금은 훨씬 더 잘 이끌어질 것이다.

유진룡의 예상대로 우주 무한의 심법은 처음 깨어났을 때보다 훨씬 빠르고 힘차게 이끌어졌다. 그러나 그건 처음에 비해 그렇다는 말이지 예전의 이끌던 공력에 비하면 조족지혈의 수준이었다.

우주무한의 심법은 깨달았지만 그걸 이끌어줄 공력이 대부분 소실되어 버린 것이다.

유진룡의 가슴에 우주무한의 심법을 이젠 완전히 자기 것으로 터득했다는 기쁨과 그 엄청난 내력을 대부분 잃어버렸다는 절망감이 한꺼번에 뛰놀았다.

더 이상은 운기조식이 힘들었다.

유진룡은 호흡을 가다듬으며 천천히 눈을 떴다.

걱정과 안도감이 교차하는 단리하연의 눈이 여전히 그를 내려다보고 있었다.

"괜찮은가요?"

단리하연이 걱정스레 물었다.

"약 기운은 한 푼도 남김없이 흡수했습니다. 이젠 일어나 앉아도 될 것 같군요."

유진룡은 상체를 일으켰다. 이번에는 단리하연도 말리지

않았다.

"회주님은 정말 괜찮습니까?"

아까 하려다 제지당한 질문을 한 유진룡은 단리하연의 안색을 살폈다.

"난 이제 모두 해독되었어요. 예전에 비해 공력은 좀 잃었지만 그건 대수롭지 않아요. 누가 와도 힘든 상황이라 했는데 유 공자님의 혈액이 저를 살렸다더군요. 정말 고마워요."

단리하연이 촉촉이 젖은 음성으로 말했다.

"그렇게 따지자면 회주님이 불어넣어 준 한 모금의 대기가 먼저 절 살렸으니 내가 먼저 고마워할 일이지요."

"그건……."

단리하연이 대꾸를 하려다가 홍당무처럼 얼굴을 붉혔다.

황하의 강물 속에서 의식을 잃은 유진룡의 입속에 한 모금의 대기를 옮겨주던 절체절명의 순간을 의식을 잃고 있었던 유진룡이 기억하고 있을 줄 몰랐던 것이다.

유진룡도 무심코 말을 한 후 그걸 의식하고는 얼른 시선을 돌렸다.

그때는 생명을 잇기 위한 처절한 몸부림이었지만 지금은 입맞춤으로 다가오는 것이다.

"장명이에게 가보아야겠습니다."

어색함을 달래려는 듯 유진룡이 벌떡 침상에서 일어섰다.

"유 공자, 잠시!"

단리하연이 기겁을 하며 두 손으로 얼굴을 가렸다.

저녁노을 속에서 군살 하나 없는, 신의 솜씨를 가진 석공이 혼신의 힘으로 조각을 한 것 같은 근육질의 몸이 단리하연 앞에 고스란히 드러났다.

어색한 상황을 모면하기 위해 과장된 움직임과 함께 벌떡 일어선 유진룡의 몸은 실오라기 하나 걸치지 않은 나신이었던 것이다.

"이크!"

유진룡은 기겁을 하며 도로 주저앉아 이불을 급히 끌어당겼다.

"옷은… 옷은 저기 탁자 위에 있어요."

여전히 두 손으로 얼굴을 가린 단리하연이 밖으로 뛰쳐나갔다.

第七十七章

싹트는 음모

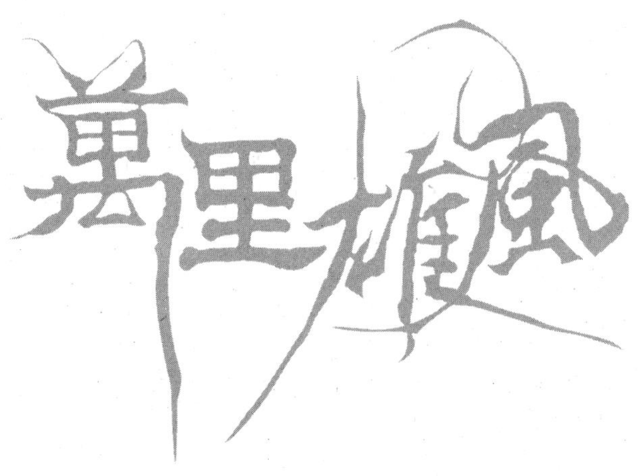

"**대**장!"

이장명이 누워 있는 병실로 갔을 때 하택이가 고함을 지르며 일어섰다. 그는 내내 이곳에서 이장명을 간호하고 있었다.

이장명은 핏기 하나 없는 얼굴로 침상에 누워 가느다란 숨만 유지하고 있었다.

"장명아……."

이장명의 손을 잡은 유진룡은 나직하게 이름을 불렀다.

대답은 없었고 손 역시 살아 있는 것이 의심스러울 정도로 차가웠다.

"많이 괜찮아지다가 오늘 아침부터 다시 악화되었어요."

하택이가 울먹이듯 말했다.

유진룡은 가슴이 무너져 내리는 것 같아 거듭 심호흡을 했다.

항상 뒤에서 흰소리만 하며 신경을 긁지만 위급한 상황에서는 오히려 자신의 앞을 막아서던 놈이었다.

황악호와 맞서 싸울 때도 그랬고, 그전에도 그랬다. 그리고 이번에는 자신을 대신해서 목숨을 내던졌다.

비쩍 마른 몸에 힘도 별로 쓰지 못했지만 이장명이 있어 처절한 소주 뒷골목 생활이 조금은 덜 힘들고 덜 추웠다.

"장명아… 대답 좀 해라, 이 자식아!"

유진룡은 다시 이장명을 불렀다.

이장명은 여전히 아무런 기색의 변화 없이 가느다란 숨만 유지하고 있었다.

유진룡의 눈에서 자신도 모르게 눈물이 흘러내렸다.

"시간이 걸리겠지만 깨어날 수 있다고 봉황신녀께서 말씀하셨어요."

단리하연이 얼른 유진룡을 진정시켰다. 그러나 그녀의 표정은 어두웠다. 하택이의 말대로 오늘 아침부터 이장명의 상태가 갑자기 악화되었기 때문이다. 그렇다고 그걸 유진룡에게 세세히 알려줄 수는 없었다.

워낙 바위같이 단단한 몸이라 약 한 사발과 운기조식 한 번으로 몸을 일으키고 이곳까지 왔지만 육체적으로나 정신적으로 다시 충격을 받는다면 모래탑처럼 무너질지 몰랐다.

단리하연은 그것이 걱정되어 안절부절못했다.

'살아나라. 꼭 살아나 동생들을 돌보아야지. 네놈 소원도 그것이잖아.'

유진룡은 이장명의 손을 잡은 손아귀에 힘을 주었다.

문득 이장명의 손에도 힘이 주어지는 것 같은 느낌이 들었다. 그러나 그건 착각이고 유진룡의 바람일 뿐이었다. 이장명의 손은 여전히 기운 한 점 없는 헝겊 조각 같았다.

어깨를 들썩이며 유진룡의 숨결이 거칠어졌다.

"유 공자!"

단리하연이 다급한 목소리로 유진룡의 주의를 일깨웠다.

자칫 감정이 격해지면 겨우 자리를 찾은 혈맥이 다시 뒤틀릴 가망이 높았다.

"깨어나자마자 다시 수렁 속으로 빠져들 생각이오?"

뒤에서 차분한 목소리가 들렸다.

남궁가의 소가주 남궁세준이었다. 그리고 그 뒤로 남궁세희와 모용 남매도 따라 들어왔다.

그들의 등장으로 유진룡은 북받치는 감정의 소용돌이에서 빠져나올 수 있었다.

"일전에 깨어났다는 소식을 듣고 찾아갔더니 다시 잠들었더군요. 그리고 오늘도 혹시나 해서 갔다가 아무도 없기에 깜짝 놀랐소."

남궁세준은 여전한 관심으로 유진룡을 대했다.

"고맙소!"

유진룡은 그간 남궁세준이 자신을 위해 해준 모든 일에 대해 한꺼번에 사의를 표했다. 그렇게 간단한 한마디로 될 것이 아니었지만 우선은 그렇게 했다.

"뭐가 말이오? 아니, 그게 중요한 게 아니고… 정말 괜찮은 것이오? 아무리 양보해도 석 달 열흘은 자리보전을 할 줄 알았는데 말이오."

남궁세준은 괴물을 보는 듯한 눈으로 유진룡의 전신을 한 번 더 훑었다.

속은 어떨지 몰라도 겉모습은 멀쩡했다.

철탑 같은 체격도, 떡 벌어진 어깨도 예전의 그 모습과 달라진 것이 없었다.

"움직이는 데는 불편함이 없을 정도요. 모두 남궁 형 덕분이오."

"이거 너무 차별대우하는 것 아니오? 고생은 나도 남궁 못지않게 했다오. 그래도 저 친구는 상처 하나 없이 매끈하지만 난 어깨와 허벅지에 칼자국까지 났소."

뒤에서 모용현이 불평 어린 목소리를 높였다.

그의 말대로 어깨와 다리 부분이 불룩 솟은 것이, 옷 안으로 붕대라도 감은 모양이었다.

"미안하오. 인사가 늦었소."

　유진룡은 자신의 실수를 깨닫고 모용현 남매를 향해 서둘러 포권을 지었다.

　결정적인 순간에는 남궁세준이 더 많은 도움을 주었지만 모용 남매 역시 아무 조건 없이 자신을 도와주기는 남궁세준 못지않았다.

　"하하! 이거야말로 엎드려 절 받기요. 어쨌든 빨리 쾌차하시고, 쾌차하거든 술이나 한잔 거나하게 사시오."

　모용현은 남궁세희의 눈치를 슬쩍 보며 최대한 호탕하게 대꾸했다.

　"그러지요."

　유진룡은 묵묵히 고개를 끄덕이다가 얼른 시선을 돌렸다.

　이장명의 숨소리가 아까와 달라졌기 때문이다.

　"장명아!"

　유진룡은 급히 이장명에게로 다가갔다.

　이장명의 숨결이 아까보다 조금 급해지는 것 같았다.

　"비켜보시오!"

　남궁세준이 이장명의 맥문을 잡았다.

　"위험하오. 어서 의원을 부르시오!"

　잠시 이장명의 맥문을 쥐고 있던 남궁세준이 급히 고함을 질렀다.

　"무슨 일이오?"

　유진룡이 마주 고함을 질렀다.

"맥이 가늘어지고 있소. 이러다간 위험할 수도 있습니다. 어서 의원을……."

남궁세준이 재차 고함을 지르자 하택이가 반쯤 울음을 흘리며 밖으로 뛰어나갔다.

잠시 후 곡미령이 도착했고, 남궁세준의 손에서 이장명의 팔목을 넘겨받아 진맥을 했다.

눈을 감고 정신을 집중하는 곡미령의 얼굴에 곤혹스러운 표정이 떠올랐다.

"왜 그러십니까, 신녀님?"

유진룡이 목소리를 높였다.

"호흡이 가늘어지고 진기의 흐름이 끊어져 가고 있어요!"

곡미령은 다급하게 소리를 지른 후 이장명의 손목을 놓고 전신 혈을 두드리기 시작했다. 그러나 이장명의 호흡은 더욱 가늘어졌다.

조금 전 잠시 거칠게 뿜어져 나오던 호흡은 회광반조와 같은 현상이었다.

"비켜보시오!"

봉황신녀 곡미령의 응급처치에도 아무런 호전이 없고 오히려 악화되기만 하자 남궁세준이 나서서 이장명의 단전에 손바닥을 갖다 댔다. 그리고 긴 호흡을 이끌었다.

남궁세준의 장심에서 웅혼한 진기가 이장명의 단전으로 흘러들어 갔다.

잠시 이장명의 혈색이 돌아오는 것 같았다. 그러나 이내 이장명의 얼굴은 예전의 창백한 모습으로 돌아가며 호흡이 끊기기 직전의 상태가 되었다.

불씨가 너무 미약하면 어떤 기름을 들이부어도 소용없다. 오히려 역효과만 날 뿐이었다. 이장명의 생기 역시 너무 미약한 상태라 남궁세준의 웅혼한 내력을 받아들이지 못하고 있었다.

"이런!"

남궁세준이 다급한 신음을 토했다.

맥은 거의 끊어졌고 이젠 어떤 식으로든 이장명은 살릴 수 없는 상태가 되어버린 것이다.

"저리 비키시오."

남궁세준을 억세게 떠밀며 유진룡이 이장명에게로 달려들었다. 그리고 남궁세준도 마찬가지로 이장명의 단전에 손바닥을 갖다 대었다.

"유 공자!"

단리하연이 고함을 질렀다.

유진룡 역시 일각 전까지 생사의 갈림길에 서 있다가 겨우 생의 길로 들어선 몸이었다. 떨어지는 낙엽도 조심해야 할 그런 몸으로 자신의 공력을 남에게 쏟아 붓는 것은 위험천만한 일이었다.

남궁세준도 그걸 알기에 서둘러 유진룡의 팔을 잡았다.

그러나 유진룡은 한발 앞서 이장명의 단전에 자신의 진기를 불어넣고 있었다.

이젠 기호지세였다. 말리려 했다간 더욱 위험한 결과를 초래할 것이 자명했다.

두 사람이 같이 살든 아니면 두 사람이 같이 죽든지 두 가지 선택만이 있을 뿐이다.

'유 공자!'

단리하연은 사색이 된 채 입속으로 비명을 삼켰다.

남궁세준의 막강한 공력으로도 소용없던 이장명의 몸이었다. 그런데 공력을 거의 잃어버린 유진룡의 행동은 자살 행위나 마찬가지였다.

하지만 이젠 어쩔 수 없었다.

유진룡은 자신의 목숨을 도외시한 채 이장명에게 자신의 생명을 불어넣고 있었다.

말릴 수도 없었고, 소리를 지를 수도 없었다. 오로지 천지신명께 가호를 빌 뿐이었다.

'숨을 쉬어라, 이 자식아! 네놈이 이렇게 가면 나 혼자 어쩌란 말이냐?'

유진룡은 자신의 남은 진기를 아낌없이 쏟아 부으며 이장명의 생환을 갈망했다.

얼마 남지 않은 공력이 모조리 빠져나가고 허깨비가 되어가는 기분이 들었지만 유진룡은 멈추지 않았다.

지금 현재 자신의 몸에는 남궁세준과 비교조차 불가능한 미약한 공력만 남아 있었지만 남궁세준보다 자신이 나을 것 같았다.

소주 뒷골목을 헤매던 어린 시절, 이장명과 자신은 항상 같은 음식을 먹고 같은 물을 마시고 같은 대기를 호흡했다. 그리고 같은 공간에서 잠을 자고 깨어났다.

그런 기억들이, 그런 친혈육 같은 동질성이 지금 이 순간에도 느껴졌다.

그 동질성이 영혼을 일깨우고, 호흡을 일깨우고, 피를 일깨우고, 생명을 일깨웠다.

"으음—"

끊어질 듯 미약하던 이장명의 호흡이 신음과 함께 일순 한 줄기로 이어졌다. 그리고 그렇게 숨을 쉬기 시작했다.

"이젠 됐어요!"

곡미령이 고함과 함께 빠르게 침술을 펼쳤다.

"형! 어헝!"

하택이가 마침내 자리에 주저앉으며 통곡성을 터뜨렸다.

"괜찮아요, 유 공자님?"

단리하연이 왕방울만 한 눈으로 유진룡을 걱정하며 물었다.

"괜찮습니다."

유진룡은 짤막하게 답하고는 서 있을 힘도 없는지 천천히 그 자리에 앉았다. 그리고는 운기조식에 빠져들었다.

*　　　*　　　*

넓은 탁자 위에 여러 개의 접시가 어지럽게 늘어져 있었다. 또한 그들 접시에는 여러 종류의 가루와 액체들이 담겨져 있어 정신을 산만하게 했다.

탁자 주변으로 일남일녀의 젊은이와 한 명의 중년인이 부지런히 신형을 움직이고 있었다.

모두 때로는 접시에 담긴 가루와 액체를 뒤섞기도 하고, 때로는 고운 비단 천을 받친 접시에 혼합물을 부어 부유물을 걸러내기도 하며 열중이었다.

한참 동안 그런 작업이 이루어졌지만 세 사람의 표정에는 무거운 기운만이 감돌았다

"어떤가?"

뒤쪽의 의자에 앉아 세 사람의 움직임을 지켜보던 은룡신창 곡진우가 접시들이 있는 탁자 쪽을 한 번 쳐다본 후 질문을 던졌다.

"분명히 효력이 있습니다. 그런데……."

움직임을 멈춘 중년인이 말끝을 흐렸다.

"채취한 혈액의 양이 너무 적습니다. 그 때문에 끝까지 반응을 일으키지 못하고 있습니다."

중년인이 작심한 듯 말했다.

"그런… 가?"

곡진우가 무거운 음성으로 대꾸했다.

"그렇습니다. 해남도에서 가져온 천양설령초는 분명히 혈액 속의 성분과 반응을 일으켰습니다. 그것을 추출하고 배양하면 해약을 만들 수도 있을 것 같습니다. 아니, 분명히 만들 수 있습니다."

이번에는 젊은 청년이 확신 어린 음성으로 답했다.

잠시 침묵이 이어졌다.

"그렇다면… 얼마나 더 혈액이 필요한가?"

곡진우가 무거운 표정으로 입을 열었다.

또 한 번의 침묵이 이어진 후 공야인이 입술을 움직였다.

"우선은 일전에 뽑은 피의 열 배가 필요합니다."

"열 배? 너무 많지 않은가?"

곡진우가 이맛살을 찌푸렸다.

보통 사람에게라도 탁자 위의 자기 병 열 개에 해당하는 양의 피를 뽑는다면 머리가 어지러울 것이다. 그런네 피를 뽑아야 할 대상은 지금 자리보전을 하고 누워 있는 것이다.

사경을 헤매다 겨우 깨어난 유진룡은 이장명을 살리고 다시 주저앉은 후 아직까지 자리에 누워 있었다. 의식을 잃은 것은 아니었지만 진기가 소진되어 거동할 힘조차 없는 것이다.

봉황신녀 곡미령이 갖은 노력으로 탕약을 지어 먹여도 진기가 고갈된 몸은 쉽게 회복되지 않았다. 주화입마에 빠져들거나 허깨비가 되어 혼백이 흩어지지 않은 것만으로도 다행이었다. 그런 상태의 유진룡에게서 다시 피를 뽑는다는 것은, 그것도 예전보다 더 많은 양의 피를 뽑는다는 것은 생명을 뽑는 것이나 마찬가지였다.

"그 정도의 양이라야만 효력을 낼 수가 있습니다. 그보다 적으면 계속 지금 같은 불확실한 결과만 반복될 것입니다."

"그럼, 그것만 있으면 더 이상은 그 청년에게서 피를 뽑지 않아도 해약을 만들 수 있는 것인가?"

은룡신창 곡진우가 약간 엄한 말투로 물었다.

"그건……."

공야인이 쉽게 대답을 하지 못했다.

"말해보게."

그것도 아닌가 하는 표정으로 입맛을 다신 곡진우가 재촉했다.

"그것으로 효력을 나타내면 그때부터는 그 청년의 몸에서 해독약을 배양해야 합니다."

"배양? 그렇다면 그 청년의 몸을 실험 도구로 사용해야 한단 말인가?"

곡진우의 목소리가 높아졌다.

"지금은 그 방법밖에 없습니다. 시간이 충분하다면 여러 재료들을 혼합, 분석하여 실험을 하고 다른 방법을 강구해 볼 수가 있겠지만 그건 최소 일 년은 걸립니다. 그 시간이면 정파무림은 엄청난 피해를 입고 존망이 위태로울 수도 있습니다.”

공야인이 굽히지 않고 강변했다.

“흐흠!”

곡진우는 난감한 표정으로 뒷짐을 지고 방 안을 서성거렸다.

공야인의 말대로 한다면 유진룡에게 치명적인 결과를 초래할 수도 있다. 그뿐만 아니라 실험이 성공하면 아예 유진룡의 몸을 숙주(宿主)로 삼아 해독약을 배양하고 그것을 계속 뽑아내야 하는 상황까지 갈 수도 있다. 그건 한 인간을 푸줏간의 소나 돼지처럼 취급하는 것과 다를 바 없었다.

‘내게 그럴 권리가 있을까?’

곡진우는 깊은 고민에 빠졌다.

정도맹주에게서 이번 일에 전권을 부여받았지만 갈등이 생길 수밖에 없었다.

“단 한 번의 침입에 이백 명이 몰살당했습니다. 어쩌면 지금쯤 또 다른 문파 하나가 몰살되고 있을지도 모르는 일입니다.”

곡진우의 갈등을 읽기라도 한 듯 공야인이 재촉했다.

“하지만 사람의 목숨이 달린 일일세.”

“적을 맞아 싸우러 가는 무사들도 목숨을 걸고 나가지 않습니까?"

이번에는 추정도가 거들었다.

"그것과 이건 다르네. 싸우다 죽는 것이야 그것으로 끝나지만 멀쩡한 생체에 실험을 하고 그 생명을 계속 뽑아내는 것은 수십 번, 아니, 수백 번을 거듭해서 죽이는 것과 마찬가지가 아닌가?"

곡진우는 여전히 망설였다.

삼후(三侯)의 반열에 올라 평생 대협의 칭호만 듣고 살아온 그였기에 갈등은 클 수밖에 없었다.

반면 공동삼수는 입장이 달랐다.

도천극으로 인해 장문인이 처참한 최후를 맞고 사문이 멸문당하다시피 한 상태였기에 가슴은 온통 복수심으로 가득 차 있었다. 한 사람을, 아니, 수백 명의 목숨을 희생해서라도 복수를 하고 싶은 심정이었다. 더구나 유진룡은 원수인 도천극의 사제가 아닌가. 비록 그의 사형 도천극과는 자신들처럼 원수지간이 되어 그놈 손에 죽을 뻔하다가 겨우 살아났다지만 공야인의 눈에는 모두 한 배에서 태어난 강아지 새끼들인 것이다.

"대를 위해 소를 희생해야 할 때입니다. 한 사람의 희생으로 수천, 수만의 사람을 살릴 수 있다면 전장에서는 당연히 그렇게 하는 것이 아닙니까?"

공야인의 눈에 가슴 깊이 눌러온 복수심이 일렁거렸다.

"우선 본인의 의사를 물어봄세. 그 청년이 승낙한다면……."

"틀림없이 승낙할 것입니다. 자신의 피가 수만 명의 생명을 구한다면 그 청년은 분명 승낙할 것입니다."

"하지만 그렇게 하면 그 청년은 폐인이 되지 않겠나?"

"이미 폐인이나 마찬가지가 아닙니까? 더 이상 어떤 수를 써서라도 예전의 무위를 찾기 힘든 상태이기도 하지요."

추정도가 쐐기를 박듯 말했다.

"흠… 아무리 그래도 며칠은 말미를 주게. 지금 당장은 피를 뽑는 것도 위험할 지경이니 말일세."

"열흘 정도면 회복될 겁니다."

"그럼 열흘 후에 내가 직접 얘기하지."

"잘 알겠습니다."

공야인은 머리를 숙였다. 방바닥을 쳐다보는 그의 눈이 뱀의 그것처럼 차갑게 빛나고 있었다.

*　　　*　　　*

사천의 구천문이 단 한 명의 문도도 남기지 않고 몰살을 당한 후 곧이어 구천문과 자웅을 겨루며 성장한 정도문파인 정검가(丁劍家)도 구천문과 똑같은 식으로 멸문을 당해 버렸다.

정검가를 침범한 흉수들의 숫자 역시 열 명을 넘지 않았다고 했다. 그들 열 명이 정검가의 담장을 넘은 지 반 시진이 채 되기 전에 정검가에서는 신음 소리조차 새어 나오지 않는 거대한 묘지가 되어버렸다.

정검가의 멸문 원인 역시 강력한 독이었다.

호흡을 멈추어도 소용없이 피부를 통해 스며들어 순식간에 생명을 앗아가는 독은 단 며칠 사이에 사천에 있는 두 개의 정파를 간단히 몰살시켜 버린 것이다.

그 사태에 정도맹 총단 못지않게 신경을 곤두세운 곳은 사천당문이었다.

누대에 걸쳐 독과 암기의 종가로 군림해 온 사천당문은 즉시 그 두 문파로 문도들을 보내어 혹사련이 사용한 독을 조사하게 했다. 그런데 놀라운 것은 죽어 널브러진 시신들에게는 아무런 독의 흔적이 남아 있지 않았다는 것이다.

시신들에 나타난 모든 증상들은 중독의 징후가 분명했지만 그 시신들에서 여독을 채취할 수 없다는 것이다. 혈액 속으로 녹아들어 버렸는지 아니면 바람에 날려 흩어져 버렸는지 가공할 독의 흔적은 어디에도 남아 있지 않았다.

결국 당문에서는 사천의 거대 정파 두 개를 멸문시킨 독의 정체에 대해 쥐꼬리만큼의 단서도 찾지 못한 채 문도들을 모두 불러들이고 대문을 걸어 잠그는 조치를 취했다.

그런 소식이 전해진 정도맹 총단은 서서히 전운이 감돌며 분주하게 움직이기 시작했다. 대부분의 수뇌부가 아직 정해지지 않았기에 각 문파에서 그 자리들을 차지하기 위해 본격적인 행보를 보였고, 그들의 전쟁 준비에 물자를 공급하는 이권을 잡기 위한 상단들도 물밑으로 피 튀기는 대결을 벌이기 시작했다.

도천극에게 인질로 잡혔다가 유진룡에게 구출되어 정도맹 총단으로 온 단리하연 역시 그간의 충격을 모두 떨쳐 버리고 철혈의 여인다운 모습을 보여주었다.

그즈음 소향상단의 기둥인 네 명의 총관도 비밀리에 정도맹 총단에 도착하여 본격적인 활약이 시작되었다. 그리고 그녀의 주변에는 추풍신검 철사홍과 주애청, 그리고 한덕무를 비롯한 해마단의 단원들이 버티고 있어 무력에 있어서도 어느 상단에도 밀리지 않았다.

총단으로 오면서 그녀가 겪은 고난으로 인해 주춤거리거나 제 능력을 발휘하지 못할 것이라 방심하고 있던 중원의 여러 상단들은 치밀하면서도 남자들의 배포를 훨씬 뛰어넘는 그녀의 상술에 추풍낙엽처럼 나가떨어지며 혀를 내둘렀다. 결국 정도맹의 물자 공급이란 가장 큰 이권은 소향상회와 신주상단(新州商團)의 각축으로 좁혀졌다.

신주상단은 섬서성의 서안에 자리 잡은 거대 상단이었다.

대대로 거대 상단을 이끌어온 가문의 저력이 지금에 와서 최고의 능력을 발휘하여 서안제일, 아니, 중원제일의 상단으로 발돋움하게 된 것이다.

서안은 예로부터 천산북로와 남로로 이어지는 비단길의 출발지로 거대한 물자의 집산지였다. 그런 물자 집산지에서 거대 상단이 탄생하는 것은 당연지사였다.

현재 신주상단의 단주는 중년의 나이에 접어든 이막송(李莫送)이었다.

그는 한없이 어진 대인다운 성품을 지녔으면서도 일을 할 땐 한 치의 빈틈도 없이 치밀하게 처리해 나가는 타고난 상인이었다.

그는 또한 어떠한 불리한 상황에 봉착해도 실마리를 잡아 해결책을 찾아내고 일을 성사시키는 수완을 가지고 있어 천수금황(千手金皇)이라는 별호를 얻고 있었다.

돈을 끌어 담는 데 천 개의 손을 가졌다는 천수금황 이막송은 열 명의 가신을 뒤로한 채 한 잔의 차를 마시며 깊은 침묵에 잠겨 있었다.

표정은 더없이 어질고 편안했지만 그의 전신에서 풍기는 기운이 절대로 가볍지 않아 신주상단의 집사를 비롯한 아홉 명의 총관은 숨소리조차 죽인 채 시립해 있었다.

"방심했군!"

한참 후에 천수금황 이막송이 낮게 중얼거렸다. 그러나 그 목소리는 실내를 가득 채우고도 남아 뒤에 있는 열 명의 중년인들이 작은 동요를 보였다.

"아직 서른도 안 된 여인이, 그것도 여기까지 오며 죽을 고

비를 넘긴 여인이 이런 강력한 경쟁 상대가 되리라곤 생각지
못했어. 그래서 아예 염두에 두지 않았는데, 그게 화근으로
작용해 버렸군."

　이막송은 낮게 혀를 찼다. 그러나 그의 목소리는 시종 여유
를 잃지 않았다.

　"모든 게 저희들의 불찰입니다. 죽을 위기를 넘기고 자리
에 누워 있는 시간이 많아 이번 이권 경쟁에는 아예 생각이
없는 줄 알았습니다. 그런데 그 와중에서 그런 수완을 발휘할
줄 몰랐습니다."

　오총관 송인욱(宋因旭)이 신음처럼 말했다.

　"하루의 대부분을 침상에 누워 있었던 것은 우리의 경계심
을 무너뜨리기 위한 연막이었습니다. 우리가 사해상단(四海
商團)과 치열한 물밑 싸움을 벌이는 동안 소향상회는 비밀리
에 잠입한 네 명의 총관이 주축이 되어 어부지리를 얻는 식으
로 일을 벌였습니다."

　이총관 사염기(司焱其)도 분기가 이는 목소리로 말했다.

　"사해상단 역시 마찬가지였습니다. 그들도 소향상회는 안
중에 두지 않고 우리만 전적으로 견제하다 뒤통수를 맞은 셈
입니다."

　"그리고 처음에는 단신으로 온 줄 알았는데 악명 높은 추
풍신검 철사홍과 그의 사제인 주애청이란 여인, 그리고 개방
마저 그녀를 밀어주고 있으며, 해마단이란 자들도 그녀의 수

족처럼 움직이는 바람에 일이 더 힘들어졌습니다.”

아홉 명의 총관이 각각 나서며 스스로를 자책하는 음성들을 토해냈다.

뒤에서 시립한 채 침묵을 지킨 시간이 길어서였는지 스스로를 책망하는, 그러면서 금빙화 단리하연을 원망하는 목소리들은 쉽게 그칠 줄 몰랐다.

그 목소리들을 멈추게 한 것은 날카로운 마찰음이었다.

고막을 긁는 듯한 소음에 열 명의 가신은 얼굴을 찡그리며 소음이 일어난 곳으로 시선을 모았다.

끼이익! 하는 날카로운 소음은 천수금황 이막송의 손톱에서 흘러나오고 있었다.

이막송이 긴 손톱으로 찻잔 표면에 금이 생기도록 긁고 있었던 것이다.

“단, 단주! 왜?”

일총관 황수춘(黃受春)이 놀란 음성을 터뜨렸다. 찻잔을 긁는 이막송의 손톱 아래에서 급기야 선혈이 흘러나오고 있었기 때문이다.

“이음제음(以音制音)이란 말을 들어본 적 있소?”

이막송은 가운데 손가락을 입속에 집어넣고 손톱 밑에서 흐르는 피를 빙당호로를 빨듯 쪽쪽 빨며 가신들에게 질문을 던졌다.

생전 처음 들어보는 말에 가신들이 눈만 끔벅거렸다.

"그럼 이독제독(以毒制毒)이나 이이제이(以夷制夷)란 말은 들어보셨겠지요?"

이막송이 덧붙이자 그제야 이막송의 심중을 읽은 가신들의 얼굴에 수치스런 기색이 떠올랐다.

독을 독으로 제거한다는 이독제독이란 말로 미루어 이음제음은 소음을 소음으로 제거한다는 말이었다.

즉, 가신들의 듣기 싫은 변명을 찻잔 긁는 소리로 제거하겠다는, 또는, 가신들의 변명이 손톱으로 찻잔 긁는 소리보다 더 듣기 싫었다는 뜻이었다.

"아직 완전히 끝난 건 아니오. 그러니 대책을, 아니, 반드시 이번 이권을 우리 신주상단이 따낼 방안을 찾으시오. 만약 찾아내지 못한다면 다른 일거리를 찾아보시오."

천수금황 이막송은 부드러우면서도 단호한 음성으로 내뱉었다.

다른 모든 사람에게는 수완 좋고 어진 성품의 대인으로 알려진 이막송이었지만 정말로 가까운 사람들은 그의 성품이 수단과 방법을 가리지 않는, 누구보다 냉정하다는 것을 잘 알았다.

신주상단의 열 명의 가신은 한마디 대꾸도 하지 못하고 실내를 벗어났다. 이제부터 그들은 이막송보다 더 냉혈한이 되어야 하는 것이다.

"새파란 계집이 감히 나를 밟겠다고? 아예 회생불능으로 만들어주지!"

가신들이 서둘러 나가고 혼자 남게 된 천수금황 이막송은 나직하게 중얼거렸다.

＊　　　＊　　　＊

'이젠 됐어.'

침상에 앉은 단리하연은 흥분된 마음을 가라앉히기 위해 연신 심호흡을 했다.

그간 생사의 기로에 서기까지 하며 크나큰 위기를 맞았지만 그것을 전화위복으로 삼아 목적한 바를 이루기 직전까지 온 것이다.

경쟁자들의 모든 경계심이 자신에게 쏠려 있을 때 자신은 자리보전을 한 채 병문안 온 하택이와 주애청, 철사홍, 그리고 해마단주를 이용하여 일을 꾸몄다. 또한 비밀리에 잠입한 네 명의 총관을 통해 결정적인 역할을 하게 했다.

그 결과 거대한 세력의 경쟁자들을 물리치고 가장 유리한 고지를 점하게 되었다.

진인사대천명(盡人事待天命)!

최선을 다하고 이젠 하늘의 뜻만 기다리면 되는 것이다.

단리하연은 다시 한 번 심호흡을 했다.

전쟁 물자 조달의 가장 큰 이권을 차지하면 소향상회의 자산은 일 년 안에 두 배로 늘어나게 된다. 그럼 신주상단과도 어깨를 겨룰 수 있고, 몇 년 더 지나면 중원제일의 상단 자리를 차지할 수도 있는 것이다.

돈은 이미 죽을 때까지 써도 다 못 쓸 만큼 모았다.

자신 혼자만 생각한다면 더 이상은 아무런 욕심을 부릴 이유가 없다. 하지만 자신에게는 수십, 아니, 수백 명의 식구들이 있다. 그들까지 생각한다면 아직은 부족했다.

그들을 다 태우고 안정된 항해를 할 수 있는 크기의 선박으로써 지금의 소향상회는 작은 감이 있었다.

하지만 이번 일만 성공하면 충분하다. 그렇게 되면 자신은 뒷전으로 물러나 평생 처음으로 휴식을 취할 수 있을 것이다.

"휴우—"

휴식이라는 생각만으로도 가슴이 뛴 단리하연은 더욱 긴 심호흡을 했다.

이제까지 단 한 번도 제대로 쉰 적이 없었다.

언제나 노심초사했고 소향상회라는 배를 향해 밀어닥치는 피도를 살피기에, 그리고 세내로 뇐 항로를 잡기에 여념없이 어느덧 이십대 중반의 나이로 접어든 것이다.

연심(戀心) 한 번 제대로 가슴에 피워 올리지 못하고 지내온 세월들…….

그런 생각을 하자 문득 유진룡의 모습이 떠올랐다.

말도 안 되는 상황 속에서 말도 안 되는 모습으로 가슴속을 파고든 소년! 어린 티를 다 벗지 못했지만 자신보다 더 어린 동생들을 보살피기 위해 자신의 모든 것을 내던지며 소향상회를 찾은 소년!

지금 생각해도 쉽게 납득이 가지 않는다.

나이도 어리고, 거지꼴에 온통 부어오르고 찢겨진 얼굴로 진면목조차 가늠하기 힘들었던 소년이 그렇게 가슴에 박혀들 것이라곤 상상조차 하지 못했었다.

아마도 그 소년의 모습에서 거센 파도 앞에 홀로 선 자신의 모습을 읽었기 때문일지도 몰랐다. 그 소년의 눈빛에서 따르는 사람들을 지키기 위해 노심초사하는 자신의 눈빛을 보았기 때문일지도 몰랐다.

그때를 생각하면 아직도 가슴이 울렁거린다.

그리고…….

'어맛!'

단리하연은 홍당무처럼 변한 얼굴로 비명을 삼켰다.

얼마 전 경황 중에 유진룡의 알몸을 본 기억이 떠올랐기 때문이다.

그때의 그 소년은 이젠 철탑 같은 사내로 변해 있었다. 어떤 폭풍우가 몰아쳐도 굳건히 자신을 지켜줄 것 같은 태산 같은 사내로 돌아와 자신을 지켜주었다.

단리하연은 다시 한 번 심호흡을 했다. 심호흡의 끝에서 왠지 모를 불안감 한가닥이 가슴으로 스며들었다.

방심에 젖어 얼굴이 온통 발갛게 물든 조금 전과 너무 다른 감정의 기복이었다.

아마도 유진룡이 지금 진기가 고갈된 채 자리보전을 하고 있기 때문이라 생각했다.

하지만 곧 회복될 것이다. 봉황신녀 곡미령이 온갖 영약와 함께 혼신의 힘을 다해 의술을 펼치고 있으니 곧 회복이 될 것이다. 그것으로도 부족하다면 자신이 무슨 수를 써서라도 예전의 상태로 회복시킬 것이다.

단리하연은 불안감을 떨쳐 버리며 강하게 마음을 다잡았다.

그때 문밖에서 인기척이 들렸다.

정도맹에서 일하는 시비 하나가 방 안으로 들어와 배첩을 건넸다.

단리하연은 눈살을 찌푸렸다.

배첩은 신주상단의 삼총관으로부터 온 것이었다. 단리하연은 잠시 생각을 정리한 후 그를 맞아들였다.

밖을 지키던 철사홍과 한덕무도 경계심 가득한 눈으로 그를 따라 들어왔다.

第七十八章

암계(暗計)

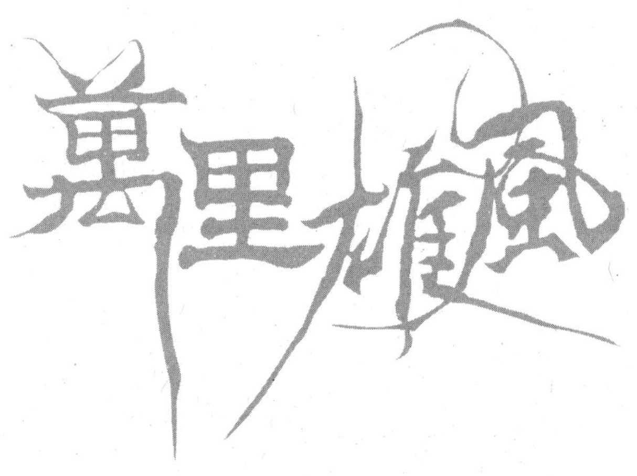

"우리 단주님의 서찰을 가져왔습니다."

신주상단의 삼총관 조승덕(趙丞德)은 서찰 한 통을 내밀었다.

단리하연은 서찰을 펼쳤다.

긴히 의논할 것이 있으니 은밀한 곳에서 지금 즉시 만나고 싶다는 내용이었다.

"더 이상 이 단주님과 저는 할 얘기가 없는 것으로 아는데요. 아니던가요?"

그녀의 말대로 대세는 이제 팔 할 이상 소향상회 쪽으로 기울어져 있다. 더 이상은 신주상단과 만날 이유가 없는 것이다.

"그게……."

조승덕은 철사홍과 한덕무를 쳐다보며 눈치를 살폈다.

"괜찮아요. 이분들은 우리 식구나 마찬가지니 얘기해 보세요."

단리하연은 틈을 주지 않고 다그쳤다.

"방금 저의 단주께서 중요한 정보 하나를 얻었는데, 그것이……."

"말씀해 보시라니까요!"

단리하연은 날카롭게 소리쳤다.

조승덕은 말을 꺼내기 어려운 듯 잔뜩 뜸을 들이고 있지만 눈빛에는 한가닥 여유와 함께 먹이를 덮치기 직전의 맹수 같은 득의가 어려 있었다.

무슨 수작을 부리고 있음이 분명했다. 그럼 이쪽 역시 한 치의 틈도 보이지 말아야 한다.

"유진룡 공자의 안위, 아니, 목숨에 관한 일입니다."

조승덕의 대답에 단리하연의 표정이 급격히 굳어졌다.

유진룡의 안위도 아니고 목숨에 관한 일이라니? 그 말은 이자들이 유진룡의 목숨을 가지고 무슨 수작을 부리고 있다는 말이다.

쨍—

철사홍도 그걸 느끼고는 거칠게 청룡검을 뽑았다. 뽑자마자 청룡검의 검인은 조승덕의 목젖에 닿아 시퍼런 예기를 뻗어내고 있었다.

"크으윽!"

청룡검의 검인에서 뻗어 나오는 기운만으로도 숨이 막힌 조승덕이 숨을 헐떡였다.

"내 사제에게 무슨 짓을 했는지 똑똑히 말해라."

철사홍은 금방이라도 목을 자를 듯이 으르렁거렸다.

"우, 우선… 이 검 좀……."

조승덕이 겨우 몇 마디 토했다.

눈을 부릅뜬 철사홍은 청룡검을 조금 뒤로 물렀다. 그러나 언제든지 다시 휘두를 수 있는 자세를 잡고 있었다.

"오, 오해하지 마시오. 우리가 유 공자에게 무슨 수작을 부린 게 아니라 정도맹이 그러는 것을 우리는 알려주려고 하는 것이오."

조승덕은 여전히 자신의 목을 겨누고 있는 청룡검을 쳐다보며 서둘러 답했다.

"그게 무슨 말인가요, 정도맹이 유 공자에게 수작을 부리다니?"

단리하연이 날카로운 눈매로 조승덕을 노려보며 다가왔다.

"그러니까……,"

"어서 말하시오! 정말 정도맹이 내 사제의 목숨을 가지고 수작을 부리고 있단 말이오?"

철사홍이 다시 청룡검을 들이밀었다.

"난 그것까지밖에 모르오. 더 자세한 것은 우리 단주님을 만나서 얘기해 보시오."

조승덕이 뒤로 물러서며 목을 문질렀다.

"좋아요. 신주상단의 단주님을 만나겠어요."

단리하연이 결정을 내리자 조승덕은 긴 한숨을 내쉰 후 앞서서 안내했다.

잠시 후 단리하연 일행은 이막송이 머무는 별채가 아닌, 전혀 다른 장소에서 이막송을 만났다. 조승덕이 그곳으로 인도했기 때문이다.

이막송은 평소와 같이 더없이 어질어 보이는 미소와 함께 단리하연 일행을 맞이하고 차를 내어왔다.

"무슨 말씀인지 어서 해보세요."

단리하연은 찻잔에 눈길도 주지 않은 채 재촉했다.

"정도맹 수뇌부에서 유 공자에 대한 지대한 관심을 가지고 있다는 것은 잘 알고 계시리라 믿소."

이막송이 철사홍을 쳐다보았다.

철사홍이 고개를 끄덕였다. 그 때문에 개방 장로 백엽동도 온갖 방법으로 유진룡을 개방에 묶어두려 했던 것이다.

철사홍이 수긍을 하자 이막송은 공동삼수에 대한 얘기와 도천극의 독이 예상보다 훨씬 치명적인 결과를 나타내어 그 해독약을 만들려면 유진룡의 피가 모두 필요하고, 더 나아가 유진룡의 몸마저 해독약 배양을 위한 숙주가 되어 도마 위의 생선 꼴이 될 수 있다는 사실을 최대한 자세히 설명했다.

"이런 개자식들!"

철사홍이 더 이상 참지 못하고 분통을 터뜨렸다.

"자기들이 뭔데 남의 몸과 생명을 가지고 그런 수작을 부린단 말이오?"

한덕무도 어이없다는 표정으로 목소리를 높였다.

"수작이 아닐 수도 있지요."

이막송이 재빠르게 단리하연의 표정을 살핀 후 다시 입술을 움직였다.

"그만! 그만 하세요!"

괴로운 표정과 함께 단리하연은 고함을 질러 이막송의 말을 막았다.

몇 마디 대화로 단리하연은 모든 상황과 이막송의 의도까지 파악했다.

그동안 경황 중이라 유진룡이 정도맹에 어떤 존재인지 깊이 생각해 보지 않았다. 단지 흑사련의 독에, 아니, 도천극의 독에 면역이 있다는 것을 알았고, 그래서 정말 다행이라 생각하고 있었다. 그런데 그것이 오히려 이런 결과로 귀결될 줄이야……

수작을 부리는 것이 아니라는 이막송의 말대로 정도맹의

수뇌부는 유진룡에게 모든 것을 털어놓고 도움을 청할 것이다. 그리고 그 도움의 대가로 소향상회에 막대한 이권을 넘겨주겠다는 제의를 할 것이다. 더 나아가 무림의 수많은 목숨을 구하는 일이라는 등의 말로 대의를 강조할 것이다.

유진룡은 성격상 절대로 그걸 거절하지 않을 것이다. 소향상회와 동생들을 지킬 수 있는 일이라면 오히려 적극적으로 나설 것이다.

그렇게 실험 도구가 되어 정혈을 다 뽑히고 나면 십중팔구는 죽을 것이다. 만에 하나 산다고 해도 폐인이 될 것이다.

주르르!

꽉 깨문 단리하연의 입술에서 선혈이 흘러내렸다.

어쩐지 조금 쉬운 감이 있었다.

자신이 혼신의 힘을 다하긴 했지만 여러 상단과의 이권 쟁탈전에서 우위를 차지한 것은 큰 운이 따른 것 같았다.

그런데 그게 아니었다.

그 큰 운은 유진룡이라는 존재에 의한 것이었다.

정도맹은 유진룡의 피를, 아니, 생명까지도 담보로 잡아야 하기에 그 반대급부로 알게 모르게 소향상회의 손을 들어준 것이다.

'그럴 순 없는 일이야.'

단리하연은 더욱 세차게 입술을 깨물었다.

지금 당장 소향상회가 문을 닫는다 하더라도 그럴 수는 없는 일이다.

어떻게든 한발 앞서 유진룡을 빼내야 한다. 아니, 아예 탈출을 시켜야 할 것이다.

정도맹이 처음에는 정당하게 제의를 할지 모르지만 정도문파 몇 개가 더 괴멸되고 상황이 급박해지면 어떻게 나올지 모른다. 최악의 경우 강제력을 발동해서라도 자신들의 뜻을 관철시키려 할 것이다.

'한시라도 빨리 탈출을 시켜야 한다.'

자신이 그런 결정을 내리리란 것을 확신하기에 신주상단의 이막송은 이 사실을 알려주고 있는 것이다.

그렇게 유진룡을 탈출시키면 소향상회로 기울었던 대세는 자연히 신주상단으로 넘어갈 것이다.

그건 어떻든 상관없다. 아니, 이런 정보를 먼저 알려준 그들이 오히려 눈물나도록 고마울 뿐이다.

"제가 어떻게 나올 것인지 읽고 계시니 더 이상 다른 말은 않겠어요. 대신, 이 단주님도 어떻게 해야 하는지는 잘 아시겠죠?"

단리하연은 다급하게 그러면서 단호하게 말했다.

"물론이지요. 저는 아무것도 모를뿐더러 단리 회주와 이곳에서 만난 적도 없습니다."

"꼭 그렇게 해주세요."

그 말과 함께 단리하연은 서둘러 실내를 벗어났다.

"아니, 이 시간에 여긴 어쩐 일로?"

새벽이 깊어가는 시간 갑자기 들이닥친 단리하연과 철사홍, 한덕무 때문에 잠에서 깨어난 유진룡은 눈을 끔벅거렸다.

"시간이 없네. 어서 옷을 입게."

철사홍이 낮은 목소리로 재촉했다.

"사형, 왜?"

유진룡은 여전히 멀뚱거리며 단리하연과 철사홍 등을 쳐다만 보았다.

"자세한 것은 나중에 설명드릴 테니 어서 옷을 입고 출타 준비를 하세요."

단리하연은 누구보다 급한 기색으로 유진룡의 옷가지를 손수 가져왔다.

"대체 무슨……?

"제발 제 말대로 하세요."

단리하연의 거듭된 재촉에 유진룡은 몸을 일으켜 옷을 입었다.

"아무도 없어요!"

바깥의 동정을 살피던 주애청이 낮게 소리쳤다.

"어서 가요!"

단리하연이 앞장을 서고 철사홍이 뒤를 감시하며 유진룡 등은 의약전을 벗어났다.

　　　　*　　　*　　　*

　제법 넓은 실내였지만 장명등이 여러 개 켜져 있어 대낮처럼 밝아 보였다.

　실내 한가운데는 정방형 탁자가 놓여 있었고, 그 탁자 주변으로 세 명의 인영이 조심스럽게 움직이고 있었다.

　그중 중년인은 탁자 위에 있는 물건들에 온 정신을 팔고 있었고 다른 두 명은 중년인 주변에서 그의 지시를 받아 부지런히 손을 놀렸다.

　"너무 모자라. 이걸로는 도저히 무리야."

　중년인이 한숨을 내쉬며 중얼거렸다.

　"그럼 열 병으로도 힘들지 않겠습니까?"

　젊은 청년이 고개를 갸우뚱거리며 물었다.

　"처음에는 열 병이면 될 줄 알았는데 그것으로는 부족한 감이 있겠어. 총사에게 부탁해서 열다섯 병을 뽑자고 해야겠어."

　중년인은 확고한 어투로 대답하며 의자에 앉았다.

　"그럼 그 청년에게 문제가 생기지 않을까요?"

　이번에는 여인이 걱정스런 음성으로 물었다.

　"그놈은 어차피 실험용으로 쓰이고 껍질만 남아 버려질 놈이야. 그걸 조금 앞당긴다고 해서 달라질 것이 없겠지."

중년인은 무감동한 목소리로 여인의 말을 받았다.

"하지만……."

"그놈의 사형 때문에 장문인께서 그렇게 돌아가시고 우리 공동파가 멸문을 당한 것이나 마찬가지의 지경이 되었어. 그놈에겐 일말의 동정심도 가질 필요가 없어. 그놈의 사부가 그놈들을 키워냈으니 똑같은 놈들일 뿐이야."

공동삼수의 제일 연장자인 공야인이 뱉어내듯 말했다. 그 음성이 원독에 가득 차 있어 공동삼수의 다른 두 사람인 추정도와 조약란은 더 이상 말대답을 하지 못하고 서로 눈치만 보았다.

"우리 실험에 오류가 있는 것은 아닐까요? 처음에는 분명 확신할 수가 있었는데 어느 순간, 그러니까 그 청년의 혈액을 얻고 급히 제조해야 한다는 생각을 하면서부터 뭔가 틀어진 느낌이 듭니다. 그 이전 과정으로 돌아가서 다시 해본다면……."

"무슨 소리! 그놈의 피만 있으면 더 빨리 해약을 만들 수 있어. 그런데 왜 먼 길을 돌아간단 말인가?"

공야인의 고함에 조약란은 찔끔 입을 다물었다.

지금은 어떤 말을 해도 들리지 않을 사숙이었다.

해남파에 갔다가 사문으로 돌아오는 중에 장문인마저 운명했다는 소식을 듣는 순간 공야인은 평정심을 잃어버렸다. 그때부터 공야인은 오로지 복수를 해야 한다는 일념에 사로 잡혔고, 방향을 돌려 정도맹에 투신하다시피 하며 복수의 길을 모색하며 그 길에 광적으로 매달리고 있다.

"한 달이면 된다. 한 달이면 괄목할 성과가 나타나 도천극 그놈의 독은 무용지물이 될 것이다."

공야인은 핏기 어린 음성으로 중얼거렸다.

며칠 동안 제대로 잠도 자지 못한데다가 복수심으로 살기 어린 눈은 섬뜩한 광기마저 엿보이게 했다.

추정도와 조약란은 그런 사숙의 모습을 보며 낮은 한숨을 내쉬었다. 이대로 나가다가는 해약이 완성되기도 전에 사숙이 먼저 잘못될 것 같았다.

"그럼 오늘은 조금 쉬십시오. 벌써 며칠째 뜬눈이지 않습니까?"

추정도가 조심스런 음성으로 권유했다.

"너희들이나 좀 쉬어라. 난 한 가지 실험을 더 해봐야겠다."

공야인은 고개를 저으며 탁자 위의 종이를 향해 손을 뻗었다.

그 순간 한줄기 세찬 바람이 일며 공야인이 잡으려고 하던 종이 몇 장이 바람에 날려 허공으로 떠올랐다.

"엇!"

공야인이 경호성을 지르며 고개를 들었다.

바람은 소리없이 열린 창문을 통해 들어오고 있었다. 그리고 그 창문으로 몇 명의 인영이 비조처럼 날아들었다.

"누구냐?"

추정도가 고함을 지르며 탁자 옆에 세워두었던 검을 빼 들었다.

쎄애액!

제일 먼저 실내에 들어선 복면인이 신속하게 검을 휘둘렀다.

쾌속무비하면서도 일체의 군더더기가 없는 검법!

그 한 수만으로도 이들이 정종 무공을 익힌 자들이 아닌, 고도의 살인 기예를 익힌 살수들임을 알 수 있었다.

파앗—

복면인의 검이 추정도의 검을 피하며 어깨를 갈랐다.

"크윽!"

추정도가 낮은 비명과 함께 몸을 비틀거렸다. 단 일격에 자신이 이렇게 상처를 입을 줄 몰랐다는 듯 추정도는 눈을 크게 떴다.

그 순간 다른 네 명의 복면인도 바닥에 발을 딛음과 동시에 공야인과 조약란을 공격해 들어오고 있었다.

그들 역시 일체의 불필요한 동작을 배제한, 오직 상대를 최대한 빨리 쓰러뜨리기 위한 검법을 펼치고 있었다.

대체 누가? 그리고 왜? 또 어떻게 정도맹 총단 한복판으로 복면을 쓰고 스며들 수 있단 말인가?

수많은 의문들이 공야인의 뇌리를 스쳐 지나갔지만 그걸 길게 물고 늘어질 여유가 없었다. 다섯 명의 복면인이 휘두르는 검은 영사의 독니처럼 날카롭고 치명적이었다.

파앗—

추정도의 옆구리에서도 피가 튀었다.

"아악!"

조약란도 날카로운 비명을 질렀다. 그녀 역시 허벅지 한곳을 베이고는 고통에 일그러진 얼굴로 복면인 두 명의 검을 쳐내려 하고 있었다. 그러나 복면인들의 검은 여전히 아무런 격타음도 토하지 않고 영활하게 미끄러지고 있었다.

"이, 이놈들!"

공야인은 눈을 부릅뜨며 이를 갈았다.

이놈들은 검을 부딪치지 않고 철저히 피하며 자신들 검로의 허점만을 쑤셔들고 있었다. 병기 부딪치는 소리를 내지 않고 목숨만 취한 후 신속히 사라질 작정인 것이다.

공야인은 이들이 평범한 자객이 아닌 특급 살수들임을 알았다. 몇 합의 격돌만으로도 절실히 느낄 수 있었다.

'이렇게 허무하게 당할 수만은 없다.'

판관필을 어지럽게 흔들며 공야인은 필사적으로 살수들의 검을 쳐내려 했다. 그래서 병기 부딪치는 소리라도 새어나가게 하려 했다. 독을 다루는 곳이라 비교적 본채와 멀리 떨어져 있다 보니 그 소리가 본채까지 들릴지 모르겠지만 이렇게 당할 수만은 없었다.

"크윽!"

비명 소리가 들리며 추정도가 무릎을 꿇었다. 그의 복부에서 한 자루의 검이 빠져나가고 있었다. 그리고 그 검을 따라 폭포수 같은 선혈이 쏟아졌다.

"정도야!"

공야인은 고함을 지르며 추정도 곁으로 가려 했다. 그러나 자신만의 의도일 뿐, 영활하게 쏟아지는 복면인들의 검은 그의 의도를 처음부터 무산시켜 버렸다.

쉬이익—

한 개의 검이 벼락 치듯 공야인의 머리 위로 떨어져 내렸다.

"하앗!"

공야인이 기합성과 함께 판관필을 뻗어 복면인의 검을 막았다. 그러나 복면인의 검은 바위 옆으로 휘돌아 나가는 물줄기처럼 흘러내리며 공야인의 어깨를 할퀴었다.

"으윽!"

공야인이 억눌린 비명을 질렀다. 그러면서도 악착같이 판관필을 휘둘렀다.

비록 무공보다는 의술 연구에 더 많은 시간을 보냈지만 그래도 대문파의 문도였다. 이렇게 허무하게 당할 수는 없었다.

팟!

판관필 끝에 복면인의 옷자락이 걸렸다.

공야인은 신속히 판관필을 휘둘렀다.

판관필에 옷자락이 걸린 복면인이 잠시 주춤거렸고, 그 짧은 틈을 향해 공야인은 판관필을 쑤셔 넣었다.

판관필은 점혈자와 함께 혈도를 점하기 위한 도구이다. 그러나 그것을 무기로 사용하면 경우에 따라 치명적인 타격을 줄 수 있다.

푸욱—

판관필이 복면인의 늑골 아래 부분을 쑤셔 들었다.

복면인이 입을 딱 벌렸다. 그러나 그 입에서는 한마디의 비명도 흘러나오지 않았다.

처절하게 수련을 받아 죽는 순간까지도 신음 한 점 내지 않는 자들!

그런 복면인들의 모습에 공야인은 아득한 절망감을 느꼈다.

"아악!"

공야인의 심중을 읽기라도 하듯 조야란도 비명과 함께 무너져 내렸다.

"란아!"

공야인은 조약란을 끝까지 부르지도 못한 채 판관필을 휘둘렀다.

그의 판관필에 거대한 체구의 사내가 뒤집어쓴 복면이 걸렸다.

공야인은 거칠게 복면을 걷어냈다.

"너, 너는?"

공야인은 두 눈을 부릅떴다. 안면이 있는 자였기 때문이
다.

그 순간 공야인의 등 한쪽으로 검이 쑤셔 들었다.

"크윽!"

공야인은 허공으로 손을 내저으며 천천히 앞으로 쓰러졌
다.

공동삼수를 모두 해치운 복면인들은 잠시 호흡을 고른 채
서 있다가 그중 한 명이 수신호를 내리자 다른 한 명이 쓰러
진 동료를 둘러업었다. 그리고 또 한 명은 실내에 불을 질렀
다.

휘익―

휘익―

네 명의 복면인은 일사불란한 동작으로 들어왔던 창문을
향해 몸을 날렸다.

그들은 처음부터 끝까지 한마디 음성도 토하지 않고 임무
를 마친 후 죽은 동료를 업고 바람처럼 사라졌다. 그때까지
걸린 시간은 채 일각이 되지 않았다.

복면인들이 사라진 조금 뒤 정도맹의 본채에서 요란한 종
소리와 함께 소란스런 움직임이 일기 시작했다.

　　　　　*　　　　*　　　　*

　"조금 쉬었다 가요."

　주애청이 뒤를 돌아보며 말했다.

　한 시진도 넘게 달려오다 보니 단리하연과 유진룡이 많이 지쳤기 때문이다.

　보통 때라면 유진룡은 물론, 단리하연도 이 정도의 경공으로는 땀 한 방울도 흘리지 않을 것이지만 도천극의 마수에 걸려 입은 충격의 여파 때문에 두 사람 모두 힘들어하고 있었다. 특히 유진룡은 온몸이 소낙비라도 맞은 것처럼 땀에 젖어 있었다.

　"조금만 쉬도록 하지."

　철사홍도 경공을 멈추며 주변을 살폈다.

　사방은 조용했고 짙은 어둠 속에서 이따금씩 풀벌레 소리만 들렸다. 이런 상황만 아니라면 평화롭기 그지없는 밤이었다.

　"내체 무슨 일입니까?"

　숨을 몇 번 몰아쉰 유진룡은 철사홍을 쳐다보며 처음에 하지 못한 질문을 다시 했다.

　"그러니까 그게……."

　철사홍이 난감한 표정으로 말끝을 흐렸다.

사정을 자세히 설명했다간 유진룡이 당장 돌아가서 그들의 요구대로 하자고 할 것이 분명했고, 그렇다고 적당히 꾸미자니 그런 방면으로는 도무지 소질이 없는 것이다.

단리하연이 철사홍을 대신해서 나섰다.

"정도맹이 수뇌부에서 유 공자님의 몸에 실험을 할 계획을 세우고 있어요. 그렇게 되면 유 공자님은 십중팔구 죽게 될 거고, 살아도 껍질만 남은 폐인이 될 공산이 큽니다."

단리하연은 그 반대급부에 대한 부분은 생략한 채 간략히 설명했다.

"그런……."

유진룡은 뜻밖의 표정이 된 채 잠시 단리하연과 철사홍들을 쳐다보았다.

그런 이유 때문이라면 이렇게 야반도주할 수도 있겠지만 뭔가 석연찮았다. 정도맹이란 곳이 악마의 소굴도 아닌데 사람의 목숨을 가지고 함부로 그런 실험을 하지도 않을 것이고, 설사 그렇게 해야 한다면 그만큼 절박한 이유가 있을 것이다.

"제 말을 믿으세요. 당장은 그렇게 하지 않을지 몰라도 사태가 악화되면 틀림없이 그렇게 할 거예요. 그리고 사태는 생각보다 훨씬 빠르게 악화되고 있어요."

단리하연은 단호한 음성으로 부연 설명을 했다.

"그건 그렇다 치고……. 이렇게 내가 도망치면 뒷일이 어떻게 되는 것입니까? 정도맹에 대한 군수품 공급 계약은……?"

그간 침상에 누워 있으면서도 여러 사람들을 통해 흘러가는 사정은 듣고 있었다. 아니, 누구보다 신경을 쓰고 있던 유진룡이었다.

"그건……."

유진룡이 사태의 핵심을 짚자 단리하연이 잠시 주저하는 표정을 지었다. 그러나 그녀는 곧 입술을 움직였다.

"제일 큰 이권은 신주상단에 넘어갔어요. 우린 최선을 다했지만 역부족이었어요. 그건 포기하고 다른 계약을 딸 생각입니다."

단리하연은 담담하게 답했다.

"그게 아니라… 내가 협조하지 않음으로 해서……."

"유 공자의 생명을 대가로 이익을 얻고 싶진 않아요. 그건 유 공자가 아니라 다른 누구라도 마찬가지예요. 어떤 일이 있어도 사람의 생명을 대가로 이윤을 남기는 장사는 하고 싶지 않아요. 그러니 그런 생각은 하지 마세요. 장사에는 수많은 변수가 있어요. 지금은 조금 손해를 볼지 몰라도 다른 변수를 움직여 다시 만회할 수 있어요."

단리하연은 유진룡의 눈을 정시하며 자신의 뜻을 피력했다.

유진룡은 잠시 더 단리하연의 눈을 쳐다보다가 시선을 돌렸다.

이제 상황은 대충 파악이 되었다.

유진룡 자신의 존재로 인해 소향상회가 큰 이익을 얻을 수 있다는 것을 짐작했고, 내심 그것이 뿌듯했다. 그런데 그 속에 있는 흑막을 단리하연이 한발 앞서 알아챘고 이런 결정을 한 것이다.

사실 유진룡도 자신이 정도맹을 도울 수 있는 일이 자신의 몸을 실험 도구로 바쳐야 하는 것인지는 몰랐다. 하지만 소향상회와 동생들을 위해서라면 목숨이 위태롭지 않는 범위 내에서는 협조할 의향이 있었다. 실험을 한다고 해서 꼭 죽는다거나 폐인이 된다는 보장은 없기에…….

하지만 이제 그것은 불가능하다.

몰랐으면 모르되 단리하연이 그것을 안 이상 하늘이 두 쪽 나더라도 못하게 할 것이다.

유진룡은 나직하게 한숨을 내쉬었다.

이젠 정도맹이라는 튼튼한 울타리를 걷어차 버린 것이나 마찬가지다. 더 나아가 개방이라는 울타리까지도…….

그렇게 되면 자신은 물론, 당장 철사홍과 주애청도 위험해질 것이다. 그 와중에 소향상회도 풍랑에 휩쓸릴 수도 있다.

"다른 사람들 걱정은 하지 마, 사제. 지금은 사제 스스로만을 걱정해도 벅차잖아. 날이 밝으면 정도맹이 조금 술렁이겠지만 곧 괜찮아질 거야. 사형과 내 몸속에도 사제와 비슷한 성분의 피가 흐르고 있을 테니 우리 피를 대신 뽑아서 실험을 해보라고 하지 뭐. 그러니 사제는 사제 몸을 제일 먼저 생각해."

주애청이 유진룡의 생각을 읽은 듯 유진룡을 안심시켰다. 그러나 상황은 그녀가 생각하는 것처럼 조금 술렁이는 정도로 흘러가지 않았다.

"저기 있다!"

정적을 깨뜨리는 고함과 함께 한 떼의 사내들이 경공을 펼쳐 오고 있었다.

모두들 무기를 손에 든 모습이 단순히 유진룡 일행들의 행적을 파악하기 위한 것만은 아닌 듯 보였다.

第七十九章
별리(別離)

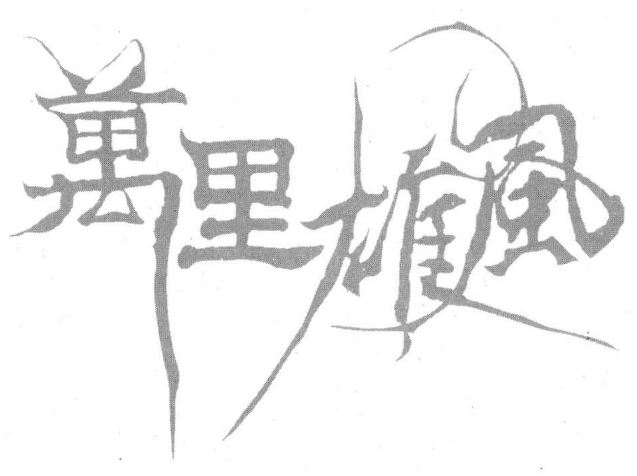

경공을 펼쳐 온 사내들이 순식간에 주변을 에워쌌다. 그리고 그들의 눈에서는 형형한 살기가 뻗어 나오고 있었다.

"이자들이?"

철사홍이 눈살을 찌푸리며 둘러싼 사내들을 노려보았다.

비록 몰래 정도맹 총단을 빠져나왔지만 도둑질을 한 것도 아닌데 따라온 사내들은 마치 자신들을 필생의 대적을 바라보듯 하고 있는 것이 마음에 들지 않은 것이다.

"무슨 일들인가요?"

주애청이 허리에 손을 올린 채 앞으로 나섰다.

웬만한 남자들의 체격을 넘어서는 그녀의 움직임에 둘러선 사내들과 그녀 사이의 공기가 압축되어 위로 치솟는 듯한 압박감이 느껴졌다.

"웬일이냐고?"

둘러선 사내들 중에서 한 사내가 차가운 음성과 함께 앞으로 나섰다.

장검을 허리에 찬 큰 체격의 사내였다.

"마운검객(麻雲劍客)?"

철사홍이 사내를 바라보며 낮게 중얼거렸다.

장검을 허리에 찬 사내는 철사홍의 중얼거림대로 마운검객 오임택(吳任擇)이었다.

그는 한 자루 장검을 휘둘러 삼베로 구름을 감싸는 것 같은 검기를 일으킨다 하여 마운검객이란 별호를 얻고 있는데, 정도맹에 있던 요 며칠, 큰 체격 덕분에 철사홍이 관심을 가져 그 별호와 이름도 알고 있는 것이다.

"당신이 여기에 왜?"

철사홍은 눈을 부릅뜨며 목소리를 높였다.

"하하!"

마운검객 오임택이 어이없다는 듯 웃음을 터뜨렸다.

"도천극의 사주로 정도맹에서 첩자 짓을 한 인간치고는 너무 당당하지 않은가?"

오임택이 뜻 모를 내용의 말을 던졌다.

"첩자?"

철사홍이 다시 눈살을 찌푸렸다.

도천극과는 원수지간이고 그로 인해 유진룡과 주애청, 그리고 자신은 모두 한 번씩 죽었다 살아났다는 것은 정도맹에서도 잘 알고 있었다. 그래서 여태껏 정도맹 총단에 머무를 수도 있었다. 그런데 이제 와서 첩자 운운하는 것은 이해가 되지 않았다.

"첩자라니, 그게 무슨 망발인가요? 그게 아니라는 것을 당신들도 잘 알았기에 우릴 받아준 것이 아니던가요?"

주애청은 여전히 허리에 두 손을 짚은 채 소리를 질렀다.

"당신들의 연극에 감쪽같이 속은 것이지. 하지만 결국 본색이 드러나 이렇게 야반도주를 하는 것이 아닌가?"

마운검객 오임택의 두 눈에서 얼핏 살기가 뿜어졌다.

"우리가 말없이 정도맹 총단을 빠져나온 건 그만한 사정이 있어서예요. 그리고 잠시 후 우린 돌아갈 생각이었어요. 그런데 그것만으로 모두 첩자로 몰아붙이는 것은 과한 처사가 아닌가요?"

주애청도 지지 않고 대꾸했다.

"되돌아온다고……?"

오임택이 미간을 좁혔다. 그리고 다시 입술을 움직였다.

"도천극의 독을 연구하고 있는 공동삼수를 공격하여 그들에게 치명상을 입히고 그간 그들이 한 연구를 모두 불 지르며 달아난 당신들이 되돌아온다고?"

오임택은 어이가 없다는 듯 말을 끝낸 입을 멍하니 벌리고 있었다.

"그게 무슨 말이죠? 공동삼수가 치명상을 입었다니!"

뒤에서 사태의 추이를 유심히 지켜보던 단리하연이 다급히 나섰다.

"몰라서 묻는 것이오? 한밤중에 공동삼수가 있는 곳에서 불길이 치솟은 후 총단에 비상이 걸리고 흉수를 찾던 중 당신들이 몰래 처소를 빠져나갔다는 것을 알았지. 그제야 우리는 그동안 당신들에게 철저히 속았다는 것을 깨달았소. 그간 당신들의 행동은 정도맹이 준비한 도천극에 대한 대비책을 분쇄하기 위한 연극이었다는 것을……."

설명을 마친 오임택은 치솟는 분기를 이기지 못한 듯 이를 갈았다.

"그건 오해예요. 우린 공동삼수 근처에도 가지 않았어요."

주애청이 당황한 표정으로 다급히 말했다.

"시치미 떼도 소용없다. 생사판관필 공야인 대협이 혼절하기 직전 철사홍 당신을 흉수로 지목했다."

오임택은 더 이상 왈가왈부할 필요가 없다는 듯 묵색의 오초장검(烏宵長劍)을 빼 들었다.

그와 함께 주변을 둘러싼 사내들도 더욱 엄중한 자세로 병기들을 움켜쥐었다.

‘음!’

단리하연은 속으로 신음을 삼켰다

정말 예상치 못한 사태였지만 누구의 소행인지 알 것 같았다.

천수금황 이막송!

그의 흉계가 분명했다.

겉으로는 대인의 풍모를 내비치고 있지만 속으로는 뱀보다 더 차갑고 독한 심계를 지닌 인간이었다.

얼마 전 경쟁자들에 대한 자료를 검토할 때 천수검황 이막송에 대한 과거 행적들에 특이한 점이 몇 개 있었다.

큰 이권이 걸린 일에 있어 그의 경쟁 상대들은 하나같이 내부의 사정이나 피치 못할 사고로 인해 입찰에서 제외되었다. 그때는 운이 꽤 좋았다고 생각했는데 모두 이런 식의 흉계가 숨어 있었던 것이다.

단리하연은 아랫입술을 피가 나도록 깨물었다.

천수검황 이막송은 술수를 부려 이번 정도맹의 군수품 조달의 이권을 채어가는 것도 모자라 소향상회를 철저히 짓밟으러 하고 있었다. 비록 지금은 이권을 양보했지만 언젠가 다시 큰 경쟁 상대가 될 수 있는 소향상회의 싹을 아예 잘라 버리려 하고 있는 것이다.

이런 경우까지는 예상하지 못했다.

황금의 칼이 세상 어떤 무인의 칼보다 더 무정하고 날카롭

다는 것을 잘 알고 있는 그녀였지만 급박한 상황에 그것까지
는 대처를 하지 못한 것이다.

후회는 아무리 많이 해도 소용없다. 오히려 해만 될 뿐이
다. 지금은 후회 대신 현실을 타개할 방법을 모색하는 것이
급선무다.

"모두 잡아라! 필요하다면 죽여도 좋다!"

단리하연의 다음 생각이 이어지기도 전에 마운검객 오임
택의 목소리가 밤하늘을 갈랐다.

휘익—

획!

바람 소리들이 들리며 포위하고 있던 사내들이 포위망을
좁혀들었다.

챙—

철사홍도 검을 뽑아 들었다.

더 이상은 어떤 말을 해도 소용없었다. 우선은 이 상황을
타개하고 봐야 했다.

찌지징—

세 개의 검이 철사홍의 청룡검에 싹둑 잘려 나갔다. 철사홍
은 그 기세를 몰아 다시 두 개의 도검을 더 잘라냈다.

순식간에 자신들의 병기가 잘리자 다가서던 사내들이 주
춤 움직임을 멈추었다.

추풍신검이라는 별호를 얻은 철사홍의 검이 한 번 휘둘러

지면 한 명의 목숨이 끊어진다는 것은 잘 알고 있었다. 하지만 그의 무위가 이 정도일 줄은 몰랐던 것이다. 지금은 비록 손속에 인정을 두어 검이 잘렸지만 목이 잘려도 몇 번은 잘릴 상황이었다.

"이자들은 우리가 맡겠소. 단리 회주는 사제와 함께 이곳을 빠져나가시오."

철사홍은 검을 치켜든 채 단리하연에게 전음을 펼쳤다.

"안 돼요! 그랬다간 정말로 범인으로 몰려 더 거센 추적을 받을 거예요."

단리하연도 맞받아 전음을 날렸다.

"그건 뒷일이오. 우선은 사제를 이곳에서 벗어나게 해야 하오. 그런 후 우리 스스로 정도맹을 찾아가 오해를 풀도록 합시다. 우선은 사제를 탈출시켜야 하오."

철사홍의 거듭된 전음에 단리하연은 더 이상 대꾸를 하지 못했다.

스스로 찾아가더라도 유진룡만은 탈출시켜야 한다. 그건 변함이 없다. 그러려면 유진룡은 이곳에서부터 빼내야 한다. 무조건 그것부터 성공시킨 후 다른 것을 생각할 일이었다.

철사홍의 단도직입적인 생각이 지금 이 순간에서는 어떤 해결책보다 더 확실한 것이었다.

"알겠어요. 서로 무사히 탈출한다면 오늘 밤 정주 외곽의 영진객잔(榮進客棧)에서 만나요."

철사홍이 미미하게 고개를 끄덕였다.

"당신도 사제를 도와주시오."

철사홍은 한덕무에게도 전음을 날렸다. 그 전음과 함께 철사홍이 먼저 몸을 움직였다.

철사홍의 신위에 감히 달려들 생각을 못하고 주춤거리고 있던 사내들이 대경하며 검을 휘둘렀다.

찌이잉—

다시 기이한 금속음이 들리며 청룡검에 부딪친 도검들이 무처럼 잘려 나갔다.

그사이 단리하연은 유진룡의 손을 잡고 몸을 날렸다. 그 뒤를 한덕무가 따랐다.

"자, 잡아라!"

마운검객 오임택이 고함을 질렀다.

퍼엉—

오임택의 고함에 유진룡과 단리하연을 추적하려던 사내들 앞으로 권풍이 쏟아지며 흙먼지가 튀어 올랐다.

"난 뭐 허수아비인 줄 알아?"

권풍 한 방을 날린 주애청이 두 주먹을 가슴 앞으로 모아 들었다.

주애청이 터뜨린 권풍 역시 절대로 만만치 않음을 느낀 사내들이 단리하연과 유진룡을 추적할 생각을 하지 못한 채 도검을 쳐들었다.

"저곳까지만 가면 숨어들 수 있소. 조금만 더 힘을 내시오!"

한덕무는 저 아래로 보이는 성시를 바라보며 단리하연과 유진룡을 재촉했다.

날이 밝고 성시로 숨어든다면 사람들 틈에서 숨을 수 있다. 그리고 강을 따라 배를 타고 가면 더욱 은밀히 사라질 수가 있는 것이다.

일단은 그런 후에 뒷일을 기약할 수밖에 없다.

"괜찮겠어요, 유 공자? 정황상 이게 더 나을 것 같네요."

단리하연은 유진룡을 쳐다보며 걱정했다.

예전 같으면 자신과 한덕무를 업고서도 바람처럼 몸을 날릴 수 있을 정도의 유진룡이었지만 지금은 경공을 날리는 것도 위태롭게 느껴졌다.

"이 정도는 괜찮습니다. 그러니 걱정 마십시오."

유진룡은 고개를 끄덕인 후 땅을 박찼다.

공력을 거의 잃어버렸지만 우주무한의 심법을 운기함으로 해서 최소한의 내력으로 최대한의 효력을 발휘할 수 있었다. 예전에 비해 십분지 일만의 내력을 운기해도 예전과 같은 경공을 발휘할 수 있었다. 그것이 봉황신녀가 되찾아준 공력만 가지고도 지금까지 버틸 수 있는 원동력이었다.

"이제 저곳만 지나면……."

재촉을 하던 한덕무가 갑자기 입을 닫고 속도를 줄였다.

이제는 많이 흐려진 어둠 속을 뚫고 한 떼의 사내들이 나타났다. 그들 역시 정도맹의 복장을 하고 있었다.

아까 마주친 자들은 아니었다. 그들과 다른 조직으로 다른 곳을 추적하다 이곳에서 마주치게 된 것 같았다.

"젠장!"

한덕무는 신음처럼 내뱉으며 손목을 움직였다.

손목에 감겨 있는 철삭이 끼리릭! 하고 소리를 토했다.

철컥!

뒤이어 한덕무는 양손에 권갑을 착용했다. 소주 뒷골목에서 유진룡이 동생들과 함께 필사의 탈출을 하던 날 위용을 발휘했던 그 권갑이었다.

'상대가 너무 많아.'

권갑 두 개를 바짝 조이며 한덕무는 이를 악물었다.

유진룡이 멀쩡하다면 저 정도는 한주먹만으로도 때려눕힐 수 있겠지만 지금은 오히려 짐이 될 처지이다. 단리하연 역시 예전에 비해 반도 힘을 쓰지 못한다.

최소한 저들 중 삼분지 이는 자신이 맡아야 하는데, 그건 불가능해 보였다.

소주를 떠난 후 황하를 떠돌며 무공이 좀 늘었지만 유진룡이 얻은 그런 기연 수준은 아니었다. 단지 이젠 칠면독사 육마종 같은 인간이 쫓아오더라도 걱정하지 않을 정도인 것이다. 반면 저들은 중원 대문파의 무인들이다. 어릴 때부터 체계적인 무공을 익혀 모두들 자신보다 고수일지도 몰랐다.

'하는 데까지 해보는 수밖에.'

한덕무는 두 개의 권갑을 소리 나게 부딪쳤다.

날카로운 쇳소리에 달려오던 사내들이 천천히 속도를 늦추었다.

"역시 맞군!"

가까이 다가와 유진룡을 확인한 한 사내가 고개를 끄덕이며 안도의 한숨을 내쉬었다. 다른 사내들도 주변을 둘러싸며 숨을 돌렸다.

유진룡은 마음을 가라앉히며 낮게 호흡을 이끌었다.

우주무한의 심법이 이끌어졌지만 그것은 겨우 경공을 펼칠 수준일 뿐, 누구와 싸울 만한 정도가 아니었다.

결국 내력없이 싸움을 해야 하는데, 그건 어른과 코흘리개 꼬마의 싸움이나 마찬가지다.

하지만 끝까지 해보는 수밖에 없다. 언제나 그랬듯이…….

유진룡은 주먹을 말아 쥐었다.

"곱게 따라 간다면 무력을 쓰지 않을 수도 있소."

제일 앞에 선 사내가 굵은 목소리로 말했다. 먼저 마주친 마운검객 오임택보다 훨씬 차분해 보였다.

단리하연은 그것이 오히려 불안했다.

언제 어떤 순간에도 평정심을 잃지 않는 사람들일수록 그만큼 고수라는 말이다. 이자는 마운검객보다 한 수 이상은 고수일 것이다.

"그럴 수는 없어요! 난 당장에라도 갈 수 있지만 유 공자는 안 돼요."

단리하연이 단호하게 말했다.

"그럼 할 수 없구려."

앞에 선 사내는 군더더기없는 말투로 답하고는 손을 들어 올렸다. 그와 동시에 포위하고 있던 사내들 몇 명이 앞으로 쏘아져 나왔다.

파앗─

한덕무의 손목에서 철삭이 튀어나왔다.

"으윽!"

예상 못한 수법에 한 명의 사내가 철삭에 목이 걸려 허공으로 떠올랐다가 바닥으로 떨어졌다.

파앗─

철삭을 거두어들인 한덕무는 다시 한 사내를 향해 그것을 던졌다. 그러나 이번에는 여의치 않았다. 사내는 검을 흔들어 철삭을 튕겨내고는 그 여세를 몰아 한덕무의 어깨를 향해 찔러 넣었다.

까앙─

한덕무가 권갑으로 검을 쳐내며 철삭을 휘둘러 사내의 발목을 감았다.

이번에는 성공했다.

발목에 철삭이 걸려 휘청 중심을 잃은 사내의 가슴으로 한덕무의 주먹이 쑤셔들고 사내는 외마디 비명을 지르며 쓰러졌다.

그 순간 옆쪽에서 한 자루 도가 날아들어 한덕무의 어깨를 갈라갔다.

피잉—

단리하연의 손끝에서 나온 지풍이 도를 튕겨냈다.

파앗—

도에 스친 한덕무의 어깨에서 핏물이 튀었다. 단리하연의 지풍이 아니었으면 한덕무의 한쪽 팔이 바닥으로 떨어져 내렸을 순간이었다.

"하앗!"

한덕무가 주춤하는 사이 몇 명의 사내가 한덕무와 단리하연에게로 쇄도해 들었다.

파앗—

유진룡이 발끝으로 땅을 찍었다.

"안 돼요!"

단리하연이 비명처럼 고함을 지르며 유진룡의 옆쪽으로 몸을 날렸다.

따앙—

유진룡의 주먹에 한 개의 검이 부딪쳤다. 그러나 그 검은

예전처럼 동강나거나 멀리 튕겨가지 않고 다시 유진룡의 가
슴을 향해 떨어져 내렸다.

퍼엉―

단리하연의 손에서 장력이 터졌다. 장력에 격중당한 사내
가 괴로운 신음을 토하며 뒤로 물러났다. 그 자리를 순식간에
메우며 다른 사내가 짓쳐들었다.

유진룡의 신형이 다시 흔들렸다. 그러나 한발 앞서 앞을 막
은 단리하연으로 인해 유진룡은 움직임을 멈출 수밖에 없었
다.

퍼엉―

단리하연의 우장에서 다시 장력이 터졌고, 달려들던 사내
가 검을 세차게 흔들어 장력을 걷어냈다.

"위험해!"

한덕무의 고함에 유진룡은 반사적으로 발을 들어 올렸다.

좌측에서 한 사내가 맹렬히 검을 휘둘러 오고 있었다.

퍼억―

사내의 복부에 유진룡의 발이 틀어박혔다.

뱃속에 든 모든 것을 게워내고 바닥을 뒹굴 만한 강력한 일
격이었다. 그러나 사내는 멀쩡했다. 잠시 호흡을 가다듬은 사
내는 다시 검을 휘둘렀다. 내력이 제대로 실리지 못한 공격의
결과였다.

"유 공자!"

단리하연이 고함을 질렀다. 그녀는 자신에게로 날아드는 두 개의 검을 상대하느라 숨쉴 틈도 없어 더 이상의 도움을 주지 못했다.

그 순간 유진룡은 차가운 안광을 내쏘았다.

내력은 실리지 못했지만 초식을 잊은 것은 아니다.

유진룡은 손끝을 펴서 내력이 없이도 치명적인 타격을 줄 수 있는 사내의 눈을 찔러갔다. 이른바 백호시조(白虎試爪)의 수법이었다.

"크윽!"

눈을 찔린 사내가 처절한 비명과 함께 주르르 뒤로 밀려났다.

"괘씸한!"

다른 한 사내가 콧김을 내뿜으며 추창망월(推窓望月)의 수법으로 아래에서 위로 검을 쳐올렸다. 유진룡의 다리와 팔을 한꺼번에 잘라 버리겠다는 의도였다.

유진룡은 신속히 뒤로 물러났다.

그 순간 유진룡은 머리끝이 쭈뼛 서는 기분을 느꼈다.

등줄기 한복판으로 신랄한 기운이 쏟아져 들어왔다. 검이 도달하기 전에 파고드는 예기였다.

유진룡은 급급히 몸을 틀었다.

내력은 공격뿐만 아니라 수비에도 필요한 것이다. 예전에는 생각에 앞서 운기가 먼저 일었지만 지금은 생각이 일어난 그 순간까지도 내력이 제대로 운기되지 않았다.

그것은 곧바로 동작의 파탄으로 이어졌다. 그 파탄을 헤집고 사내의 검은 사정없이 쑤셔들었다.

최대한 몸을 틀며 유진룡의 눈을 질끈 감았다. 급소는 비켜가겠지만 검은 등을 통해 옆구리까지 관통할 것이다.

"크윽!"

답답한 음성이 통증 대신 들려왔다.

유진룡은 급히 눈을 뜨며 신형을 돌렸다.

한 명의 복면인이 눈에 들어왔고 그 복면인 앞에 선 사내, 그러니까 방금 유진룡의 등에 검을 찔러 넣으려던 사내가 모래 인형처럼 무너지고 있었다.

의문을 떠올리기도 전에 복면인의 검이 현란하게 춤을 추었다.

또 한 명의 사내가 그 현란한 검초에 휘말려 바닥으로 쓰러졌다.

"크윽!"

"큭!"

단리하연과 한덕무를 향해 달려들던 사내들 중에서도 비명이 터져 나왔다.

복면인은 한 명 더 있었다.

유진룡을 도운 복면인보다 조금 더 체격이 좋은 복면인이 단리하연과 한덕무를 돕고 있었다. 그리고 그의 검은 앞서의 복면인보다 훨씬 더 현란했다.

퍽!

퍼억!

두 복면인의 검에서 몽둥이 두드리는 소리가 연신 흘러나왔다. 그들은 검신으로 사내들을 두들겨 쓰러뜨리고 있었다.

"하앗!"

침착한 모습으로 상황을 지휘하던 사내가 고함과 함께 나섰다.

유진룡을 돕던 복면인이 앞으로 쏘아졌다. 그러나 한발 앞서 다른 복면인이 검을 휘둘렀다. 그리고는 간단히 사내의 검을 쳐내고 검신으로 옆구리를 두들겼다.

마운검객 오임택보다 최소한 한 수는 더 고수일 것 같은 사내가 너무도 맥없이 쓰러졌다. 그만큼 그 복면인은 고수였다.

단리하연과 한덕무는 멍하니 두 복면인을, 특히 방금 검을 휘두른 복면인을 쳐다보고 있었다.

방금 검을 휘두른 복면인은 중년인 같아 보였다. 당당한 체구와 몸매가 그걸 나타내 주었다. 그러나 그 몸놀림과 검을 휘두르는 모습은 어떤 청년들도 따를 수 없는 깊이를 느끼게 했다. 아니, 깊이라는 표현으로는 부족했다. 도저히 범접할 수 없는 신비감까지 엿보이게 했다.

정도맹의 사내들을 모두 쓰러뜨리면서도 그는 아무런 초

식의 특징을 드러내지 않았다. 그냥 손 가는 대로 초식이 되는 경지에 오른 무인이었다. 그래서 정체마저 짐작이 불가능했다.

단리하연은 유진룡을 쳐다보았다.

뜻밖에도 복면인들의 정체를 아는 듯 유진룡의 눈이 반짝이고 있었다.

"남궁 형!"

유진룡이 나직하게 말했다.

"눈치… 챘소?"

남궁세준이 복면을 벗으며 씨익 웃었다. 그를 따라 다른 복면인도 복면을 벗었다. 예상대로 그는 청수한 외모의 중년인이었다.

"소개하겠소. 제 부친이시오."

남궁세준의 말에 단리하연과 한덕무는 넋을 잃고 중년인을 쳐다보았다.

중원제일가인 남궁가인 가주이자 삼후(三侯)에 이어 사존(四尊)의 한 사람인 남궁한!

정도맹에 같이 있다는 것은 알았지만 한 번도 보지 못했던 그의 등장은 그야말로 천만뜻밖이었다.

유진룡도 시선을 떼지 못하고 무극신검(無極神劍) 남궁한을 쳐다보았다.

그는 처음부터 끝까지 바람처럼 표홀해 보였다.

남궁한이 천천히 고개를 돌려 유진룡을 쳐다보았다.

담담하면서도 폐부를 모두 헤집는 것 같은 눈빛에 유진룡은 잠시 몸이 굳어지며 호흡마저 힘든 느낌을 받았다.

잠시 유진룡을 정시하던 남궁한의 시선이 단리하연과 한덕무에게로 옮겨갔다.

유진룡은 자신도 모르게 멈추었던 호흡을 길게 내뿜었다.

"괜찮으시오?"

남궁세준이 유진룡을 향해 질문을 던졌다.

유진룡은 고개를 끄덕였다.

"그런데 여긴 어떻게?"

유진룡은 주변을 둘러보며 물었다. 더 이상은 추적의 낌새는 느껴지지 않았고 남궁 부자 외에 다른 원군도 없는 것 같았다.

"설명하자면 좀 복잡한데…… 공동삼수가 변을 당하고 생사판관필 공야인 대협이 흉수 중 한 명이 철 대협이라고 말하며 의식을 잃은 차에 마침 유 공자 일행이 사라지자 수뇌부에서는 유 공자 일행을 첩자로 생각하게 되었소. 그리고 그간 유 공자 일행의 행동이 모두 연극이라 치부하게 되었소."

남궁세준은 마운검객 오임택이 한 설명을 그대로 했다.

"나 역시 처음에는 순간적으로 유 공자가 첩자가 아닐까 하는 생각도 해보았지만, 그간 유 공자가 한 행동이 모두 연극이었다는 말을 도저히 수긍할 수 없었소. 다른 사람은 몰라도 나만큼은 그 생사를 가르는 현장에 같이 있었으니까 말이오. 그래서 무슨 흑막이 있을 거라는 판단을 하게 됐고 아버님과 함께 이곳까지 온 것이오."

남궁세준은 자신의 생각을 확인하듯 유진룡과 단리하연을 번갈아 쳐다보았다.

"남궁 공자님의 판단이 맞아요. 우린 사정이 있어 몰래 정도맹 총단을 빠져나왔지만 공동삼수의 일과는 무관해요."

단리하연은 단호하게 말했다.

"그럴 줄 알았소. 그런데 갑자기 출타하신 이유를 물어도 되겠소?"

남궁세준은 고개를 끄덕인 후 다시 질문을 던졌다. 남궁가주는 여전히 아무 말 없이 태산처럼 서 있었다.

단리하연은 잠시 생각에 잠겼다.

남궁가주라면 정도맹 수뇌부나 마찬가지다. 그래서 그들과 뜻이 같을 수도 있었다. 그러나 여기까지 와서 이런 식으로 도와주었다면 사실을 말해도 될 것 같다는 생각도 들었다.

"정도맹에서 유 공자를 피를 다 뽑고, 더 나아가 실험 도구로 이용할 것이란 정보를 들었어요."

"그게 정말이오?"

남궁세준은 처음 듣는 듯 목소리를 높였다. 그리고는 그걸 확인하려는 듯 부친 남궁한을 쳐다보았다.

남궁한의 고개를 미미하게 끄덕였다.

“이런!”

남궁세준은 입을 벌린 채 잠시 다물지 못했다. 아직 젊은 그는 수뇌부가 행하는 그런 식의 일을 받아들일 수 없는 것이다.

“그 정보를 누구에게 들었는지 알 수 있겠소?”

태산처럼 서 있기만 하던 남궁한의 처음으로 입을 열었다. 나직하면서도 항거할 수 없는 힘이 서린 음성에 어둠마저 물러가는 느낌이었다.

“신주상단의 단주님으로부터 들었습니다.”

단리하연이 즉시 답했다.

잠시 남궁한의 눈이 빛을 뿜었다. 순식간에 모든 사태를 파악하는 그런 안광이었다.

“알겠소.”

남궁한이 묵묵히 고개를 끄덕였다. 그리고는 입을 다물었다.

“우릴 잡아가실 생각인가요?”

단리하연이 조심스럽게 물었다.

“그럴 생각이었으면 복면을 쓰고 나설 이유가 없겠지.”

대답과 함께 남궁한은 천천히 등을 돌렸다. 그리고는 왔던 길을 향해 걸음을 옮겼다.

“아, 아버님!”

남궁세준이 잠시 당황한 표정을 하며 남궁한을 불렀다. 그러나 남궁한은 조금도 흔들림없이 걸어갔다. 그런 부친의 모습을 보며 유진룡에게 무슨 말을 할 듯하던 남궁세준도 마침내 등을 돌리고는 부친을 따랐다.

왔던 때와 마찬가지로 두 사람은 그렇게 희미한 어둠 속으로 사라지려 하고 있었다.

"남궁 대협!"

유진룡이 남궁한을 불렀다.

완강한 걸음으로 멀어져 가던 남궁한이 등을 돌렸다.

"더 할 말이라도 있는가?"

남궁한이 담담히 말했다.

"그동안 절 도와주신 이유가 무엇인지요?"

유진룡의 질문에 남궁한은 잠시 유진룡을 물끄러미 쳐다보았다.

"그동안 자넬 도운 건 내가 아니라 내 아들이 아니던가?"

남궁한은 여전히 담담하게 말했다.

"처음엔 그런 줄 알았습니다. 그런데 오늘 대협을 뵈니 남궁 공자의 의지만이 아니었단 걸 알게 되었습니다."

유진룡의 대답에 남궁세준이 속마음을 들킨 듯 입맛을 다셨다.

"심계가 깊은 친구로군."

남궁한은 묵묵히 고개를 끄덕였다. 그리고 말을 이었다.

"그런 것이 있었지. 그러나 지금 자네의 처지를 보고 나니 그런 생각이 사라졌네."

남궁한은 다시 등을 돌렸다. 그리고는 아까처럼 걸음을 옮겼다.

"남궁 대협!"

유진룡이 한 번 더 남궁한을 불렀고 남궁한이 걸음을 멈추었다.

"절 파렴치한 놈으로 만드실 생각이군요. 비록 소주 뒷골목에서 넝마처럼 굴러다니며 살았지만 부끄럽지 않게 살려고 노력했습니다. 부디 그 뜻을 꺾지 말아주십시오."

남궁한이 돌아서서 유진룡을 정시했다. 유진룡도 시선을 피하지 않고 마주 쳐다보았다.

끝까지 자신의 시선을 피하지 않는 유진룡을 보고 남궁한이 고개를 끄덕거렸다.

"사실인 것 같군. 그럼 염치불구하고 말하겠네. 자네가 익힌 무한십이수의 어느 부분에 한 가지 기묘한 심법이 있다는 것을 들었네. 그것이 요즘 벽에 부딪친 내 문제를 해결해 줄 가능성이 있다는 생각을 하게 됐지."

남궁한은 짤막한 말로 모든 것을 명확히 설명했다.

'우주무한……'

유진룡은 남궁한이 말하는 심법이 우주무한임을 직감했다.

남궁한이 어떻게 그것을 알고 있는지 몰랐지만 그건 우주무한임이 분명했다. 손 가는 대로 초식이 되는 남궁한 같은 절정고수의 관심을 끌 만한 심법이라면 그것밖에 없을 것이다.

유진룡이 생각에 잠기는 모습을 하자 남궁한은 깊은 눈빛으로 유진룡을 응시했다.

"대협께서 원하는 것이 맞을지 모르겠습니다만, 짐작이 가는 것이 있으니 들려 드리겠습니다."

유진룡이 입을 열려고 하자 남궁한이 손을 들어 올렸다.

"전음은 배우지 못했나?"

"아직……."

"그럼 제일 간단한 것을 하나 알려주겠네. 구결대로 해보게."

남궁한은 전음으로 구결을 일러주었다.

그 구결을 머릿속에 기억하며 유진룡은 남궁한이 모든 것에 달관한 듯한 태산 같은 모습을 하면서도 또 무척이나 신중한 사람이란 것을 느꼈다.

남궁한은 우주무한의 심법이 만에 하나 한덕무나 단리하연을 통해 외부로 새어나가는 것을 원치 않은 것이다. 단리하연이나 한덕무가 그럴 사람은 아니었지만 남궁한은 애초부터 그럴 여지를 남겨놓지 않았다.

전음이란 것이 그리 간단한 것이 아니었지만 남궁한이 뇌리에 박히듯이 가르쳐 주는 구결대로 운기하자 머릿속이 환해지며 할 수 있을 것 같았다.

"됐습니다."

잠시 후 가장 간단하다고 할 수 있는 전음법 한 가지를 익힌 유진룡이 입술을 달싹거렸다.

남궁한은 어둠을 밝힐 듯한 안광과 함께 유진룡이 전해주는 구결에 온 신경을 집중했다.

그리 길지 않은 시간 남궁한의 표정이 수십 번의 변화를 일으켰다.

"이럴 수가!"

이윽고 남궁한이 탄성인지 한탄인지 모를 소리를 질렀다.

"이게… 이것이 가능하단 말인가?"

유진룡이 처음 우주무한의 심법을 접했을 땐 그 가치조차 몰랐다. 구결대로 운기해 본 후에서야 비로소 예사롭지 않은 심법임을 알았다. 그런데 남궁한은 구결을 전음으로 전해 듣는 순간부터 예사롭지 않음을 느꼈는지 온 얼굴에 격정이 일며 넋 나간 사람처럼 행동하고 있었다.

"이럴 수는 없어! 불가능한… 아니, 가능할 수도……!"

남궁한은 그렇게 중얼거리며 인사도 차리지 않고 어둠 속으로 사라져 버렸다.

"심득 한 가지를 얻으면 손잡고 나간 아들도 잃어버리고 들어오는 양반이라니까. 쩝!"

남궁세준이 입맛을 다시며 고개를 흔들었다. 그의 얼굴에도 무수한 노력 끝에 목적한 바를 이룬 환희의 감정이 고스란히 남아 있었다.

그때 누군가 경공을 펼쳐 오는 기척이 들려왔다.

남궁세준이 긴장한 표정으로 검병에 손을 갖다 댔고 한덕무와 단리하연도 표정을 굳혔다.

몸을 날려 오는 사람들은 다행히도 철사홍과 주애청이었다.

"사제!"

주애청이 무사한 유진룡 일행을 보며 반가운 소리를 질렀다.

"그곳은 어떻게 됐습니까?"

한덕무가 물었다.

"모두 때려눕혔소."

철사홍이 검집을 툭 치며 답했다.

"그런데 이곳은?"

철사홍은 이곳저곳에 쓰러져 있는 정도맹 사람들을 쳐다보며 긴장된 얼굴을 했다.

"남궁 공자가 도와주었습니다."

"고맙소, 남궁 공자."

단리하연의 설명에 철사홍은 즉시 포권을 쥐었다.

"어쨌든 다행일세. 그런데 이젠 어떻게 하지? 이렇게 된 바엔 같이 사라져 버릴까?"

철사홍은 단리하연을 쳐다보며 말했다.

"그렇게 되면 정도맹에서 더 많은 사람들을 풀어 추적을 할 거예요. 우린 돌아가서 우리의 결백을 밝혀야 해요. 하지만 유 공자는…… 유 공자는 떠나야 해요."

단리하연은 차마 떨어지지 않는 입술을 움직이듯 괴로운 표정으로 말했다.

그녀의 눈에 금방 눈물이 고였다.

그 눈은 마치 친동생을 사지로 혼자 보내는 누나의 눈처럼 애절했다.

잠시 모든 사람은 아무 말도 하지 못하고 침묵만 지켰다.

"한 공자님!"

침묵은 깨고 단리하연이 한덕무를 불렀다.

한덕무가 움찔 단리하연을 쳐다보았다.

"우린 다시 정도맹 총단으로 가야 해요. 그러니 한 공자님이 유 공자와 함께하시며 유 공자를 도와주실 수 없나요?"

단리하연의 갑작스런 제의에 한덕무는 눈을 끔벅거렸다.

앞으로 해마단 단주로서 다시 해마단을 재건하겠다는 생각만 하고 있었지, 유진룡의 보표 노릇을 할 것이라고는 생각지 못했다. 해마단이야 조금 뒤에 재건하면 그만이었지만 자신의 실력으로 유진룡을 잘 보호할지 확신이 서지 않는 한덕무였다.

"그런 일이라면 저보다는 철사홍 대협이 더 적격이 아닌가

요? 전 철 대협에 비하면 무공도 조족지혈이나 마찬가지인
데……."

한덕무는 솔직한 심정을 피력했다.

단리하연이 천천히 고개를 흔들었다.

"무공으로 따지면 한 공자님의 말씀이 맞아요. 하지만 유
공자를 돕는 운은, 유 공자에게 도움을 주는 운은 한 공자님
이 훨씬 더 강해요. 흑표란 별명으로 소주에 있을 때도 그랬
고, 이곳에서도 마찬가지였지요. 그 운은 철 대협도 도저히
따르지 못할 정도였죠. 전 그걸 믿어요. 세상에서 유 공자를
가장 잘 보호할 수 있는 사람은 한 공자님이에요. 제발 유 공
자를 도와주세요."

단리하연은 애원을 하듯 한덕무를 쳐다보았다.

한덕무의 표정이 여러 번 변화를 일으켰다.

"난 그런 생각은 못해봤는데… 역시 금빙화……."

한덕무는 혼잣소리로 중얼거렸다. 그러고는 고개를 끄덕
였다.

"상황이 좀 잠잠해질 때까지 같이 다니도록 하지요."

한덕무의 대답에 단리하연이 깊숙이 고개를 숙였다.

"정말 고마워요. 은혜는 잊지 않겠어요."

고개를 드는 단리하연의 눈에 눈물이 더욱 굵어졌다.

"몸조심하세요, 유 공자. 그리고 상황이 나아지면 영진객
점에 전갈을 보내놓겠어요. 그곳에서 연락을 주세요."

단리하연이 유진룡을 보며 말했다. 말은 그렇게 했지만 상황이 쉽게 나아지지 않으리란 것을 단리하연은 예상하고 있는 것 같았다. 또한 도천극의 마수도 언제 다시 유진룡을 덮칠지 모를 일이었다. 그런 생각이 단리하연의 눈물에서 고스란히 투영되었다.

"조금 멀리 떠났다가 올지도 모르겠습니다. 그러니 영진객점에서 오랫동안 연락이 없더라도 걱정하지 마십시오."

"그게 무슨……?"

유진룡의 대답에 단리하연의 눈이 크게 뜨여졌다.

"다녀올 곳이 있습니다. 그래서 시간이 좀 걸릴 수도 있습니다."

유진룡은 간단히 답한 후 남궁세준을 쳐다보았다.

"염치없지만 내 사형과 사매, 그리고 단리 회주를 부탁하오."

유진룡은 남궁세준을 향해 고개를 숙이며 포권했다.

"걱정 마시오, 유 형. 아버지께서 모든 사실을 짐작하고 계시니 잘될 거요. 유 형은 유 형 건강이나 챙기시오."

남궁세준이 같이 포권을 쥐며 유진룡을 안심시켰다.

"고맙소."

남궁세준에게서 시선을 돌린 유진룡은 다시 단리하연을 쳐다보았다. 그녀는 억지로 눈물을 감추려 했지만 그럴수록 더 흘러내렸다.

유진룡은 한참 동안 단리하연을 쳐다보다 입을 열었다.

"난 걱정 말고 몸조심하십시오. 그리고… 동생들을……."

마지막 인사를 나눈 유진룡은 석상처럼 뻣뻣이 등을 돌렸다.

턱!

등을 돌린 유진룡의 가슴에 남궁세준의 가슴이 부딪쳤다.

남궁세준은 마치 시비를 걸듯 유진룡을 막아서고 있었다.

"정말 멋대가리없는 친구로군. 정인과의 이별을 그따위로밖에 못하나?"

남궁세준은 갑자기 반말을 하며 유진룡의 몸을 왈칵 돌려세운 후 단리하연 쪽으로 거세게 밀쳤다.

어찌할 사이도 없이 유진룡은 단리하연을 안은 자세가 되어 아름드리나무가 있는 곳까지 밀렸다.

턱!

단리하연의 등이 나무에 받쳐 신형이 멈춰지며 물컹한 감촉이 유진룡의 가슴에 전해졌다.

뒤이어 형언할 수 없이 달콤한 꽃향기 같은 체향도…….

유진룡은 움찔 놀라며 몸을 뒤로 빼내었다.

그 순간 단리하연의 팔이 유진룡의 목을 감았다.

유진룡은 얼어붙은 듯한 얼굴로 단리하연을 쳐다보았다.

제일 처음 단리하연을 만났던 날의 기억이 주마등처럼 뇌리를 스쳤다.

　동생들을 이끌고 필사적으로 소향상회로 찾아갔던 날, 찢어지고 부어오른 자신의 몰골은 아랑곳 않고 깊은 내면만을 응시하며 쳐다보던 그 깊은 눈!

　그때와 조금도 달라지지 않은 그 호수 같은 눈이 하나 가득 눈물을 담고 자신을 쳐다보고 있었다.

　얼어붙은 듯 서 있던 유진룡은 자신도 모르게 단리하연의 허리를 끌어안았다.

　여자가 무엇인지, 연정이란 것이 어떤 것인지 제대로 생각해 보지도 못하고 살았지만, 그리고 여러 사람들의 눈이 자신들을 응시하고 있었지만 더 이상 아무런 상관이 없었다.

　더 이상은 열혈청춘의 뜨거운 피가 모든 것을 감싸주었다.

　유진룡은 팔을 돌려 단리하연의 허리와 등을 더욱 세차게 끌어안았고, 단리하연은 더욱더 깊이 유진룡의 품으로 파고들었다.

　이윽고 뜨거운 입김이 서로의 입술 끝으로 느껴지며 하나로 겹쳐졌다.

　그렇게 영겁 같은 시간이 흘렀다.

　"제발 무사하세요. 흑!"

　입술을 떼어낸 단리하연이 애절한 음성으로 말했다.

　"난 건강하게 돌아올 겁니다. 그러니 회주님도……."

　단리하연이 손가락으로 유진룡의 입술을 막았다.

"그땐… 다른 호칭으로 부르세요."

"그러지요."

유진룡은 묵묵히 고개를 끄덕이며 단리하연의 볼에 흐른 눈물을 닦아주었다. 그리고는 천천히 등을 돌렸다.

이번에는 남궁세준이 막아서지 않았다. 그는 뭘 보는지 동이 트는 산 너머를 향해 시선을 고정하고 있었다. 철사홍과 주애청, 한덕무도 같은 곳을 바라보고 있었다.

"끝났나?"

남궁세준이 슬그머니 고개를 돌렸다.

"부탁하네!"

유진룡도 반말을 하며 철사홍과 주애청, 단리하연을 쳐다 보았다.

"격정 말게. 이래 봬도 중원제일가의 소가주라네. 대신, 돌아오거든 술이나 거나하게 사게."

남궁세준은 손을 내밀었다.

"그러겠네!"

유진룡은 남궁세준의 손을 굳게 마주 잡은 후 철사홍과 주애청에게로 다가갔다.

"몸조심하십시오, 사형. 그리고 사저!"

"우리 걱정은 말고 건강하게 다시 만나세!"

철사홍이 솥뚜껑만 한 손으로 유진룡의 어깨를 두드렸다.

"그럼!"

유진룡은 모두에게서 등을 돌린 후 성큼성큼 걸어갔다.

그 뒤로 한덕무가 한 마리 표범처럼 가볍게 걸음을 옮겼다.

第八十章

태양천가(太陽天家)와 구유묵가(九幽墨家)

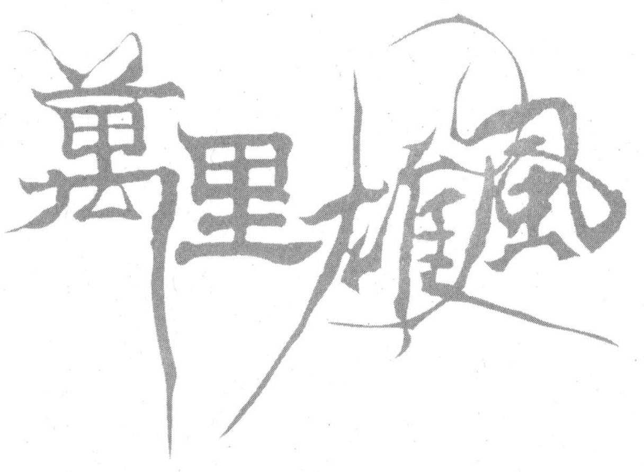

휘이잉—

어느새 첫눈이 내리고 있었다.

몇 개의 꽃송이로 시작된 첫눈은 금방 폭설로 변해 온통 백색의 세상을 만들어갔다.

건곤일색의 하늘과 땅이 맞닿은 까마득한 태산(泰山)의 이느 능선에서 한 개의 인영이 느릿하게 움직이고 있었다.

때로는 서서 쉬기도 하고 때로는 눈 속에 파묻혀 보이지 않아 착각인 듯했지만 그것은 인영이 분명했고 어느 한 방향을 향해 꾸준히 나아가고 있었다.

인영은 왜소한 체격의 청년이었다.

파리한 안색에, 책상물림 서생 같은 체격이어서 금방이라도 눈 속에 파묻혀 동사하지나 않을까 염려스러웠다. 다행이라면 더 이상 눈이 내리지 않고, 눈이 그친 뒤 햇살이 밝게 내리쬐어 눈에 언 청년의 몸을 조금이나마 녹여준다는 것이었다.

능선을 따라 한 시진도 넘게 몸을 움직이던 청년은 봇짐에서 무엇인가를 끄집어내어 눈밭 위에 펼쳤다.

청년이 펼쳐 놓은 것은 그림도 아니고 글씨도 아닌, 이상한 문양이 그려진 한 장의 양피지였다.

왜소한 체격의 청년은 그 양피지를 한참이나 뚫어지게 쳐다보았다.

지친 육신과는 달리 청년의 눈에서는 백설에 반사된 양광보다 더 날카로운 빛이 뿜어져 나왔다.

"저 아래가 분명해!"

청년의 얼굴에 주체할 수 없는 흥분이 어렸다.

양피지를 말아서 봇짐에 넣은 청년은 능선 아래로 방향을 틀어 아까처럼 신형을 이동시켰다.

그렇게 또 반 시진쯤 눈 속을 이동한 청년은 걸음을 멈추고 천천히 상체를 폈다.

청년 앞에는 만장 같은 절벽이 길을 가로막고 있었다.

멀리서 보면 절벽이 아닌 것 같았다.

능선 아래로 비탈이 이어졌고, 그 비탈 앞에서 다시 높은 바위산이 위용을 자랑하고 있었다.

만장 절벽은 그 비탈 끝과 바위산 사이에 자리하고 있었다.

마치 전설에 나오는 거인이 산을 밀어 산과 비탈 사이가 쩍 벌어져 절벽이 만들어진 것 같았다.

휘이잉—

절벽 아래에서 솟아오른 날카로운 바람 소리가 청년의 귓전을 스치고 지나갔다.

"이곳이야!"

청년이 희열에 찬 음성으로 부르짖었다.

이곳을 찾기 위해 그동안 얼마나 고생했던가?

몇 달에 걸쳐 태산 곳곳을 뒤졌고 죽을 고비도 몇 번이나 넘겼다.

그렇게 찾은 장소이니 그만큼 벅찬 감격이 이는 것이다.

"서둘러야 한다."

청년은 등에 짊어진 봇짐을 내려놓고 그것을 풀어헤쳤다.

봇짐 속에는 여러 가지 물건들이 들어 있었다. 그중에서 청년은 망치와 길고 굵은 쇠못, 그리고 밧줄을 꺼냈다.

땅— 땅—

청년은 망치로 쇠못을 두드려 바위틈에 박아 넣기 시작했다.

쇠못이 반 이상 바위틈에 박혀 들었을 때, 청년은 망치질을 멈추고 쇠못에다 밧줄을 묶었다.

쇠못 끝이 뭉툭하게 뭉쳐져 있어 밧줄은 절대로 풀리지 않을 것 같았다.

청년은 봇짐을 다시 등에 짊어지고 허리에 밧줄 한쪽 끝을 묶었다.

만일의 경우 밧줄을 놓치더라도 만장 절벽 아래로 추락하지 않기 위해서였다.

슥— 스윽—

청년은 밧줄을 풀며 조심스럽게 절벽 아래로 내려가기 시작했다.

절벽이 너무 가파르고 위험했기에 청년은 오랜 시간에 걸쳐 조금씩 아래로 내려갔다.

밧줄이 거의 다 풀렸을 때 청년은 제법 널찍한 바위 턱에 도달할 수 있었다.

"역시 맞아!"

청년은 밧줄을 쳐다보며 만족한 미소를 지었다.

여전히 밧줄 한쪽 끝을 허리에 묶은 채 청년은 봇짐 속에서 호미를 끄집어냈다. 그리고는 바위 턱 바닥의 눈을 호미로 걷어내기 시작했다.

한 꺼풀 눈덩이를 걷어내자 그 아래에는 꽁꽁 언 얼음이 자리하고 있었다. 눈이 쌓이고 얼기를 반복해서 몇 겹의 얼음판이 만들어져 있는 것이다.

땅— 땅!

호미질을 거듭했지만 두껍게 얼어붙은 빙판은 쉽게 떨어져 나가지 않았다.

청년은 망치를 꺼내 호미의 머리 부분을 두드리며 얼음판을 깨나갔다.

근 한 시진에 걸쳐 얼음판을 다 깨부수자 바위 표면이 나타났다.

청년의 입가에 다시 만족한 미소가 떠올랐다. 그리고 그 미소는 희열 가득한 홍조가 되어 온 얼굴로 번져 나갔다.

바위 표면은 단순한 암반이 아니었다.

인공의 흔적이 가미된, 비석처럼 매끄러운 화강암의 표면이었다.

청년은 서둘러 손바닥으로 얼음 가루를 쓸어냈다.

번쩍!

좁은 계곡 틈 사이로 스며든 낙조가 매끈한 암반에 반사되어 절벽 사방으로 튕겨 나갔다.

찌이잉—

튕겨 나가는 빛무리 뒤를 따라 어느 순간 허공에 뿌연 환영이 떠올랐다.

그 환영은 점차 확연해지며 그림도 아니고 글자도 아닌, 이상한 문양을 만들어냈다. 그것은 청년이 이곳으로 오는 도중 능선에서 펼쳐 본 양피지에 그려진 문양과 비슷했다.

"됐다!"

청년은 다급한 소리를 지른 후 암반 한쪽에 자리를 잡고 앉아 암반 위로 펼쳐진 환영에 온 신경을 집중했다.

눈 한 번 깜박이지 않는 청년의 모습은 마치 환영 속으로 빠져드는 것 같았다.

번쩍!

낙조가 조금 더 짙어지며 환영의 모습이 사라지고 다른 환영이 암반 위에 떠올랐다. 그리고 그것은 처음보다 조금 더 빨리 사라지고 또 다른 환영이 펼쳐졌다.

그렇게 환영은 점점 더 빨리 나타났다 사라지더니 나중에는 몇 개가 더 나타났다가 사라졌는지 구별조차 되지 않을 정도였다. 그러나 암반 한쪽이 가부좌를 틀고 앉은 청년은 그 환영의 변화를 모두 뇌리에 담고 있는 듯 미동도 않고 있었다.

번쩍!

낙조가 마지막 빛을 발하고 스러지자 환영도 거짓말처럼 사라져 버렸다.

환영이 사라진 후에도 청년은 꼼짝도 않고 그 자리에 앉아 있었다.

휘이잉—

벼랑 아래에서 칼바람이 밀려와 청년의 솜옷을 할퀴었지만 청년은 화석이라도 된 채 꼼짝도 않고 있었다.

"성공이야! 하하하!"

청년의 목소리가 계곡에 메아리친 것은 어둠이 완전히 내린 후였다. 한줄기 광소와 함께 몸을 일으킨 청년은 부싯돌을 꺼내 암벽 구석에서 화섭자에 불을 붙여 등롱을 켰다.

"이젠 됐다. 태양천가의 한을 이젠 풀 수 있다."

청년은 실혼인처럼 중얼거리며 매끈한 화강암 암반을 뚫어져라 처다보았다.

등롱의 불빛에 반사된 화강암 암반은 푸르스름한 빛을 반사하고 있었다.

파앗—

청년이 손가락을 펴서 화강암 암반 한곳을 찍었다.

놀랍게도 청년이 찍은 화강암 암반 한곳이 푹 아래로 꺼졌다.

그것은 청년이 무공을 익히고 금강지(金罡指) 같은 가공할 기운을 내쏘아서 그런 것이 아니었다. 무슨 장치가 되어 있어 그곳을 정확히 누르자 밑으로 내려간 것이었다.

타다닥—

청년은 계속해서 손가락 끝으로 이곳저곳을 눌렀다. 얼핏 아무렇게나 누르는 것 같았지만 이마에 땀이 송골송골 맺히는 것으로 보아 청년은 엄청난 지력(智力)을 쏟아 부으며 일정한 순서에 따라 기관을 작동시키고 있는 것이 분명했다.

기이잉—

차츰 이상한 소음과 함께 청년이 누르는 곳마다 푹푹 꺼지기 시작했다.

청년의 손끝에는 피가 맺혀 있었고 솜옷은 안쪽이 온통 젖었는지 김이 무럭무럭 피어오르기 시작했다.

청년은 마지막 한곳을 누르고는 손을 들어 올렸다.

혜광이 번쩍이던 청년의 눈에 강한 긴장감이 어렸다.

만약 순서가 하나라도 틀렸으면 오늘의 노력은 모두 수포로 돌아가고 한 달 후에 다시 기회가 올 것이다. 그리고 그때는 시험이 훨씬 복잡해질 것이다.

'제발!'

청년은 자신도 모르게 두 손을 맞잡았다.

그르릉—

갑자기 절벽 한곳에서 무거운 기관음이 들렸다. 그리고는 암반 뒤쪽의 절벽이 안으로 밀려들어 가며 사람이 하나 들어갈 수 있는 입구가 생겨났다.

"오오!"

청년은 감탄사를 터뜨리며 등롱을 들고 암벽 입구를 향해 서둘러 걸음을 옮겼다.

그르릉—

청년이 동굴 속으로 들어서자 동굴 문이 닫힘과 동시에 동굴 안에서 찬란한 빛이 밝혀지기 시작했다.

동굴 천장에는 단 한 개의 야명주만이 박혀 있었다. 그러나 그것은 여러 개의 동경이 교묘하게 위치하며 빛을 반사시키

고 증폭시켜 동굴 안을 대낮처럼 밝게 만들고 있었다. 실로
대단한, 현자(賢者)들의 숨결이 느껴지는 광경이었다.

　빛에 눈이 적응했을 즈음, 청년의 망막에 한줄기 글귀가 쏟
아져 들었다.

　환영하노라, 태양천가의 후손이여.

*　　　*　　　*

　어두침침한 실내에 외투를 머리끝까지 뒤집어쓴 인영이
두 손을 부들부들 떨며 한 개의 용기를 움켜쥐고 있었다.
　용기 속에는 약간 붉은색을 띤 액체가 가득 담겨 있었다.
거품이 이는 그 액체는 점차 붉은색이 흐려지며 투명하게 변
해갔다.
　어느 순간 붉은색을 모두 떨친 액체는 거품마저 잠재운 채
투명하게 빛났다.
　"와하하!"
　외투를 뒤집어쓴 인영이 광소를 터뜨렸다. 미친 듯 발광하
며 웃는 인영의 머리에서 외투가 벗겨지자 빛이 반사될 것 같
은 대머리가 드러나고 그 대머리 아래에서 광기 어린 눈이 혈
광을 토하고 있었다.
　"드디어, 드디어… 성공했다. 드디어 천인혈독의 해약을

만들었다. 이젠 세상 모든 인간들을 종으로 부릴 수 있다. 으하하!"

외투를 걸친 노인, 혈노는 만세를 부르듯 양팔을 들어 올리며 고함을 질렀다.

"역시 그놈의 피가 열쇠였어. 그놈 피에 녹아 있는 온갖 영약들의 결정체가 해약이었어. 이젠 이것을 배양해서 해약을 만들면 모두 천인혈독에 중독시킨 후 육체만 해독시키고 영혼을 지배할 수 있어."

혈노는 용기를 들어 올려 조심스럽게 흔들어보았다.

더 이상 거품도 일지 않고 붉은빛도 나타나지 않았다. 그야말로 완벽한 해약이 만들어진 것이다.

이젠 자오분심독의 효능이 거의 사라져 가고 있었다. 수시로 투여하는 자오분심독의 해약으로 인해 면역이 생기고 얼마 지나지 않아 전혀 듣지 않게 될 것이다.

그렇게 되면 그간 독에 의해 목숨을 저당 잡혀 있던 놈들이 칼의 방향을 돌려 자신들을 향해 달려들 것이다. 그날이 오기 전에 천인혈독의 해약을 만들었으니 이젠 천인혈독을 중독시켜 그들을 완전한 노예로 만들 수 있다. 아울러 정파의 놈들에게도 마음껏 천인혈독을 풀 수 있는 것이다.

그동안은 양이 한정되어 있어 사천성에서만 그 독을 시험했지만 해약을 만드는 과정을 역으로 적용하면 천인혈독 역시 대량 생산이 가능한 것이다. 그럼 사천 땅뿐만 아니라 전

무림을 장악할 수도 있다.

"후후후! 이제 세상은 우리 것이다. 무림을 손에 넣고 태양일맥만 뿌리 뽑고 나면 세상은 우리 것이 된다. 흐흐흐!"

혈노는 유부에서 흘러나오는 듯한 웃음을 토해냈다. 그리고 용기에 든 투명한 액체를 한 모금 입에 넣고 조금씩 삼켰다.

자신의 몸에 직접 실험을 하는 것이다. 위험성이 큰 행동이었지만 그만큼 자신이 있다는 말이기도 했다.

"으음!"

천인혈독의 해약을 모두 마신 혈노는 낮은 신음을 토했다.

목구멍을 타고 모두 위장 속으로 흘러 들어간 액체는 어떤 감로주보다 시원한 느낌을 주었다.

번쩍!

지그시 눈을 감고 몸 상태를 살피던 혈노는 별안간 눈을 떴다.

그의 눈에 어려 있던 핏빛 광채가 사라지고 보통 사람과 똑같은 안광이 형형하게 빛났다.

그것은 완벽한 해독약이 완성되었다는 것을 의미하기도 했다.

그동안 자오단혼독과 천인혈독을 무수히 주무르며 알게 모르게 몸속으로 스며든 독은 그를 마인처럼 보이게 했다.

혈광이 이글거리는 눈과 머리카락이 모조리 빠져 버린

머리!

그런 모습은 신도들의 신앙심을 끌어내는 데도 적지 않은 방해가 되었다. 아울러 자오단혼독에 중독된 밀영의 정예도 이젠 무림공적인 마교라는 오해를 받지 않을 것이다.

"드디어 성공하셨군요."

도천극이 실내로 들어섰다.

"그렇습니다. 역시 그놈의 피가 열쇠였습니다. 그놈의 몸이 있다면 천인혈독과 그 해약을 훨씬 더 빨리, 훨씬 더 많이 만들 수 있겠지만 그건 이제 시간문제입니다."

혈노가 상기된 음성으로 답했다.

"이젠 교주님을 만나야겠습니다. 교주님께 이 소식을 전하고 다음 일을 진행시켜야 할 때입니다."

혈노는 천인혈독의 해약이 든 용기를 손에 들고 몸을 일으켰다.

"알겠습니다. 같이 가도록 하지요."

도천극도 혈노를 따라 몸을 움직였다.

부글! 부글!

음습한 공기가 온 사방을 가득 채운 지하 동굴 한가운데 작은 연못이 있고, 그 안에 초록빛을 띤 지하수가 끓어오르듯 부글거리며 기포를 발생시키고 있었다.

온갖 약초들이 배합된 듯 초록빛 연못 물은 자욱한 약초 냄

새를 풍겨내고 있었다.

그르릉—

돌문이 열리고 두 인영이 동굴 안으로 들어왔다.

혈노와 도천극이었다.

"주무시고 계시는군요."

통로의 계단을 내려온 혈노가 조용한 목소리로 말했다.

그러나 실내 어디에도 또 다른 인영의 흔적은 보이지 않았다.

"교주님을 뵙습니다!"

혈노가 약간 높은 음성으로 동굴 가운데를 향해 소리를 질렀다.

부글! 부글!

동굴 가운데에 있는 초록색 연못에서 기포가 급격히 발생하며 연못 물이 넘칠 듯 끓어올랐다.

잠시 후, 연못 한가운데서 괴물체가 스르르 솟아올랐다.

초록색 수면 위로 모습을 드러낸 그것은 그야말로 괴물이었다.

머리카락은 하나도 없고 피부마저 화상을 입은 듯 온통 찌그러진 그 모습은 도저히 인간이라고 볼 수 없었다. 그러나 혈노는 그 괴물을 향해 깊이 고개를 숙였다.

"왔는가, 혈노!"

괴물이 입을 열고 말을 했다. 외양과는 달리 굵고 듣기 좋은 저음이었다.

"잠을 깨운 건 아닌지……."

혈노는 허리를 굽히며 조심스럽게 괴물의 눈치를 살폈다.

"혈노가 내 잠을 깨운 데는 그만한 이유가 있겠지."

괴물은 여전히 낮고 굵은, 그러면서도 인자하게까지 들리는 음성으로 말했다.

"그렇습니다, 교주님! 드디어……."

혈노의 말은 괴물이 들어 올린 손에 의해 제지되었다.

"우리끼리 있을 땐 교주 소리는 집어치우게! 천인혈독을 얻기 위해 인간들을 미혹할 땐 종교가 제일이지만 난 신앙심이 깊지 못해 교주 소리를 들을 때마다 소름이 돋는다네. 하하!"

괴물은 너털웃음을 터뜨렸다.

"죄송합니다, 가주님. 버릇이 되어서……."

"하하, 아닐세. 자네의 그런 철저함 때문에 신앙심없는 내가 이렇게 훌륭한 교주로 군림할 수 있고, 또 태양천가, 아니, 은자유림곡 놈들에게도 정체를 숨기고 사파의 한 뿌리로 이목을 속일 수 있었던 게 아니겠나."

괴물의 말에 혈노는 감동 어린 표정과 함께 깊이 고개를 숙였다.

"그래, 어쩐 일인가?"

괴물이 궁금하다는 눈으로 혈노와 도천극을 쳐다보았다.

"드디어 천인혈독의 해약을 완성했습니다."

"오오! 그런가? 역시 혈노… 아니, 독왕 당주야. 태양천가 놈들의 뇌화탄(雷火彈)에 자네가 살아남은 것이 우리에겐 최대의 행운일세."

사라만의 교주, 아니, 구유묵가(九幽墨家)의 가주 묵사역(墨司亦)은 아낌없이 혈노를 칭찬했다.

"그럼 이제 무림을 장악하는 것은 시간문제이겠구먼?"

"그렇습니다, 교주. 아니, 가주님! 늦어도 일 년이면 무림의 모든 문파를 구유묵가의 발아래에 꿇어앉힐 수 있습니다."

혈노는 자신만만하게 단언했다.

"그것인가?"

묵사역이 혈노의 손에 든 용기를 쳐다보며 물었다.

"그렇습니다. 이것이 그 해약입니다. 아울러 이 해독약을 제조한 과정을 역으로 이용하면 천인혈독 역시 대량생산이 가능합니다."

"후후! 애썼네! 그런네… 네 녀석은 어째 기쁜 표정이 아닌 것 같구나?"

묵사역은 아무 감동 없는 표정으로 서 있는 도천극을 쳐다보며 목소리를 높였다.

"아닙니다, 교주. 아니, 백부님."

도천극은 급히 고개를 저었다.

"말해보거라. 무엇이 불만이냐?"

묵사역은 여전히 엄한 눈으로 도천극을 주시했다. 이제 가슴까지 드러낸 그의 몸은 인간의 형상을 하고 있음이 분명했지만 상체 역시 심한 화상에 살점이 익고 뒤틀린 듯한 괴물 같은 모습을 하고 있었다.

"저는……."

도천극은 말끝을 흐리다가 결심한 듯 입을 열었다.

"저는 독 따위로 무림을 지배하는 것이 마음에 들지 않습니다. 우리 묵가는 무공으로도 얼마든지 세상을 지배……."

"놈!"

묵사역이 고함을 질렀다.

그의 고함 소리에 연못의 초록색 물이 더욱 심한 소리를 내며 끓어올랐다. 그런 현상만으로도 혹세무민하며 교주 노릇을 하기엔 충분해 보였다.

"태양천가의 무리들이 설치한 뇌화탄에 모든 식구들을 잃고 나는 이곳 천약탕(千藥湯)이 아니면 살 수 없는 처지가 되었다. 그리고 네놈 역시 그들 손에 부모님을 잃고 부모님 얼굴도 모른 채 살아오지 않았느냐. 그런데도 그런 소리가 나오느냐?"

묵사역의 눈에서 혈광이 어렸다.

"태양천가를 우습게보지 말아라. 비록 무공은 익힐 수 없는 신체로 태어난 그들이지만 하늘에 닿는 오성과 지혜는 절대로 무시할 수 없다. 그들 때문에 우리 묵가는 언제나 중원 진출의 일보직전에서 무릎을 꿇고 척박한 서장(西藏) 땅에서 몸을 웅크리고 있었느니라."

"하지만 그들도 이제 거의 괴멸당하지 않았습니까?"

이번에는 도천극도 지지 않고 말했다.

"멸문을 당해 태양일맥이 완전히 사라졌다면 그 방계(傍系)인 은자유림곡 놈들이 아직 그렇게 뭉쳐 있지는 않을 것이다. 그들이 아직까지 세상에 나오지 않고 음지에서 몸을 숨기고 있는 것은 태양일맥의 잔가지가 어딘가에 남아 있기 때문이다. 그 잔가지가 남아 있는 한, 언젠가는 우리에게 또 다른 좌절을 안길 수 있을 것이다. 그들을 완전히 제거하기 위해서는 중원무림을 독으로라도 최대한 빨리 정복해서 그 힘을 이용해야 한다. 이번만큼은 예전과 똑같은 전철을 밟지 말아야 하느니라."

묵사역은 도천극을 향해 타이르듯 말했다.

"하지만 전 지금까지 기다리는 데 지쳤습니다. 백부님께서 파황신공(破荒神功)만 전해주시면 검황 독고장천이라도 꺾을 수 있습니다. 그러면……"

"갈─!"

묵사역이 창노한 일갈을 터뜨렸다.

"네놈은 언제나 서두르는 그 조급한 성정이 문제인 것이야. 그것 때문에 주화입마에 빠져들어 사경을 헤매다가 결국

만수조종이란 천한 인간에게 도움을 받지 않았느냐? 그 때문에 오히려 더 늦어져 아직까지도 대성을 이루지 못하고 도천극이란 가명을 쓰고 사는 것이 아니더냐?"

추상같은 묵사역의 호통에 도천극은 대답을 하지 못하고 고개만 숙였다.

"앞으로 반년만 더 수련하도록 하여라. 그러면 파황신공을 받아들일 만큼 내력이 다져지게 될 것이다. 또 그때쯤이면 혈노의 천인혈독도 대성을 이루어 흑사련을 완전히 장악하고 정도맹 또한 우리 손아귀에 들어오게 초석을 마련하게 될 것이다."

"전 독이 아니라 제 손으로, 제 무공으로 중원무림을 장악하고 싶습니다."

"그 심정을 모르는 것이 아니다. 그러나 태양천가를 완전히 뿌리 뽑기 전에는 절대로 섣불리 나서지 말아야 한다. 그때까지는 구천마검 목채군을 계속 흑사련주로 받들어 그가 구유묵가의 후손인 것처럼 은자유림곡 놈들의 이목을 흐려야 한다.

"그들도 지금쯤은 자신들이 속았다는 것을 알아차릴지도 모릅니다."

"그럴 수도 있겠지. 태양일맥에 비하면 조족지혈이지만 그들의 오성도 천기를 헤아릴 정도이니… 와중에 파황옥패가 노출되어 더욱 촉각을 곤두세우겠지. 하지만 목채군 역시 파황옥패를 가진 것으로 만들어놓았으니 쉽지는 않을 것이야. 아직까지는 너를 목채군의 충실한 심복으로 여길 것이다. 그것을 충분히 이용해야 한다.”

“휴—”

도천극, 아니, 구유묵가의 마지막 후계자인 묵천극은 조급함을 달래려는 듯 긴 한숨을 내쉬었다.

사내로 태어나 무인의 길을 걸어가며 군림천하의 욕망은 당연한 것이다. 더구나 대대로 무공을 익히기엔 천고의 신체로 태어났기에 그 욕망은 더욱 컸다.

그러나 천적이라 할 수 있는 태양천가!

그들에 의해 언제나 구유묵가의 원대한 야망은 꺾이고 말았다.

물론 그것은 자신이 직접적으로 맞닥뜨리지 않은, 백부와 혈노로부터 들은 이야기일 뿐이었다.

태양천가와 구유묵가!

수백 년에 걸쳐 숙적으로 싸워온 두 가문의 이야기는 귀가 따갑도록 들었다.

때로는 처절하기도 하고 때로는 상상력 풍부한 호사가들이 지어낸 허무맹랑한 이야기 같기도 했다. 그래서 그 모든 것을 무시하고 본신의 능력을 마음껏 발휘하고 싶었지만 백부와 혈노는 태양천가를 병적으로 두려워하며 자신의 발목에 족쇄를 채우듯 막아섰다.

‘태양천가…….’

도천극, 아니, 묵천극은 속으로 나직히 중얼거렸다.

그들의 존재를 의식하지 않았다면 조급하게 운기를 하다가 주화입마에 빠지지도 않았을 것이고, 지금쯤이면 파황신공을 익혀 대성을 이루고 태산 꼭대기에 우뚝 설 수 있었을 것이다.

그들이 누구인지 맞닥뜨리기만 한다면 모조리 뼈와 살을 발라놓을 것이다. 그리고 자신의 대에서 그 방계의 종자들까지 기필코 뿌리를 뽑아버리고 말 것이다.

그런 생각과 함께 조급한 마음이 조금 가라앉았다.

그런데…….

잔잔해진 가슴을 더 큰 불안감 한 조각이 할퀴고 지나갔다.

도천극은 저도 모르게 얼굴을 찌푸렸다.

이 불안감은 백부와 혈노가 그렇게 두려워하는 태양천가에 대한 것이 아니다. 거의 괴멸된 그들은 자신의 힘으로 뿌리 뽑을 자신이 있다.

이 불안감은 그들에 대한 것이 아니라 또 다른 천적에 대한 것이었다.

‘그놈!’

도천극은 유진룡의 모습을 떠올리며 질끈 입술을 깨물었다.

계략을 세워 거의 잡을 뻔했던 놈!

그러나 그놈은 온갖 역경을 뚫고 자신이 친 그물을 빠져나가 버렸다.

그리고 재차 포획했을 때, 다 죽어가는 몸으로 자신에게 뻗은 주먹!

그 주먹에서 뻗어 나온 기운은 어이없게도 묵천극 자신의 내부를 온통 흔들어놓았었다.

기진맥진한 상태에서 뻗은 주먹이 그런 능력을 지녔으니 온전한 상태였더라면 당한 것은 자신이었을 것이다.

'천산마존……'

묵천극은 온몸에 소름이 돋는 기분을 느꼈다.

그동안 우려했던 대로 자신의 몸을 가장 잘 아는 천산마존이 천적 하나를 탄생시켜 놓은 것이다.

그놈의 주먹에서 뻗어 나온 기운은 다른 사람은 몰라도 자신에게는 치명적이었다.

백부와 혈노에겐 비밀로 했지만 자신에 있어서 가장 두려운 존재는 태양천가가 아니라 그놈이었다.

파황신공을 내성하면 태양천가에 앞서 세일 먼저 그놈부터 처치해야 할 일이었다.

우두둑!

묵천극은 으스러질 정도로 주먹을 움켜쥐었다.

"무슨 생각을 그렇게 골똘히 하는 것이냐? 설마 엉뚱한 마음을 품고 또 밖으로 나돌 생각을 하고 있는 것은 아니겠지?"

묵사역이 묵천극의 상념을 끊었다.

"아, 아닙니다. 어떻게 하면 태양천가의 잔가지를 뿌리째 깨끗이 뽑을 수 있을까 생각 중이었습니다."

묵천극은 고개를 흔들었다.

"은자유림곡의 움직임만 계속 은밀히 주시하고 있으면 되느니라. 태양일맥이 남아 있다면, 그래서 무언가를 도모하려 한다면 언젠가는 은자유림곡의 사람들을 부를 것이다. 그때 한꺼번에 말살시키면 되는 것이야."

묵사역은 신중한 음성으로 말했다.

"잘 알겠습니다. 항상 그들 주변은 밀영이 감시하고 있으니 놓치지 않을 것입니다."

"또한 정도맹의 움직임도 간과해서는 안 될 것이야."

"물론이지요."

"이제부터 모든 것은 혈노에게 맡기고 너는 곧장 폐관수련에 들어 파황신공을 얻을 준비를 하거라."

"알겠습니다, 백부님!"

묵천극이 감개무량한 표정으로 고개를 숙였다.

第八十一章

천산험로(天山險路)

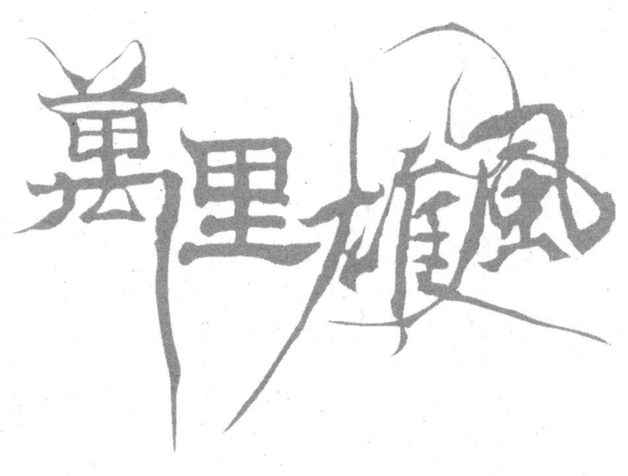

구천문과 정가장의 멸문으로 시작된 흑사
련의 마수는 한동안 잠잠하다가 얼마 후 사천성 북부에 자리
한 은하장(銀河莊)을 덮쳤다.

은하장은 은하성검(銀河聖劍) 손세후(孫世侯)가 세운 문파
로, 역사는 길지 않았지만 구천문에 버금가는 세력을 가진 문
파였다. 문도 수는 오히려 구천문보다 많아 삼백이 넘었다.
그러나 그들 역시 모두 쓰러지는 데는 구천문이나 정검가와
마찬가지로 순식간이었다.

흉수 역시 열 명도 넘지 않았다는 소문이었다.

은하장이 무너지며 사천의 거대 정파는 이제 당문과 청성

파만이 건재할 뿐이었다. 그들마저 무너지면 사천 땅은 완전히 흑사련의 차지가 될 것이었다.

정도맹에서는 그동안 모든 조직을 완비하고 서둘러 대책을 논의했지만 뾰족한 수는 나오지 않았다.

열 명도 안 되는 흉수에게 거대 문파가 순식간에 무너지는 상황에 제대로 대처할 수 있는 방안은 없었다.

그렇다고 흑사련과의 정면 승부도 불가능했다.

세상은 어느새 온통 눈으로 덮여 있어 그 눈을 뚫고 전쟁을 치르는 것은 스스로 자멸의 길로 걸어 들어가는 것이나 마찬가지였다.

이젠 모든 조직을 완벽히 갖춘 정도맹이었지만 그렇게 속수무책으로 기다리는 수밖에 없었다. 다행이라면 은하장이 무너진 후 더 이상의 문파가 무너졌다는 소식이 들려오지 않은 것이다.

흑사련도 폭설로 인해 잠시 동안 사태를 관망하고 있는 것인지 아니면, 더 큰 폭풍을 준비하고 있는 것인지는 알 길이 없었지만 폭설 속에서 중원은 불안한 평온을 유지하고 있었다.

저벅!
저벅!
무릎까지 빠지는 눈길을 두 사내가 사력을 다해 걸음을 옮기고 있었다.

평평한 관도라도 이런 눈이면 힘들 터였다. 그런데 두 사내가 걷는 길은 앞도 제대로 보이지 않는 산길이라 더욱 힘이 드는 모습이었다. 하지만 두 사내는 조금도 속도를 늦추지 않고 계속해서 걸어갔다.

"좀 쉬면 안 되겠냐?"

마침내 뒤에서 걸음을 옮기던 사내가 소리를 질렀다.

훤칠한 키에 날렵한 몸매로 한 마리 맹수를 연상시키는 사내였다.

"저 산만 넘으면 찾을 수 있을 것 같아. 그러니 조금만 더 가기로 해, 형."

앞서 가던 사내가 돌아보며 대꾸했다.

뒤에 선 사내도 큰 키였지만 앞선 사내는 머리 하나는 더 커 보였다.

몸매 또한 뒤의 사내가 예민한 신경조직을 가진 맹수 같다면 앞의 사내는 근육으로 다져진, 그러나 뒤의 사내 못지않게 날렵함이 느껴지는 깎아놓은 조각상 같았다.

"이런 식으로 무작정 나아가면 철인이라도 쓰러질 텐데 내상을 입은 그런 몸으로 너무 무리하는 거 아닌가?"

뒤의 사내가 움직이지 않고 말했다.

"이젠 많이 회복됐어. 그러니 어서 가기나 해, 형."

앞에서 걸음을 재촉하는 사내는 유진룡이었다. 그리고 유진룡과 함께 가고 있는 사내는 흑표 한덕무였다.

"그럼, 대체 어디로 가는지 그거나 좀 알고 가자."

한덕무는 여전히 눈밭에 발을 고정시킨 채 걸음을 옮기지 않았다.

"말해줘도 모를 거야. 나 역시 잘 모르고……."

"미친놈!"

한덕무가 마침내 험구를 토하고는 허옇게 이를 드러내며 웃었다.

"내 신세가 어쩌다 이렇게 되었는지 어이가 없다. 크게 잘 나지도 못했지만 그렇다고 어떤 놈 꽁무니나 따라다닐 것이라고는 상상도 못했는데……. 개가 웃을 일이야."

한덕무는 자신의 모습을 이리저리 쳐다보며 쓴웃음을 지었다.

"그러게 그동안 그냥 갈 길 가보라고 몇 번이나 말했잖아. 내가 생각해도 지금 형 모습은 소주의 밤거리를 바람처럼 누비던 천하의 흑표에겐 안 어울리는 모습이야."

유진룡은 흑표의 푸념에 동조하며 고개를 주억거렸다.

"개뿔!"

흑표는 아예 눈밭에 주저앉아 뒤로 벌렁 드러누웠다.

"내가 어쩌다 네놈을 만나가지고……."

흑표는 눈밭에 누운 채로 다시 푸념을 했다.

"휴!"

유진룡도 긴 한숨을 토하며 눈밭에 드러누웠다.

푹신한 눈이 솜이불을 깐 침대처럼 편안했다. 이대로 눈을 감으면 사흘은 잠에 빠져들 것 같았다.

잠을 쫓기 위해서 유진룡은 억지로 입을 열었다.

“그때… 무슨 생각으로 날 도와준 거야? 그때 가만히 있었으면 형은 지금쯤 소주 뒷골목을 차지했거나 하다못해 이인자 정도는 됐을 텐데.”

유진룡은 옛날을 떠올리며 질문을 던졌다.

그동안 몇 달을 붙어 다녔지만 대화는 얼마 나누지 못했다. 흑표 한덕무가 워낙 말수가 적어서 그런 것도 있고, 또 편안히 속마음을 꺼내놓고 말을 나눌 만한 여유도 없었다. 도천극의 마수가 뻗치지 않는지, 정도맹의 눈초리가 없는지 언제나 사방을 두리번거려야 했기 때문이다.

다행히 그 양쪽의 그물망에 걸리지 않고 여기까지 왔다.

그건 아마도 한덕무 때문에 가능했던 것 같다.

소주를 떠난 후 뱃사람이 되어 물길과 뱃사람의 기질을 잘 아는 한덕무의 용의주도한 처신으로 유진룡은 세상에 이목을 드러내지 않고 선실 깊은 곳에서 생활하며 여기까지 온 것이다. 그렇지 않았더라면 누군가의 촉수에 걸려들었을 것이다.

“그때 말했을 텐데…… 난 귀여운 놈 좋아한다고.”

한덕무는 피식 웃으며 장난처럼 말했다.

“혹시……? 남색(男色)이니 뭐니, 그런 거야, 형?”

"지랄 떠네!"

유진룡의 짓궂은 농담에 흑표가 벌떡 상체를 일으켰다.

"네놈 곁에서는 제대로 쉬지도 못하겠다. 차라리 걷는 게 낫겠어."

한덕무는 몸을 일으켜 세웠다. 그러나 이번에는 유진룡이 그대로 누워 꼼짝도 하지 않았다.

"엎어진 김에 쉬어 간다고…… 조금 더 쉬어, 형. 쉰 후에 다시 지겹도록 걷게 해줄 테니까."

유진룡의 말에도 흑표는 꼼짝 않고 눈만 빛냈다.

파앗—

순간 흑표의 소매에서 철삭이 섬전처럼 튀어나왔다.

끽!

철삭 끝에 한 마리 토끼가 걸려 숨을 거두고 있었다.

"오랜만에 생고기 맛 좀 보겠군."

유진룡도 눈밭에서 상체를 일으켰다.

"나무가 없는데 뭘로 구워 먹을 테냐?"

한덕무가 다시 이를 드러냈다.

"그런데 왜 잡았어?"

실망한 유진룡이 뚱하게 대꾸했다. 그동안 건량만 씹어 신물이 올라올 지경이라 싱싱한 토끼 고기 생각에 절로 군침이 돌았지만 한덕무의 말대로 불을 피울 나무가 없으니 그림 속의 떡이었다.

"건포라도 만들어야지. 날씨가 추우니 봇짐 위에 걸쳐만
두어도 썩지 않고 건포가 되지."

한덕무는 소도를 끄집어내어 토끼 고기를 손질했다.

"그런데 넌 토끼의 낌새도 못 느꼈냐?"

한덕무는 슬쩍 유진룡을 쳐다보며 물었다. 예전 같았으면
유진룡이 한덕무보다 훨씬 먼저 알아차렸을 것이기 때문이
다.

"공력을 잃으니 감각도 둔해졌어."

유진룡이 기운 빠진 목소리로 말했다.

"병신 다 됐군."

한덕무가 혀를 찼다.

"그런 병신을 왜 악착같이 따라오는 거야? 가고 싶은 대로
가라니까."

유진룡은 역정이 난 듯 목소리를 높였다.

"아직까지는 귀여운 데가 남아 있으니까."

흑표는 피식 웃은 후 부지런히 토끼 고기를 다듬었다.

"사실, 네놈이 그런 몸을 이끌고 무엇 때문에 이곳까지 온
것인지 궁금하다. 그것보다…… 네놈 옆에 있으면 재미있는
일이 생기거든. 소주에서도 그랬고, 정주에서도 그랬지. 그래
서 조금만 더 따라다닐 생각이다."

"잘 생각했어, 형. 앞으로 더 재미있을 거야."

유진룡도 씨익 웃으며 답했다.

"대신, 재미없으면 내 손에 죽어!"

토끼 고기를 다 손질한 흑표는 유진룡을 향해 눈을 한 번 매섭게 치뜬 후 눈 속에 피 묻은 손을 쓱쓱 비볐다.

"이제 다시 가보자. 얼마나 재미있을지."

흑표가 걸음을 옮겼고 이번에는 유진룡이 흑표의 뒤를 따랐다.

눈 속에서는 방향을 찾는 것도 힘들었지만 이동하는 것은 더욱 힘들었다. 온통 눈에 파묻힌 들과 산은 저 멀리 있는 것도 가깝게 보여 애를 먹게 만들었다.

유진룡과 한덕무는 이틀에 걸쳐 다시 산 하나를 넘었다.

"이곳이 맞냐?"

산 하나만 더 넘으면 될 것 같다며 걸음을 재촉한 유진룡을 보며 한덕무가 물었다.

펄럭!

유진룡은 품속에서 양피지를 꺼내 들었다.

사부 천산마존이 준 만년석정수가 있는 천산 어느 곳을 그린 지도였다.

여느 지도와는 달리, 세세한 길도 없고 하늘에서 보이는 산 모양의 지형만 그린 것이기에 그곳을 찾기가 더 힘들었다. 그래서 천산으로 접어드는 초입에서 천산의 지형을 잘 아는 사람에게 물어 대강의 위치를 파악하고 이곳까지 온 것인데 가도 가도 비슷한 지형은 보이지 않았다. 길을 잘못 든 것일 수도 있었고, 천산 초입에서 만난 사람이 다른 지형과 착각한 것일 수도 있었다.

"아닌 것 같아."

"빌어먹을!"

한덕무가 역정을 토했다. 어지간한 그도 이젠 지친 기색이 역력했다.

그가 아니라 누구라도 마찬가지였을 것이다. 이런 눈 속에서 천산의 험지를 헤매는 것을 자살행위나 마찬가지이다. 아직까지 사고를 당하지 않은 것도 천운이었다.

"됐어!"

갑자기 유진룡이 반가운 음성을 토했다.

"뭐가?"

한덕무는 궁금한 표정으로 유진룡의 시선이 머무는 곳을 쳐다보았다. 그곳에는 작은 초막 하나가 서 있었고, 마침 안에 사람이 있는지 초막 지붕 위로 가는 연기가 피어오르고 있었다.

인적이 드문 이런 곳에 있는 초막이라면 사냥꾼이나 약초꾼의 것이 틀림없었다. 그런 사람들이라면 산세를 잘 알 것이고 도움을 받을 수 있을 것이다. 설사 그렇지 못하더라도 잠시 바람을 피하며 쉴 수는 있을 것이다.

"멋지군!"

피어오르는 연기를 보며 불을 쬘 생각을 했음인지 한덕무도 반색을 했다.

두 사람은 누가 먼저랄 것도 없이 초막을 향해 줄달음을 쳤다.

초막의 주인은 뜻밖에도 사냥꾼이나 약초꾼이 아닌 노인이었다.

백발이 성성한, 특히 턱밑 수염은 관운장처럼 길고 희게 흩날려 신선을 연상케 했다.

"추워 보이는군."

나이를 짐작키 힘든 노인은 잠시 두 사람을 쳐다보다가 불가에 자리를 내주었다.

"감사합니다."

짤막한 인사만 한 채 유진룡과 한덕무는 작은 화덕에 끌어안을 듯 다가앉았다.

화덕 속에는 제법 성한 숯덩이들이 열기를 발하고 있었지만 두 사람의 언 몸을 녹이기에는 부족했다. 유진룡과 한덕무는 정신없이 손과 얼굴을 화덕 가까이 갖다 대며 몸을 녹였다.

그런 두 사람을 노인은 묵묵히 바라보기만 하며 아무런 말도 걸지 않았다.

"큰 신세를 졌습니다. 정말 감사합니다."

몸이 어느 정도 녹자 유진룡은 노인에게 다시 인사를 차렸다.

“어차피 타서 스러질 불꽃일세. 필요한 사람에게 도움이 됐다면 된 걸세.”

노인은 바람 같은 음성으로 대꾸했다.

거듭 고개를 숙인 유진룡은 비로소 노인의 행색을 자세히 살필 수 있었다.

평범하지 않은 이런 곳에서 지내기에 결코 평범한 노인이 아니란 짐작이 갔다. 그러나 노인의 모습은 신선 같은 수염만 빼고는 지극히 평범해 보였다.

눈빛에서나 음성에서는 물론, 간단한 움직임에서도 텅 빈 허공 같은 허허로움만 느껴질 뿐, 어떠한 특징도 느껴지지 않았다. 오히려 철저하게 특징이 느껴지지 않는다는 그것이 특징으로 다가왔다.

노인의 행색을 살피던 유진룡은 갑자기 눈을 크게 떴다.

이제껏 눈에 뜨이지 않던 검 한 자루를 발견한 것이다.

초막 구석에 아무렇게 세워둔 평범한 모양의 철검이었다. 노인의 모습처럼 아무런 특징이 없어 지금까지 주의를 끌지 못한 것 같았다.

유진룡은 철검의 모습을 유심히 살폈다.

어느 병기점에서나 구할 수 있는 평범한 철검이었다.

검집은 아무런 문양도 없이 박달나무 두 조각을 붙여 가죽 끈 몇 개로 묶어놓았다. 검병 역시 마찬가지로 평범한 나무였다. 단지 그곳에 무수한 손때가 묻어 있다는 것이 특징이라면 특징이었다.

"강호인이십니까?"

유진룡이 조심스럽게 물었다.

"그냥 심심파적으로 가지고 노는 장난감일세."

노인은 시선을 돌리지도 않은 채 답했다.

"그런데 자네들은 이곳에 어쩐 일인가? 행색이나 말투로 보아하니 중원인 같은데."

처음으로 노인이 질문을 던졌다.

"이곳에 있는 어떤 산을 찾고 있는데… 아무래도 길을 잃은 듯합니다."

유진룡은 입맛을 다시며 답했다.

"그러면 돌아가는 것이 나을 걸세. 이곳에서 길을 잃으면 십 년을 헤매도 찾기 힘들 테니까."

노인은 여전히 바람 같은 음성으로 말하고는 몇 개의 나무 조각을 화덕에 던져 넣었다. 그리고는 아무 말이 없었다.

유진룡은 노인 앞에 양피지를 꺼내놓고 길을 물어볼까 하다가 생각을 접었다. 모든 관심을 끊고 자신의 고요한 세계 속으로 침잠한 노인에게 그런 걸 물어보는 것은 정연한 질서를 깨뜨리는 것 같은 느낌이 들었기 때문이다.

"오늘 밤은 폭풍이 몰아칠 걸세. 그러니 여기서 쉬고 내일 길을 떠나게."

노인은 자신의 세계 속에서 몸을 꺼내어 그 말만 하고는 다시 허공 속으로 사라지듯 존재감을 지워 버렸다.

"감사합니다."

유진룡도 짤막하게 답하고는 초막 구석에 가부좌를 틀고 앉아 자신의 존재감을 지워 나갔다. 한덕무도 유진룡을 따라 말없이 가부좌를 틀었다.

노인의 말대로 저녁에는 폭풍우와 함께 폭설이 몰아쳤다. 그동안의 멀쩡하던 날씨에 비하면 돌변했다 싶을 정도였다.

운기를 끝낸 유진룡은 속으로 안도의 한숨을 내쉬었다.

만약 이곳 초막이 없었다면 죽을 고생을 했을 것이다. 동굴이라도 하나 찾았으면 그나마 다행이겠지만 그렇게 못했다면 눈 속을 파고들어 가 뼈를 얼리는 듯한 한기와 싸워야 했을 것이다.

"먹어보겠나?"

밤이 되었을 즈음 노인이 한 숟갈 정도의 가루를 유진룡과 한덕무에게 내밀었다.

"이게 무엇인지……?"

"내 저녁일세."

노인은 그렇게 답하고 한 숟갈의 가루를 입에 털어 넣고는 물 한 모금을 마셨다.

유진룡은 잠시 주저하다가 노인처럼 가루를 입에 털어 넣었다.

특별한 맛은 없었다. 조금 쓴 것 같기도 하고 텁텁한 것 같기도 했다. 아마도 여러 종류의 나뭇잎이나 열매, 뿌리 등을 말려 가루로 만든 것 같았다.

노인과 달리 그것 한 숟갈로는 허기를 면할 수 없었다. 한덕무도 같은 심정인지 입맛을 다셨다.

"우린 이것만으로 안 되겠습니다. 우리가 준비한 것을 더 먹어야 양이 찰 것 같습니다."

유진룡이 솔직한 심정을 말했다.

"그러도록 하게."

노인은 가볍게 고개를 끄덕였다.

유진룡과 한덕무는 건량과 건포 조각 몇 개를 더 먹고 겨우 허기를 달랬다.

그렇게 하룻밤을 보내고 다음날 아침 날이 밝자 거짓말같이 폭풍과 폭설이 멈추었다.

유진룡은 초막의 문이라 할 수 있는 거적을 들추었다.

눈은 초막을 반쯤 파묻어놓았다.

눈을 치우고 길을 낸 유진룡은 봇짐을 짊어졌다. 한덕무도 봇짐을 들어 올렸다.

"되돌아갈 텐가?"

아침 역시 한 숟갈의 가루로 대신하고 명상에 잠겼던 노인이 짤막하게 물었다.

"그러기엔 너무 멀리 왔습니다."

유진룡도 짤막하게 답했다.

“찾는 곳은 어떤 곳인가?”

잠시 뜸을 들인 후 노인이 물었다.

유진룡은 말없이 양피지를 꺼내 노인 앞에 펼쳤다.

노인이 물끄러미 양피지 위의 그림을 쳐다보았다.

“위험한 곳일세.”

한참 후 노인이 말했다.

“……?”

“이곳은 서쪽으로 산 세 개를 더 넘으면 찾을 수는 있겠지만 그곳에 오르는 것은 쉽지 않을 걸세. 칼날 같은 바위로 된 산에 온통 눈과 얼음이 뒤덮인 곳이니까 말일세.”

“고맙습니다.”

유진룡은 다른 대꾸 없이 깊이 허리를 숙인 후 초막을 나왔다.

한덕무도 꾸벅 고개만 숙인 채 초막을 나왔다.

그런 면에 있어서 흑표 한덕무와는 마음이 맞았다. 필요한 말 외에 다른 군더더기를 붙이지 않는 한덕무의 성격은 언제나 마음을 편하게 해주었다.

초막에서 나온 유진룡과 한덕무는 서쪽으로 길을 잡았다. 노인을 만나지 않았으면 계속 직진하다가 오히려 멀어질 뻔했다.

‘누구일까?’

유진룡은 노인의 정체가 무엇인지 궁금했다.

너무나 평범해서 옆에 있으면서도 존재감을 느낄 수 없었
던 노인!

노인의 평범함은 말 그대로의 평범은 절대 아닐 것이다.

노화순정이나 반박귀진의 경지를 넘어 그런 허공 같은 평
범한 기운을 풍길 것이다.

"세상에는 기인이사들이 모래알 같다더니……."

초막의 모습이 가물가물해질 즈음, 한덕무가 그곳을 돌아
보며 중얼거렸다.

"대제 어떤 사람일까?"

유진룡이 혼잣소리처럼 말했다.

"그렇게 궁금하면 물어보지 그랬냐?"

"노인도 우리에 대해서 안 물어봤잖아."

"뭐가 답답해서 물어보겠냐?"

한덕무가 지지 않고 대꾸했다.

"어쨌든 그 노인 덕에 길을 찾게 되었어. 그것만으로 만족
해야지."

"자식이… 싱겁기는."

한덕무가 어깨를 한 번 들썩이고는 걸음을 재촉했다.

이틀에 걸쳐 산 세 개를 넘었을 때 노인의 말대로 양피지에
그려진 그림과 비슷한 지형이 나타났다.

유진룡은 급히 양피지를 펼쳤다.

"맞군!"

한덕무가 고개를 끄덕였다.

양옆으로 늘어선 산들과 그 가운데에 있는 깎아지른 듯한 돌산은 양피지 속의 그 산이었다.

유진룡은 또 한 장의 양피지를 펼쳤다.

그것은 만년석정수가 있는 곳의 세세한 그림이었다.

유진룡은 그것을 들어 올려 앞에 보이는 돌산과 비교해 보았다.

산은 찾았지만 그 산이 너무 험해 산속의 특정 지역을 찾은 것도 이곳까지 오는 것만큼 힘들 것 같았다. 길을 잘못 들면 내려와서 다시 기어오르거나 추락해서 죽을 수도 있을 것 같았다.

저렇게 험한 돌산일 줄 알았으면 정과 망치를 가져오는 건데 하는 아쉬움이 들었다. 산을 탈 준비물이라고는 밧줄이 전부였다.

"쩝!"

유진룡은 입맛을 다셨다.

준비물이 엉성하기에 처음부터 제대로 방향을 잡아야 그만큼 성공 확률이 높을 것이다. 유진룡은 양피지를 이리저리 돌리며 양피지에 그려진 그림의 전체적인 윤곽과 산등성이의 모양을 살폈다.

"저곳 같지 않아, 형?"

그림의 외형이 산꼭대기 한 부분과 비슷했다. 불쑥 튀어나온 바위와 움푹 들어간 계곡, 그리고 그 아래로 낭떠러지…….

"비슷하군. 특히 이 튀어나온 부분은 거의 흡사해."

한덕무도 고개를 끄덕였다.

"그럼 저쪽 사면으로 해서 올라가야겠군."

"휴! 내 팔자가 어쩌다 이렇게 꼬이나. 이런 반병신을 데리고 저 산을 올라야 하다니……. 대체 얼마나 재미있는 일을 보여주려고 이러는 거야?"

한덕무가 머리를 절레절레 흔들었다.

"뜻이 있는 곳에 길이 있다고 했잖아. 가보면 길이 있을 거야."

유진룡은 돌산을 향해 걸음을 옮겼다. 한덕무도 도살장에 끌려가는 소처럼 그 뒤를 따랐다.

멀리서 볼 때는 칼날처럼 가팔랐지만 산 밑에 도달해서 보니 군데군데 잡을 곳도 있었고 발을 디디고 설 곳도 있었다. 대신 멀리서 볼 때보다 높이는 훨씬 더 높게 보였다.

"질리는군!"

한덕무가 혀를 내둘렀다.

"어떻게 된 산이 나무 한 그루, 풀 한 포기 나지 않고 전체가 한 덩어리 돌로 될 수가 있지?"

"그러니 만년석정수가 있겠지."

유진룡은 혼잣소리처럼 중얼거렸다.

"뭐가… 있다고?"

한덕무가 눈 사이를 좁히며 유진룡을 쳐다보았다.

"어쨌든 올라가야지. 여기까지 와서 포기할 순 없지."

유진룡은 성큼 발을 올리고 손을 뻗어 바위틈에 끼웠다.

"대책없는 놈!"

한덕무가 유진룡의 뒷덜미를 잡아채어 끌어내린 후 봇짐을 풀었다.

봇짐 속에서 밧줄 한 꾸러미를 꺼낸 한덕무는 그 한쪽을 유진룡에게 던져 주었다.

"허리에 묶어라. 그리고 이곳에서는 내가 앞장선다. 넌 내 뒤를 따라 올라와."

한덕무는 밧줄의 나머지 한쪽을 자신의 허리에 묶으며 단호한 음성으로 말했다.

"내가 먼저 오를게."

유신룡은 고집을 피웠다.

"반병신을 믿고 따를 만큼 강심장이 아니야. 그러니 넌 뒤에서 따라와!"

고함을 지른 한덕무는 품에서 권갑을 꺼낸 후 그것을 손가락에 돌려 끼웠다. 그렇게 하니 튀어나온 쇠못 부분이 손바닥 쪽으로 향해 바위틈에 박혀들기 쉬울 것 같았다. 또한 그는 팔목을 움직여 철삭을 늘어뜨린 후 그 끝에 작은 갈고리를 끼왔다. 그것을 던져 올려 바위틈에 걸면 훨씬 쉽게 암벽을 오를 수 있을 것 같았다.

유진룡은 멍하니 한덕무를 쳐다보았다.

그의 모든 장비들이 마치 이날을 위해 준비한 것 같았다. 그만큼 흑표 한덕무의 장비는 이곳에 적격이었다.

유진룡을 돕는 데는 철사홍보다는 한덕무가 훨씬 강한 운을 지니고 있다며 철사홍을 만류하고 극구 한덕무를 딸려 보낸 단리하연의 예상이 정확히 맞아떨어지는 순간이었다.

"그럼 지옥 여행을 떠나볼까?"

휘익—

한덕무는 한 마리 표범처럼 훌쩍 몸을 날려 바위 한곳을 박찼다.

표범이 도약을 하듯 그의 몸은 몇 장을 날아올라 바위틈 한곳에 발을 디디고 그 위에 튀어나온 곳을 잡았다.

유진룡도 뒤이어 몸을 솟구쳤다.

턱!

이 장 정도를 날아오른 유진룡은 바위틈에 손가락을 끼웠다. 예전 같았으면 바위를 파고들 정도로 힘을 줄 수도 있었지만 최대한 힘을 아끼며 올라야 했기에 잡기 쉬운 부분들만 골라 잡아가며 한 발씩 위로 올라가기 시작했다.

"아까 말한 만년석정수란 것이 뭐냐?"

거의 반 시진을 말없이 올라가다가 조금 쉴 만한 바위 턱에 도달하자 숨을 돌린 한덕무가 물었다. 이제까지는 그런 직접적인 질문을 하지 않다가 목적지가 가까워지니 궁금증이 증폭된 모양이었다.

"확실히 장담은 못하겠지만, 날 예전처럼 회복시켜 줄 물건일 거야."

"그렇군. 그래서 이렇게 필사적이군."

한덕무는 고개를 끄덕였다.

"예전처럼 강해지면 어쩔 생각이냐?"

잠시 뜸을 들인 이번에는 좀 더 심도 깊은 질문을 던졌다.

"글쎄……."

유진룡은 잠시 생각에 잠겼다.

특별히 대단한 것을 하고 싶은 생각은 없었다.

도천극이 제의했던 것처럼 세상을 움켜쥐고 싶지도 않았고, 떵떵거리며 잘살고 싶은 생각도 없었다. 그냥 평범하게 사는 게 꿈이라면 꿈이었다.

"난 그냥 예전처럼 그렇게 살고 싶을 뿐이야. 더 이상 바라는 건 없어."

유진룡은 속에 있는 생각 그대로를 답했다.

"예전처럼? 어떤 예전? 소투귀 시절처럼 이틀이 멀다하고 싸우던 그 예전 말이냐?"

한덕무는 그때의 유진룡의 모습을 떠올리는지 피식 웃으며 말했다.

"소투귀는 내가 원해서 된 게 아니야. 나만 쳐다보는 놈들을 실망시키지 않으려고, 내 동생처럼 되게 하지 않으려고 발버둥치다 보니 그렇게 된 것뿐이지. 나도 싸움이라면 지긋지긋해."

"동생이… 있었냐?"

한덕무가 뜻밖이라는 듯 유진룡을 쳐다보았다.

"있었지. 그런데 악독한 왕초를 만나서 죽었어. 그때부터 소투귀가 되었지."

"…그랬군!"

한덕무는 더 이상 아무것도 묻지 않고 입을 다물었다.

"그럼 이제부터는 대투귀가 되겠군."

한참 후에 한덕무가 다시 말했다.

"무슨 소리야?"

"요즘처럼 험한 세상에선 자기 것만 제대로 지키려 해도 많이 싸워야 하지. 그런데 네놈은 동생들 것까지, 그리고 네 사형과 사저, 소향상회까지 지켜야 하잖아? 그러니 대투귀가 될 수밖에. 재미있겠어, 아주 재미있겠어. 후후!"

한덕무는 이를 허옇게 드러내는 특유의 웃음을 지었다.

"아예 저주를 퍼부으시지 그러시오."

유진룡은 눈살을 찌푸렸다.

한덕무의 말을 들으니 왠지 싸움은 자신의 운명같이 느껴졌다. 피하고 싶은 생각은 없지만 그렇다고 죽도록 싸우며 사는 인생이 결코 즐거울 리 만무했다.

"대투귀가 되려면 어서 올라가야지. 오늘 안으로 저 꼭대기까지 못 가면 중간에서 얼어 죽을 거야."

한덕무가 위를 쳐다보며 길을 가늠했다.

"이제부터는 경사가 심해서 좀 더 힘들 것 같다. 괜찮겠냐?"

"형 걱정이나 해. 난 죽어도 가야 하니까"

"눈은 살아 있군. 좋아, 올라가지."

한덕무는 손목을 빠르게 흔들었다.

피잉―

손목에서 튀어나온 철삭이 갈고리와 함께 한참 위에 있는 바위틈으로 날아올랐다.

끼긱―

쇠가 바위를 긁는 소리가 나며 철삭이 팽팽해졌다.

"됐어. 이젠 이놈을 많이 이용해야겠어."

한덕무는 권갑을 낀 손으로 철삭을 잡고 한 걸음 한 걸음 위로 올라갔다. 그리고 발 디딜 틈이 있는 곳까지 가서 바위틈에 밧줄을 고정시키고 유진룡을 끌어올리거나 밧줄을 잡고 올라오게 했다.

"형이 없었으면 도저히 못 올라올 곳이군."

유진룡은 방금 올라온 아래쪽을 바라보며 고개를 흔들었다. 가파른 바위에, 잡을 곳도 제대로 없어 한덕무의 철삭이 없었으면 도저히 불가능해 보였다.

"널 돕는 운은 내가 세상에서 제일 강하다는 금빙화의 말이 맞지. 안 그래?"

"금빙화?"

유진룡은 처음 듣는 호칭에 고개를 돌렸다.

"정인의 별호도 아직 모르고 있었나?"

한덕무는 어이없다는 눈으로 유진룡을 쳐다보았다.

"황금 속에 핀 얼음 꽃! 정말 잘 어울리는 별호야. 냉정할 땐 얼음처럼 차갑지만 또 경우에 따라서는 불꽃처럼 뜨거워지더군."

그 말과 함께 한덕무는 의미심장한 웃음을 흘렸다. 유진룡과의 이별 장면을 암시하는 웃음이었다.

한덕무의 시선을 피하며 유진룡은 중원 쪽으로 고개를 돌렸다.

온통 하얗게 변한 세상을 가득 채우며 단리하연의 모습이 떠올랐다.

남궁세준의 배려(?)로 그녀를 안았던 순간의 물컹하던 감촉과 형언할 수 없던 방향!

놀란 심정으로 몸을 떼려 할 때 목을 감싸며 쳐다보던 눈물 가득한 그녀의 봉목!

누가 먼저랄 것도 없이 겹친 뜨거운 입술과 부드러운 혀의 감촉!

　유진룡은 그녀의 체취가 코앞에서 느껴지는 것 같아 숨을
길게 들이쉬었다.

　"네놈도 그런 눈빛을 할 때가 있군."

　유진룡을 쳐다보고 있던 한덕무의 미소가 더욱 짙어졌다.

　"좀 쉬었으면 어서 올라가자. 올라가야 뭔가 이루어지고
돌아갈 수도 있겠지. 그런데 이곳이 제일 힘들 것 같군."

　한덕무가 위를 쳐다보며 혀를 내둘렀다.

　경사도 심했지만 얼음이 덮여 있어 더욱 힘들어 보였다. 그
런 절벽이 십 장도 넘게 펼쳐져 있었다. 그 길이는 한덕무의
철삭으로도 불가능할 것 같았다.

　"차라리 내려갔다가 다른 길로 올라오는 것이 낫겠어."

　유진룡도 고개를 흔들며 말했다.

　"다른 곳이라고 쉬울 리 없어. 이런 바위산은 어디나 마찬
가지야. 그리고 이만큼 올라온 것도 아깝고……."

　한덕무는 포기하지 않고 끈질기게 길을 찾았다.

　"이제부터는 이놈을 이용해서 올라갈 테니 넌 여기서 밧줄
을 잘 붙잡고 있어. 혹시 내가 미끄러져 떨어지더라도 놓치지
않게 말이야."

　한덕무는 철삭을 소매 속에 집어넣고 권갑을 더욱 강하게
손가락에 끼웠다. 그리고 손가락을 움직이자 쇠못이 조금 더
길게 튀어나왔다. 그것으로 얼음을 찍으며 올라갈 생각인 모
양이었다.

퍼억—

한덕무는 왼쪽 손바닥으로 빙벽을 두드렸다.

쇠못이 빙벽 깊숙이 파고들며 고정되었다. 그것에 의지한 채 이번에는 오른쪽 손바닥으로 빙벽을 두드렸다.

그렇게 조금씩 전진하다가 조금 큰 틈이 있으면 철삭 갈고리를 끼우고 의지한 채 나아갔다.

"됐어. 내가 당길 테니 밧줄을 잡아!"

빙벽의 중간 지점에 있는 조그만 틈에서 한덕무가 고함을 질렀다.

유진룡은 조심스럽게 밧줄을 잡고 몸을 위로 끌어올렸다.

기운이 빠진 상태에서 얼음벽을 타고 오르는 일은 결코 쉬운 일이 아니었다. 그나마 한덕무가 당겨주기에 훨씬 쉬웠다.

몇 번을 미끄러지기를 반복하며 반쯤 올라갔을 때 절벽 위에서 무거운 진동음이 울렸다.

유진룡은 급히 고개를 들어 위를 쳐다보았다.

우르르—

눈사태였다.

인간의 접근을 거부하는 돌산의 노여움인 듯, 집채만 한 눈덩이가 해일이 몰려오듯 떨어져 내리고 있었다.

"피해!"

한덕무가 급히 당기던 밧줄을 잡아 팔에 감으며 소리쳤다.

그러나 절벽에 매달린 상황에서 어디로든 피할 길이 없

었다.

빙벽 중간에서 유진룡은 한 손으로 밧줄을 잡은 채 급히 모든 내력을 끌어올렸다.

만년석정수를 얻으면, 그리고 그것을 복용하고 운기를 하려면 내력이 필요할지 몰라 그동안 내력의 운기는 최대한 자제했는데 이젠 그걸 따질 때가 아니었다.

우웅!

우주무한의 심법대로 운기된 내력이 유진룡의 오른손에 모였다.

퍼억—

유진룡은 혼신의 힘을 다해 빙벽 속으로 손가락을 찔러 넣었다.

다섯 개의 손가락이 빙벽 깊숙이 파고들었을 때, 짧은 비명과 함께 한덕무의 신형이 아래로 떨어져 내렸다.

유진룡보다 더 안전한 위치에 있었기에 그곳에서 권갑을 찔러 넣으면 될 디었지만 허리에서 풀어 유진룡을 끌어당기던 밧줄을 급히 팔에 감아쥐느라 그럴 틈이 없었던 것이다.

피잉—

손에 쥐고 있던 밧줄이 빠져나가고 유진룡의 허리에서 강한 충격이 느껴졌다.

한덕무의 체중이 떨어지는 힘과 함께 유진룡의 허리에 모

두 전해진 것이다. 그리고 그 충격은 곧이어 빙벽에 박힌 유
진룡의 손가락에 모두 가해졌다.

손가락이 끊어져 나갈 것처럼 아팠다. 그러나 손가락은 가
까스로 빙벽 틈에 박혀 있었고, 그것이 두 사람의 생명을 지
탱시켜 주고 있었다.

"괜찮아, 형?"

유진룡은 이를 악문 채 한덕무의 안위를 물었다.

잠시 동안 한덕무의 대답이 들려오지 않았다.

"괜찮으냐니까?"

유진룡이 다시 고함을 질렀다.

"팔이… 빠진 것 같다."

한덕무가 고통에 찬 목소리로 답했다.

급하게 팔목에 감은 밧줄에 모든 체중이 가해지며 한덕무
의 팔이 어깨에서 탈골된 것이다.

탈골되었지만 밧줄을 놓치지 않아 생명을 유지했으니 천
만다행이었다. 그러나 더 이상 그 팔을 쓰지 못한다는 것이
문제였다. 더구나 그 팔은 철삭이 들어 있는 팔이었다.

유진룡은 절망적인 기분에 눈앞이 캄캄해져 오는 느낌을
받았다.

지금 상태에서는 두 사람 모두 겨우 빙벽에 얼마간 버틸 수
는 있을지 몰라도 올라가거나 내려가는 것은 엄두도 내지 못
하게 되었다. 두 사람은 그렇게 최악의 상황에서 위태롭게 생

명만 지탱시키고 있었다.

"이제부터는 내가 앞장서서 올라갈 테니 형은 밧줄을 잡고
올라와."

유진룡은 결심한 듯 말했다.

"네가 무슨 힘으로?"

한덕무가 절망적인 음성으로 대꾸했다.

"형 몰래 꿍쳐둔 내력이 좀 남아 있어. 그걸로 빙벽을 찍으
며 올라가면 돼."

유진룡은 허리에 묶인 밧줄의 매듭을 더욱 꽉 조인 다음 왼
손을 빙벽에 찍었다.

왼쪽 손가락 다섯 개도 빙벽 속으로 파고들었다. 그러나 오
른손에 비하면 반밖에 안 되는 깊이였다.

얼마 남지 않은 내력에, 그것마저도 한 손으로 자신과 한덕
무의 체중을 지탱하느라 소모하게 되어 그럴 수밖에 없었던
것이다. 그다음으로 찍을 오른손은 또 얼마나 빙벽을 파고들
지 자신이 서지 않았다.

"더 좋은 방법이 있어!"

유진룡의 상태를 읽기라도 한 듯 한덕무가 소리를 질렀다.

"무슨?"

유진룡의 고개를 돌려 아래로 내려다보았다.

유진룡의 표정이 급격히 굳어졌다.

한덕무가 성한 왼쪽 팔을 움직여 오른쪽 팔에 감긴 밧줄을

풀고 있었다.

"무슨 짓이야, 형!"

유진룡이 피를 토하듯 고함을 질렀다.

"이 방법이 최고야."

한덕무는 단호한 음성으로 답했다.

"난 더 이상 짐만 될 뿐이야. 그건 내가 제일 싫어하는 일이지."

한덕무는 오른팔에 감긴 밧줄을 모두 풀어내고 왼손에 쥐고 있었다. 이제 그것만 놓으면 되는 것이다.

"허튼짓하지 마, 형. 그러면 지옥까지라도 따라가서 내 손으로 다시 죽여 버릴 거야!"

유진룡이 이를 악물며 고함을 질렀다. 그러나 돌아오는 것은 한덕무의 공허한 웃음뿐이었다.

"형, 제발! 제발 포기하지 마!"

"네놈을 만나 그동안 제법 재미있었다. 더 재미있는 꼴을 못 보아 아쉽지만 그건 내 팔자소관이지. 후후후!"

한덕무가 잡고 있던 밧줄을 놓았다.

그의 몸이 잠시 새처럼 허공에 뜬 채 정지한 것 같았다. 그러나 다음 순간 한덕무의 몸은 급격히 멀어져 갔다.

"형— 크윽!"

유진룡의 목에서 핏빛 울음이 터져 나왔다.

흑표 한덕무!

소주의 뒷골목에서 필사의 탈출을 하던 날 밤, 길을 막고 서 있던 표범 같은 사내!

그땐 인생에서 가장 큰 절망감을 느꼈었다.

일견하기에도 이제껏 싸운 어떤 상대보다 강한 상대라는 것을 느끼게 해주었기에 모든 것이 허사로 돌아갈 줄 알았다.

그런데 뜻밖에도 그는 맹수 같은 웃음과 함께 안전한 길을 일러주었다.

그리고 필사의 탈출을 가능하게 해주었다.

단리하연의 말대로 세상에서 유진룡에게 가장 큰 도움을 줄 운을 지니고 있던 그는 이곳까지 유진룡을 올려놓은 후 이젠 유진룡을 살리기 위해 추호의 망설임없이 밧줄을 잡은 손을 놓아버렸다.

"크으윽!"

유진룡의 입가에서 선혈이 흘러나왔다.

입술을 깨물어서 나온 피인지 혈맥이 터져 나온 피인지 구별이 되지 않았다.

퍼억— 퍽—

아래쪽에서 흑표의 몸이 암벽에 부딪치기라도 하는 듯 충격음이 들려왔다. 그것이 자신의 아픔인 듯 유진룡의 가슴을 갈가리 찢어놓았다.

"크흑!"

터져 나오는 오열과 함께 유진룡의 손아귀에서도 힘이 빠져나갔다.

모든 것이 공허했고 모든 것이 부질없이 느껴졌다. 동생들과 단리하연을 생각해 악착같이 힘을 짜내 위를 향해 오르려고 해도 더 이상 힘이 모아지지 않았다.

미끈—

조금 얕게 박혀 있던 왼쪽 손이 빙벽 틈에서 빠져나오고 있었다. 그리고 오른쪽 손에서도 힘이 급격히 빠져나갔다.

퍽—

흑표의 몸이 암벽에 부딪치며 터져 나오는 듯한 충격음이 오히려 더 가깝게 느껴졌다.

격정으로 인한 착각 같았다.

퍼퍼퍽!

다시 한 번 그 소리가 연속적으로 들렸을 때, 유진룡은 두 눈을 크게 떴다.

그 소리는 착각이 아니었고 더 가깝게 들려오는 것이 분명했다.

얼음 빙벽을 발톱으로 찍으며 바람처럼 솟아오르고 있는 물체를 보며 유진룡은 자신의 눈을 의심했다.

"백호!"

유진룡은 고함을 질렀다.

한덕무의 목덜미 옷을 입에 문 백호는 순식간에 자신을 스처 위로 솟구쳤다.

미끈—

오른 손가락이 빠져나왔다.

유진룡은 필사적으로 왼손을 다시 빙벽 틈에 박았다. 그러나 손가락 끝이 겨우 박힐 뿐이었다.

그 순간 머리 위로 갈고리 달린 철삭이 내려왔다.

추락하기 일보직전 유진룡은 한덕무가 던진 갈고리를 움켜잡았다.

거의 무의식적으로 유진룡에게 철삭을 던져 준 한덕무는 아직도 제정신이 아니었다.

밧줄을 놓는 순간 혼이 반쯤 빠져나간 터에 황소만 한 덩치의 호랑이와 마주 앉아 있으니 더욱 그랬다.

그는 백호에 의해 되살아났다는 것도 잊은 채 공포에 질린 표정으로 백호를 쳐다보고 있었다.

바위 턱이 좁아 백호의 머리는 거의 한덕무의 목덜미에 닿아 있었다.

정신이 없기는 유진룡도 한덕무에 못지않았다.

개봉에서 헤어진 백호 녀석이 이곳에 있다니?

이곳 천산에서 태어난 놈이니 이곳으로 돌아왔다는 것은 이해할 수 있다 치더라도 놈이 이 바위산에 오른 것은 쉽게 납득이 가지 않았다.

놈이 어떻게 이곳에 있는 자신을 발견하고 달려온 것일까, 하는 의구심이 머리를 가득 채웠다.

어쩌면 미리 발견하고도 모른 체 따라오고 있다가 위험에 처하니 어쩔 수 없이 모습을 드러냈을지도 몰랐다.

백호는 그러고도 남을 놈이었다.

삐익―

허공에서 날카로운 울음소리가 들려왔다.

점입가경으로 흑응 녀석도 이곳에 있었다.

두 놈은 개봉에서 헤어진 후 이곳까지 같이 온 모양이었다.

흑응이 쏜살같이 날아내려 유진룡의 어깨에 내려앉았다.

"이것들은… 대체 뭐냐?"

가까스로 정신을 차린 한덕무가 최대한 백호에게서 머리 떨어지려는 필사적인 몸짓과 함께 물었다.

"호랑이와 독수리, 아니, 매인가?"

유진룡은 흑응의 깃털을 쓰다듬으며 말했다.

"그런데…… 이놈들이 왜?"

한덕무는 아직도 현실감을 되찾지 못한 표정이었다.

"예전에 인연이 좀 있었던 놈들이야. 자세한 얘기는 길고…… 어쨌든… 잡아먹지는 않을 거야."

거우 답한 유진룡은 등을 암벽에 기댄 채 눈을 감았다.

이젠 정말 탈진 상태에 이른 것이다. 잠시라도 운기를 해야 할 것 같았다.

한덕무는 탈골된 어깨뼈를 바로잡은 후 숨을 고르기만 했다.

유진룡이 잡아먹지 않는다고 했지만 백호의 코앞에서 운기에 빠져들 용기는 도저히 나지 않는 모양이었다.

약 이각가량 운기에 빠져들었던 유진룡은 눈을 떴다.

더 이상 손가락 하나 까닥할 수 없을 것 같던 몸에 조금 기력이 돌았다.

"이곳에서 다시 볼 줄 정말 몰랐구나."

기운을 차린 유진룡은 백호의 목을 쓰다듬으며 인사를 했다. 백호는 슬쩍 시선을 피하며 딴청을 피웠다.

"돕는 김에 한 번만 더 도와다오. 몸이 이 꼴이 되어 올라갈 수가 없다. 이걸 걸고 위에까지 올라가 조금만 버텨다오."

유진룡은 백호의 목과 앞다리 사이에 밧줄을 걸고 묶었다.

"올라가!"

유진룡이 등을 두드리지 백호가 몸을 일으켰다. 그리고 몸을 잔뜩 웅크렸다.

그 상태에서 백호는 도약을 했고 발톱으로 바위틈과 빙벽을 찍은 백호는 쏜살같이 돌산을 타고 올랐다.

줄이 더 이상 달려 올라가지 않을 때 유진룡은 줄을 잡아당겨 보았다. 줄은 끄떡도 하지 않았다. 흉물스런 백호 놈은 어디 바위에라도 몇 바퀴 돌아 줄을 휘감고 있는 모양이었다.

"내가 먼저 올라가서 끌어 올릴 테니 기다려, 형. 그리고
내 말 안 듣고 뛰어내린 일은 절대 용서 못해."
"지랄 떨지 말고 올라가서 호랑이나 좀 치워!"
제정신이 들었는지 한덕무가 본래의 말투로 고함을 질렀다.

第八十二章

만년석정수(萬年石精水)

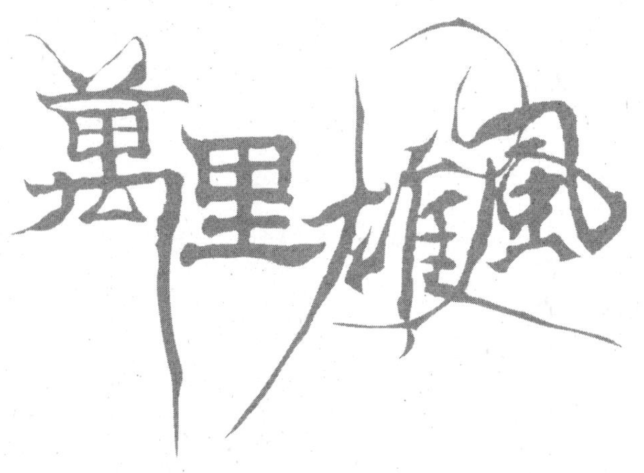

"**여**기가 맞아!"

백호의 도움으로 한덕무와 함께 가까스로 정상에 오른 유진룡은 양피지를 펼쳤다.

이젠 어둠이 내리고 있었지만 눈에 반사된 빛으로 인해 양피지의 그림을 볼 수 있었다.

세부적인 모습을 그린 양피지의 그림과 주변의 모양이 일치했다.

그렇다면 이곳 어디에 만년석정수가 있다는 말이다.

유진룡은 주변을 살폈다.

온통 돌로 된 깎아지른 듯한 돌산의 정상 부근이었다.

양쪽으로 귀두도의 끝처럼 두 개의 큰 바위가 있고, 그 사이의 움푹한 곳이 지금 유진룡과 한덕무가 있는 곳이었다.

지형은 맞는데 만년석정수가 있을 만한 곳은 보이지 않았다.

바닥은 온통 눈과 얼음으로 덮인데다가 어둠이 더욱 짙어지고 있어서 더 찾기 힘든 것 같았다.

"오늘은 포기하고 잠자리부터 만들자. 안 그러다간 얼어 죽고 말 거야."

한덕무는 봇짐에서 야영 도구를 꺼냈다. 그리고는 성한 한 손으로 잠자리를 만들어갔다.

바람은 거칠었지만 양쪽으로 큰 바위가 있는 틈이라 그럭저럭 피할 수 있었다.

유진룡은 기름 먹인 천을 백호와 함께 뒤집어써 백호를 안고 밤을 지새웠다.

반면 한덕무는 바위틈에서 홀로 기름 먹인 천을 뒤집어쓰고 고군분투하다가 한밤중에 슬그머니 유진룡 옆에 와서는 백호의 체온에 의지했다.

지옥 같은 밤이 지나고 아침 햇살이 돋았다. 그러나 유진룡과 한덕무는 햇살이 한참 더 강하게 비출 때까지 꿈짝도 않고 누워 있었다. 솔직히 말한다면 일어나고 싶어도 뼈마디가 쑤셔서 못 일어난 것이었다.

햇살이 산 위로 세 뼘은 더 솟았을 때 유진룡은 기름 먹인 천을 밀쳐 내고 운기를 시작했다.

몇 번씩이나 사지백해로 진기를 흘려주고 나서야 겨우 몸
이 풀렸다.

한덕무도 그때쯤 기침과 함께 깨어났다. 그는 여전히 백호
가 두려운지 되도록 백호 곁에서 멀리 떨어졌다. 그렇게 두려
워하면서 밤에는 백호 옆에 달라붙어 잔 것을 보면 이곳의 추
위는 백호보다 더 무서운 셈이었다.

서둘러 건포 조각을 씹으며 유진룡은 백호에게도 몇 개 나
누어 주었다.

그러나 놈은 거들떠보지도 않았다.

이곳에서 싱싱한 고기를 먹으며 살던 놈이었으니 그게 당
연할 것이다.

유진룡은 한덕무와 함께 그것까지 모두 먹어치우고는 사
방을 살폈다.

어서 만년석정수인지 뭔지 하는 것을 찾고 이곳을 내려가
고 싶었다. 하룻밤 더 이곳에서 지낸나는 것은 끔찍스러웠다.

사방을 두리번거렸으나 만년석정수는 찾을 수 없었다. 사
실은 만년석정수가 어떤 것인지조차 알지 못하고 있는 처지
였다.

유진룡은 만년석정수에 대해 사부께 상세히 물어보지 않
은 것을 후회했다.

사부는 운명하시기 직전 도천극과 주애청에 대해서 설명

하고 만년석정수에 대해서는 지나가는 말로 몇 마디 해줬을 뿐이었다.

그때는 유진룡도 그런 것이 자신에게 무슨 소용일까 하는 생각에 건성으로 흘려들었다. 그래서 그것이 액체인지 고체인지조차 몰랐다.

물론, 제일 끝 자가 물 수(水) 자이니 액체일 것이다.

유진룡은 근처에 물기가 있는지 집중적으로 살폈다.

물기(?)는 온 정상을 덮고 있었지만 그것은 온통 얼음과 눈이었다. 더구나 모두 얼어붙어 돌처럼 딱딱했다.

"대체 뭘 찾으란 말이냐?"

한덕무가 마침내 궁금증을 토했다.

"나도 잘 몰라. 그냥 여기에 물 같은 것이 고여 있는지 한번 찾아봐."

"미친놈, 그것도 모르고 그 고생을 하며 이곳까지 왔단 말이냐?"

한덕무는 기가 막힌다는 표정과 함께 탈골된 어깨를 주무르며 주저앉았다.

여기까지 오느라 목숨까지 내던졌는데 와보니 아무것도 없는 것이 기운을 빼놓은 모양이었다.

유진룡은 정신없이 사방을 둘러보았다. 그러나 여전히 고인 물 같은 것은 없었다.

바닥이 온통 눈과 두꺼운 얼음이 덮여 있어 더욱 찾기 힘들

었다. 그렇다고 껍질을 벗기듯 얼음을 다 깨부술 수도 없었
다. 그렇게 하려면 한 달도 더 걸릴 것이고, 십분지 일도 깨기
전에 이곳에서 얼어 죽고 말 것이다.

"만년석정수……. 만년에 걸쳐 돌의 정기를 받은 물. 돌에
서 짜낸 물……."

유진룡은 만년석정수라는 단어를 파자(跛字) 풀이하듯이
풀어보며 중얼거렸다.

그러는 사이 아무 소득도 없이 해만 중천으로 떠오르고 있
었다.

"한 시진 안으로 재미없으면 네놈은 내 손에 죽어!"

해가 중천에 떴을 때 한덕무가 맹수처럼 으르렁거렸다.

"앉아만 있지 말고 형도 좀 찾아봐!"

유진룡도 마주 고함을 질렀다.

"뭔지도 모르는 것을 어떻게 찾으란 말이냐, 이 대책없는
놈아!"

"이름이 만년석정수니… 그런 비슷한 것을 찾아봐."

"너나 열심히 찾아라!"

한덕무는 아예 바닥에 드러누웠다. 그리고는 어젯밤에 못
잔 잠을 보충하려는 듯 눈을 감았다.

"너라도 좀 찾아봐라. 같은 영물이나 뭔가 통하는 것이 있
을 것 아니냐?"

유진룡은 이번에는 한덕무의 반대편에 누워 있는 백호에

게 부탁을 했다.

백호는 들은 척도 않고 하품만 했다.

"젠장!"

유진룡도 마침내 백호의 배를 베고 드러누웠다.

반나절을 찾아도 소득이 없다 보니 사부에게 사기를 당한 것이 아닐까 하는 생각도 들었다.

그렇게 맥을 놓고 있는 사이 태양은 하늘 한가운데로 떠올라 바위산 정상의 정중앙을 비추고 있었다. 이제부터 태양은 서산으로 기울게 될 것이다.

"엇!"

갑자기 한덕무가 경호성을 지르며 몸을 일으켰다.

"왜 그래, 형?"

유진룡이 뚱하니 돌아보았다.

"저게 뭐냐?"

한덕무는 놀란 얼굴을 한 채 정상 한가운데 쪽을 쳐다보았다.

유진룡도 고개를 돌려 한덕무의 시선을 쫓았다.

"저게 뭐지?"

두 사람은 이구동성으로 말하며 가운데 쪽으로 다가갔다.

태양이 정상 한가운데를 비추자 얼음 위로 한줄기 꽃이 피어오르고 있었다.

물론, 나무나 풀로 된 꽃이 아니었다. 이곳에 그런 것이 있을 리 만무했다.

꽃은 얼음을 뚫고 나온 푸르스름한 빛이 만들어내는 영상이었다.

두꺼운 얼음 아래에서 빛이 쏘아져 올라 한 송이 꽃의 형상을 만들어내고 있었다.

"저것인 모양이다!"

한덕무는 상기된 표정으로 소리치며 봇짐에서 호미를 꺼냈다. 그리고는 성한 왼손으로 얼음을 찍었다.

"이리 줘봐."

한덕무의 손에서 호미를 뺏어 든 유진룡은 꽃 모양의 영상 아래에 있는 얼음을 조심스럽게 깨나갔다.

퍽!

잠시 후 이질적인 감촉이 호미 끝에서 전해졌다. 단단한 얼음을 두드려서 전해지는 감촉이 아니었다. 아마도 얼음 아래쪽은 녹아 있는 모양이었다.

유진룡은 거듭해서 얼음덩이를 두드렸다.

썩은 나무껍질처럼 얼음덩어리가 깨어져 나가고 그곳에서 작은 샘이 모습을 드러냈다. 그리고 그 속에 찻잔으로 한 잔 정도 되는 푸른 액체가 고여 있었다.

"찾는 것이 이거였나?"

한덕무는 샘 속에 고인 푸른빛을 띠는 액체를 보며 물었다.

유진룡은 아무 대답도 않은 채 그것을 쳐다보기만 했다.

돌산 꼭대기에 형성된 작은 샘에 고인 푸른색 액체!

이것이 만년에 걸쳐 돌의 정기를 받고 고인 석정수란 말인가?

아무것도 자신할 수 없었다.

"이것이 맞아?"

한덕무가 재차 물었다.

"모르겠어."

유진룡이 고개를 흔들었다.

"좀 더 가까이서 살펴보자."

한덕무는 봇짐 속에서 밥그릇을 꺼내 푸른빛이 도는 액체를 모두 퍼 담았다. 그것은 밥그릇의 반밖에 채우지 못했다.

"윽!"

갑자기 한덕무가 신음을 토했다.

"이건 뭔가? 물 반 그릇이 왜 이렇게 무거운 거야."

한덕무는 푸른색 물이 반쯤 담긴 밥그릇을 한 손으로 들어 올리지 못하고 있었다.

유진룡은 상기된 표정으로 밥그릇을 건네받고 들어 올려 보았다.

유진룡 역시 한 손으로 들 수 없었다.

두 손으로 그릇을 잡고 힘을 썼을 때에서야 겨우 들어 올릴 수 있었다.

푸른색이 도는 샘물은 돌보다 몇 배는 더 무거웠다.

"뭔가 영물 같은 느낌은 확 드는데……. 그런데 이런 걸 삼키면 내장이 내려앉아 살아남을 수 있을까?"

한덕무가 두려운 표정을 지었다.

영물의 효력이 강할수록 더 위험하다는 것쯤은 알고 있는 한덕무였다. 그리고 보통 사람이 그런 것을 섭취하면 독약보다 더 치명적이란 것도…….

지금 유진룡의 상태는 보통 사람이나 마찬가지였다. 어쩌면 보통 사람보다 내상은 더 심한 상태일 것이다.

그런 상태에서 이걸 마시는 것이 자살 행위는 아닌지 걱정이 되었다.

"이판사판이야!"

유진룡이 단호하게 말했다.

"이런 상태로 살아간다면 언젠가 도천극에게 잡혀 실험 도구로 전락할 거야."

"하지만… 어엇!"

한덕무가 비명을 질렀다.

푸른색 액체가 어느새 유진룡의 입속으로 흘러들어 가고 있었다.

"내 이럴 줄 알았다니까!"

잠시 후 비명처럼 소리를 지른 한덕무는 유진룡의 등줄기에 손을 갖다 댔다.

유진룡이 땀을 비 오듯 흘리며 사경을 헤매고 있었기 때문이다.

한덕무는 내력을 끌어올렸다. 고수는 아니었지만 최선을 다해 진기를 이끌어줄 생각이었다.

"크윽!"

유진룡의 명문혈에 진기를 흘려 넣던 한덕무는 비명을 지르며 뒤로 튕겨났다.

유진룡의 명문혈에서 강한 반탄력이 느껴지며 손바닥을 쇠메로 두드린 것 같았기 때문이다.

"이 자식! 뒈지는 거 아냐?"

한덕무는 허둥대며 유진룡의 상태를 살폈다. 온몸으로 땀을 비 오듯 흘리는 유진룡은 모르긴 해도 지옥 같은 고통과 함께 생사의 갈림길을 왕래하고 있을 것 같았다.

"나를……."

유진룡의 입에서 억눌린 신음이 흘렀다. 죽을힘을 다해 내뱉는 단말마와도 같았다.

"뭐, 뭐라고?"

한덕무가 미친 사람처럼 허둥거리며 유진룡의 입에 귀를 갖다 댔다.

"나를… 노인에게… 데려다……."

"무슨… 소리야? 무슨 노인?"

고함을 지르던 한덕무는 벌떡 신형을 일으켰다. 유진룡이 말한 노인이 누군지 짐작이 갔기 때문이다.

초막에 기거하며 하룻밤을 같이 지낸, 범상치 않은 내력이 느껴지던 노인!

그 노인을 말하는 것이 분명했다.

'그런데 어떻게?

이런 상태라면 멀쩡해도 거의 불가능할 텐데 자신은 한 팔을 쓸 수 없는 처지가 아닌가?

"망할 자식! 무식하기가 곰보다 더한 자식!"

곰이 들으면 땅을 칠 소리를 지껄인 한덕무는 유진룡을 한 팔로 안아 백호의 등에 올려놓았다. 그리고 자신도 백호의 등에 올라탔다.

"죽이든 살리든 마음대로 해라!"

한덕무는 유진룡의 허리를 꽉 껴안으며 말했다.

절벽에서 떨어지는 자신을, 가속도가 붙어 몇 배는 더 무거워졌을 자신을 가볍게 낚아채 바람처럼 솟아오르던 괴물호랑이였다. 그 호랑이를 믿어보는 수밖에 없었다.

백호가 상황을 알아챈 듯 몸을 일으켰다. 그러나 유진룡을 끌어안은 한덕무를 보며 움직이지 않았다.

두 사람은 책임 못 지니 넌 내리라는 눈빛 같았다.

"절대 못 내려!"

한덕무는 소매에서 철삭을 끄집어내어 유진룡의 몸과 자신의 몸에 몇 바퀴나 거듭해서 감았다.

그래도 백호는 움직이지 않았다.

한덕무는 봇짐에서 밧줄까지 모조리 끄집어내어 자신과 유진룡의 몸을 누에고치가 되듯 칭칭 동여맸다.

그제야 백호는 칭칭 동여진 밧줄 몇 가닥을 덥석 물고 몸을 움직였다.

"어, 어디로 가는 거야?"

한덕무는 고개를 빼내 사방을 두리번거렸다.

백호는 유진룡과 한덕무가 올라왔던 정반대 방향으로 몸을 날렸다.

"빌어먹을!"

한덕무는 비명을 지르며 눈을 질끈 감았다.

백호가 가는 방향은 올라온 곳보다 훨씬 가팔랐다. 대신 중간 중간에 튀어나온 바위들이 여러 개 있었다. 백호는 그곳까지 단번에 뛰어내릴 모양이었다.

훨씬 더 빨리 내려가기야 하겠지만 유진룡과 자신이 견뎌낼지 자신이 없었다.

"으아악!"

한덕무의 비명이 온 돌산을 울렸다.

태울 듯한 열기가 몸을 감싸고, 더 나아가 영혼까지 잠식하고 있었다. 그러다가 급전직하로 추락하는 느낌과 함께 이를 딱딱 부딪치게 만드는 한기가 뼛속까지 스며들었다.

그런 과정이 헤아릴 수 없이 반복되고 있었다.

사부 천산마존의 영약이 세상에서 제일 고통스럽다고 생각했다. 그런데 지금은 조족지혈이란 생각이 들었다.

유진룡은 그때와 달리, 모든 것을 애초부터 포기하고 죽고 싶었지만 죽을 수도 없었다.

몸과 영혼을 완전히 지배한 열기와 한기는 죽을 자유마저도 주지 않고 희롱을 하듯 온몸을 태웠다가 얼리기를 반복하고 있었다.

'제발 죽여줘!'

유진룡은 혀라도 깨물 생각으로 턱을 움직였지만 몸은 돌로 변하기라도 한 듯 꼼짝도 하지 않았다.

만년석정수를 마시고 정말 돌이 되어버린 것 같았다. 돌처럼 굳어 비명도 지를 수 없었다. 그것이 더욱 괴로웠다.

동생들을 위해서 모든 고통을 이겨야 한다는 그런 생각마저도 이 순간에는 무의미했다. 그것마저도 모조리 포기하고 죽고만 싶은 고통이었다.

"네 몸에는 기이한 기운이 흐르고 있다. 그걸 이끌어라."

고통 저 끝에서 환청이 들려왔다.

유진룡의 의식은 그 환청을 인식하지 못하고 처절한 고통에 몸부림치고 있었다.

"어서 운기를 해라!"

환청이 더 크게 들려왔다.

"못난 놈! 어서 네 본질을 일깨우거라!"

이번에는 천둥 같은 고함이었다.

고함 소리가 귀에 익은 것 같았다.

사부의 목소리인 듯도 했다.

"어서!"

다시 머릿속에서 천둥이 울렸다.

사부의 목소리가 아니라 초막에서 만난 노인이 목소리였다.

환청이 아니었다.

유진룡은 고통으로 새하얗게 탈색된 의식을 필사적으로 일깨워 우주무한의 심법을 떠올렸다.

처음에는 우주무한의 구결마저도 열기에 타서 날아간 것 같았다. 그래서 아무것도 생각나지 않았다. 그러다 열기가 가시고 한기가 그 자리를 대신해서 메우는 그 짧은 순간, 우주무한의 심법이 떠오르고 운기가 되었다.

우우웅―

단전에서 해일이 일며 혈맥을 통해 흘러갔다.

말로 형언하기 불가능한 고통이 조금 씻겨 나갔다.

그것만이 생로였다.

모든 상념을 배제시킨 유진룡은 우주무한의 심법에만 매달렸다.

단전에서 뻗어나간 기운이 우주 끝으로 흩어지고 우주 끝에서 더 큰 기운이 몰려왔다. 그리고 그 기운이 조금씩, 조금씩 고통을 씻어나갔다.

열기는 서서히 식어가고 한기는 반대로 데워져 갔다.

고통의 소멸과 함께 유진룡은 완전한 무아의 세계로 빠져
들어 갔다.

한줄기 밝은 햇살에 유진룡은 눈을 떴다.

시간이 얼마나 흘렀는지는 모르겠지만 아침인 것 같았다.
초막의 거적 사이로 따갑게 비쳐드는 밝은 햇살과 대기의 냄
새가 아침임을 느끼게 해주었다.

눈을 돌려 주변을 살펴보았다.

노인과 한덕무는 밖으로 나갔는지 보이지 않고 자신만이
가부좌를 튼 채 빈 초막 안에 앉아 있었다.

'살아난 것인가?'

유진룡은 긴 한숨을 내쉬었다.

폐부에 구멍이라도 난 듯 끊임없이 대기가 뿜어져 나왔다.

유진룡은 끝까지 토해내 보았다.

예전에 비해, 그것도 공력을 잃기 전에 비해 열 배도 더 깊
은 호흡이 이끌어졌다.

날숨을 멈춘 유진룡은 이제 천천히 들숨을 이끌었다.

온 우주의 대기를 다 마실 것같이 끊임없이 빨려 들어왔다.
그와 동시에 온몸이 깃털처럼 가벼워져 종국에는 아무런 무
게감을 느낄 수 없었다.

유진룡은 본격적으로 우주무한의 기운을 이끌었다.

빨아들인 대기가 물줄기가 되어 우주 끝까지 흘러나갔다. 그리고 우주 끝에서 더 큰 물줄기로 몰려왔다.

그 물줄기를 단전으로 흘려 넣어보았다.

단전 역시 폐부처럼 끊임없이 물줄기를 받아들였다.

이젠 더 이상 단전에 의존하는 것은 의미가 없는 것 같았다.

온몸이 단전이었고, 또 단전은 온 우주와 연결된 듯했다.

기운은 끊임없이 용솟음치며 온몸을 순환했다.

굳이 가부좌를 틀 필요도 없을 것 같았다. 서서든 누워서든 이젠 마찬가지였다.

유진룡은 가부좌를 풀고 눈을 떴다.

밖에서 인기척이 들리고 노인이 들어왔다.

노인은 유진룡이 깨어났음을 당연시하는 듯 눈을 마주치고도 아무 내색을 하지 않았다.

"어디서 그런 심법을 얻었는가?"

한참 후 옆에 앉은 노인의 유진룡에게 질문을 던졌다.

유진룡은 잠시 대답을 미루었다.

우주무한의 심법은 은자유림곡 사람들에게서 받은 무한십이수의 후반부에 있는 것이었지만 그 사연을 속속들이 다 얘기할 수가 없었던 것이다.

"제 선사님과 인연있는 사람들이 준 비급에서 얻은 것입니다.”

유진룡은 간단하게 답했다.

“비급을 통해서 얻었다……?”

노인은 혼잣소리처럼 중얼거리며 유진룡의 눈을 정시했다.

유진룡은 순간적으로 내장까지 훤히 들여다보이는 느낌을 받았다.

“그 말이 사실이라면 자넨 천재이거나 천하의 풍운아일세.”

노인은 쉽게 알아들을 수 없는 말과 함께 시선을 거두었다.

아마도 절대로 익히기 쉽지 않은 심법을 어떻게 비급을 통해 얻을 수 있었냐는 뜻 같았다.

유진룡이 생각하기에도 절대로 쉽게 익힌 것은 아니었다.

비급을 통해서는 아무리 애를 써도 익혀지지 않았다. 그러던 것이 생사의 갈림길에서 온몸의 기력이 거의 다 빠져나갔을 때 기적처럼 익혀진 것이다.

“어쨌든 그 심법 때문에 자네가 살았네.”

노인은 고개를 끄덕이고는 처음 만났을 때처럼 존재감을 지워 나갔다.

“살려주셔서 감사합니다.”

유진룡은 깊숙이 고개를 숙였다.

“모두 자네의 운명일세.”

노인의 목소리가 허공 속에서 들려오는 것 같았다.

아니, 허공 속이 아니었다. 노인의 목소리는 초막 밖에서 들려왔다.

조금 전까지 바로 옆에 있었던 노인은 어느새 초막 밖에 나가 있었다.

유진룡은 고개를 돌려 들쳐진 거적 사이로 노인의 모습을 좇았다.

뜻밖에도 노인은 초막 구석에 아무렇게나 놓아둔 철검을 손에 들고 있었다.

유진룡은 몸을 일으켰다. 그리고 노인을 따라 초막 밖으로 나섰다.

초막 밖에서 한덕무가 눈을 반짝거리며 노인과 유진룡을 쳐다보고 있었다.

유진룡은 눈을 마주치는 것으로 한덕무에게 인사를 대신하고 노인을 쳐다보았다.

스르룽―

한줄기 검명이 일며 고색창연한 철검이 시린 빛을 토해냈다.

노인은 감개무량한 듯 철검을 한참 동안 쳐다보았다.

이윽고 노인은 천천히 철검을 들어 올린 후 아무런 특징도 없는 평범한 자세를 잡았다.

스윽―

한 발을 앞으로 떼어놓음과 동시에 노인은 천천히 검무를 추기 시작했다.

너울— 너울—

노인은 조금도 서두르지 않고, 또 조금도 힘을 싣지 않는 움직임으로 검무를 추어나갔다.

느릿느릿하고 아무런 형식 없는, 어린아이들의 장난 같은 춤이었다.

그런데 그 춤을 추는 노인의 모습이 점점 시야에서 사라지는 느낌이었다.

여전히 노인은 느릿하고 부드럽게 춤을 추고 있었지만 노인의 신형은 대기 속으로 스며들 듯 아련해져 갔다.

유진룡은 눈을 몇 번 끔벅거렸다. 그러나 노인의 신형은 여전히 모호하게 흐려져 갔다.

한덕무도 놀란 표정으로 연신 눈을 비볐다.

그러는 사이 노인의 검무가 끝이 났다.

흐릿해지던 노인의 모습이 급격히 진해졌다.

"후후!"

검무를 끝낸 노인이 공허한 웃음을 흘렸다.

"결국엔 처음으로 되돌아오는 것이거늘……."

노인은 뜻 모를 소리를 중얼거리고는 검갑에 검을 넣었다.

"고맙네!"

노인은 유진룡에게 까닭 모를 사의를 표했다.

유진룡은 의구심 어린 눈으로 노인을 쳐다보았다.

"자네 덕에 나도 한 가지 심득을 얻었네. 그로 인해 이젠 이 철검에서 자유로워질 수 있게 되었네."

노인은 검갑에 넣은 철검을 천천히 들어 올렸다. 그리고는 옆쪽 절벽을 향해 던졌다.

철검은 날개라도 달린 듯 까마득한 점이 될 때까지 날아갔다.

"오늘 밤도 며칠 전처럼 폭풍이 일 것 같네. 하룻밤 여기서 지내고 내일 떠나게."

노인은 가벼운 걸음걸이로 초막 안으로 들어갔다.

"고마워, 형!"

유진룡이 뒤늦게 한덕무에게 인사를 차렸다.

"조금은… 재미있었으니 됐어."

한덕무는 보일 듯 말 듯 미소를 지었다.

"그런데 어떻게 날 데려왔어? 팔도 성치 않을 텐데."

유진룡은 한덕무의 오른쪽 팔을 쳐다보며 물었다. 착각인지 몰라도 한덕무의 오른팔은 조금도 어색해 보이지 않았다.

"말하자면 이틀 밤낮을 꼬박 새워도 모자랄 거다, 아마."

한덕무는 이를 드러내며 웃었다.

"어쨌든 옛날로 돌아왔으니, 아니, 괴물이 되었으니 축하한다."

"괴물?"

유진룡이 눈을 가늘게 떴다.

"노인장 말씀이… 네놈은 공력을 잃기 이전의 상태보다 몇 배는 더 충실해졌다고 했다. 그건 괴물 수준이지. 덕분에 나도 제법 충실해졌고……."

한덕무는 탈골되었던 오른쪽 팔을 휙휙 돌렸다.

"어떻게 된 거야?"

유진룡이 정색을 하며 물었다.

"후후!"

한덕무가 의미심장하게 웃었다.

"네 몸속에서 뛰놀던 기운이 어찌나 지랄 같던지 노인은 물론 나까지 매달렸지. 노인이 네 등에 손을 대고, 그것도 모자라 나중에는 나도 노인 등에 손을 대는 자세로 말이야. 그 바람에 죽을 정도로 고통을 겪었지만 팔도 낫고 아랫배에 네가 흘린 기운도 좀 챙겼지. 이젠 명문대파의 놈들 앞이라고 해서 무조건 눈을 내리깔지 않아도 되겠어. 후후!"

한덕무는 장난스레 아랫배를 툭툭 두드렸다.

유진룡은 긴가민가하는 심정으로 한덕무를 빤히 쳐다보았다. 거짓말을 하는 것 같지는 않았지만 쉽게 믿을 수도 없는 말이었다.

"어쨌든 팔이 나았으니 다행이야."

유진룡이 고개를 끄덕였다.

"재미있어, 아주 재미있어. 하하하!"

한덕무는 소주 뒷골목에서 필사의 탈출을 한 유진룡이 동생들과 함께 소향상회로 들어가는 것을 보고 등을 돌리며 웃던 때와 같이 호쾌하게 웃었다.

밤에는 또다시 폭풍우가 몰아쳤지만 유진룡은 오랜만에 편안하게 잠을 잤다. 한덕무도 그런 것 같았다.
아침이 되었을 때 노인은 유진룡보다 먼저 떠날 채비를 하고 있었다.
유진룡과 한덕무도 서둘러 채비를 하고 초막을 나섰다.
"중원으로 돌아갈 텐가?"
노인이 질문을 던졌다.
"그렇습니다. 그런데 노인장께선……?"
"나도 왔던 곳으로 갈 생각이네."
노인은 대답과 함께 앞산 꼭대기 위에 떠 있는 구름을 쳐다보았다.
"그럼 잘 가게!"
노인이 등을 돌렸다.
"혹시… 존함을 여쭤봐도……."
"허허!"
노인이 나직하게 웃었다.
"그냥 고독 노인이라 부르게."
노인은 그렇게 멀어져 갔다.

유진룡과 한덕무는 미동도 않고 노인의 뒷모습을 쳐다보고 있었다.

"정 궁금하거든 거꾸로 서서 불러보게."

한참 후 선문답 같은 노인의 목소리가 허공 속에서 가물거리며 들려왔다.

"뭐가 뭔지……."

푸념을 한 한덕무가 봇짐을 추켜올렸다.

"우리도 그만 가지."

한덕무는 먼저 걸음을 옮겼다. 그의 발걸음이 무게를 느끼지 못할 만큼 가벼워 보였다. 유진룡이 흘린 기운을 아랫배 속에 좀 챙겼다는 말이 거짓이 아닌 것 같았다.

풀썩 웃은 유진룡도 한덕무를 따라 걸었다.

"망할…… 알았다!"

갑자기 한덕무가 돌아서며 소리를 질렀다.

"뭘?"

유진룡이 뚱하게 대꾸했다.

"거꾸로 서서 불러보라고 했던 노인의 말!"

"그게 어쨌다고?"

"거꾸로 불러보란 말이었어. 그럼 고독 노인이 아닌, 독고 노인이 되지."

한덕무를 이를 드러내며 웃었다.

"독고 노인……? 독고…… 검황 독고장천!"

유진룡도 고함을 질렀다.

현 무림 최고 정점에 서 있는 검황 독고장천!

그 노인일지도 몰랐다.

그라면 그런 기도를 풍길 것이다.

"젠장! 검초라도 몇 구절 얻어오는 건데……."

한덕무가 뒤늦게 가슴을 두드렸다.

"형이나 나나 검초는 소용없잖아?"

"우리야 소용없어도 눈에 불을 켤 사람들이 많을 테니 비싼 값에 팔 수도 있는 일이지. 쩝!"

"말 되는군!"

두 사람은 그렇게 앞서거니 뒤서거니 하며 중원과의 거리를 좁히고 있었다.

『만리웅풍』 8권에 계속…

潛行武士
잠행무사

김문형 新무협 판타지 소설

**"흑랑성에 들어간 사람 중에
다시 강호에 나온 이는 없다."**

서장 구륜사와의 결전을 승리로 이끌며 중원무림에
홀연히 나타난 문파 흑랑성(黑狼城).
그러나 흉흉한 소문이 사실로 드러나 무림맹으로부터
사파로 지목받고 멸문당한다.

그로부터 일 년 뒤.
강호의 은원을 정리하고 금분세수를 하려는 청위표국의 국주 송현은
마지막으로 무림맹의 의뢰를 받아들인다.
그것은 바로 금지 구역 흑랑성에 잠행하는 일.

송현은 무림에서 외면받는 무사 네 명을 선출하여
소림승 진광과 함께 흑랑성에 들어간다.
흑랑성의 비밀이 하나씩 드러나면서 밝혀지는 진실은
그들을 목숨을 건 사투로 끌어들여 가는데……

**액션스릴러로 만나는 무협
잠행무사!**

무영무쌍

김수겸
新무협 판타지 소설

그림자도 찾기 힘들고[無影],
가히 대적할 자도 없다[無雙]!
강호의 절대고수 무영무쌍!

청설위국의 위사 진세인,
그를 찾아오는 수많은 사람들.
그를 원하는 수많은 세력들.

거대한 음모의 소용돌이 속에서
그는 그를 버렸던 용부를 지켰고,
그에게 검을 겨눴던 무림맹과 십만마교를 구해냈다.

모든 것을 가졌던 황제가 끝까지
갖지 못했던 단 한 사람!
위사 진세인과 동료들의
강호행이 시작된다!

몽월 新무협 판타지 소설

대법왕

大法王

'중놈이 될 바에야 차라리 죽겠다!'

소주의 개고기[犬女]라 불리는 동천몽.
십육 세 생일을 맞아 거하게 놀려던 찰나, 네 명의 승려가 난입한다.
그렇게 본의 아니게 활불이자 영생불사의 존재인 대법왕이 되어버리는데…….

절대 중놈으로 살 수 없다는 주인공 동천몽과
악착같이 대법왕으로 모시려는 포달랍궁 사이의
밀고 당기는 싸움.

**과연 그는 대법왕이 되어 군림할 것인가,
아니면 소주의 개고기로 돌아올 것인가!!**

유행이 아닌 자유추구 -
WWW. chungeoram.com

Book Publishing CHUNGEORAM

뉴 월드

New World

김형신 게임 판타지 소설

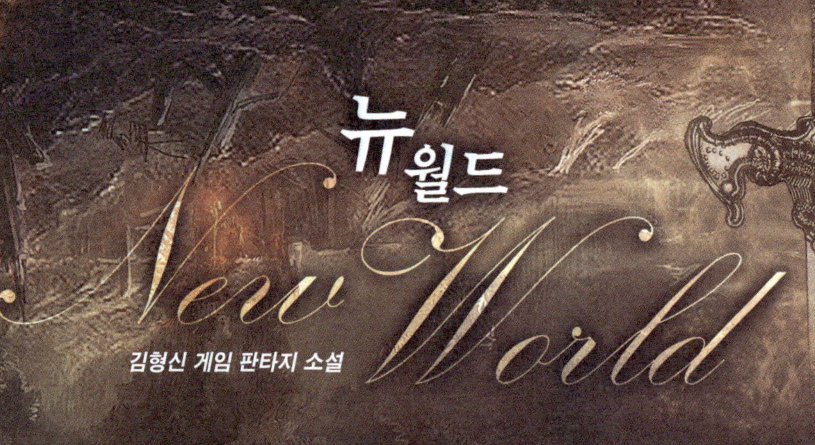

**검이라는 지휘봉을 바람에 흩날리며, 피의 악보와
비명의 화음으로 죽음을 지휘하는 자… 마에스트로.**

최초의 가상현실 게임의 뒤를 잇는 뉴 월드의 출현.
마법과 기사, 신관, 몬스터의 서대륙. 주술과 검사, 무녀, 요괴의 동대륙.
현실과 또 다른 현실, 그 경계선에서 숨 쉬는 유저들.
그런 뉴 월드에 한 유저가 나타났다!

레벨 업을 위해서라면 잠도 포기한다!
아이템을 위해서라면 한자리에서 보름 내내 움직이지 않는다!
자신을 위해서라면 아부는 필수! 꼼수는 센스!

그가 뉴 월드에서 얻게 된 직업은 죽음의 지휘자…
마에스트로.